アビゲイル・ストローム/著
松尾 卯月/訳

夢見る恋は旅路の果てに

Tell Me

扶桑社ロマンス
1588

いつもふさわしい言葉を見つけてくれるマイケルと、
一緒にプリンスエドワード島に行ってくれたオーウェンへ

夢見る恋は旅路の果てに

登場人物

ジェーン・フィンチ――――――――――書店経営者

ケイレブ・ブライス――――――――――トレッキングガイド

サマンサ（サム）・フィンチ――――――ジェーンの姉。

ケイレブのビジネスパートナー

ニーナ・フィンチ――――――――――ジェーンの母

フェリシア―――――――――――――書店員

キキ―――――――――――――――――書店員

ダニエル（ダン）・スミス―――――――書店の客

アリシア――――――――――――――書店の常連客

ハンター――――――――――――――ケイレブの兄

ローズマリー―――――――――――――ケイレブのおば

1

〈これを着ればきっと見つかる――あなたの理想の人が〉

ジェーン・フィンチは足を止めた。仕事へ向かう途中だったが、お気に入りの店のショーウィンドーの広告がふと目にとまったのだ。

〈アドーア〉は最新流行の服と古着の両方を扱っているブティックだ。その広告は、青いシルクのドレスを着たマネキンの頭上に掲示されていた。

あのドレスを着れば、理想の人が見つかる？　ずいぶん思いきった宣伝文句だ。あれを買った客が理想の人に出会えなかったら？　そのときは返品できるのだろうか？

十月のよく晴れた朝だった。マンハッタンの中心部でウィンドーショッピングをするのにうってつけの陽気だ。ジェーンは歩行者の流れから離れると、ショーウィンドーに近づき、商品をさらによく見た。

そのドレスには、光沢《こうたく》のあるやわらかなダークブルーのシルクが使われていた。スカートは膝下あたりの丈で、ネックラインにはスカラップ飾りが施されている。七分丈の袖は肩から肘にかけてパフスリーブになっていて、エドワード王朝時代の繊細な雰囲気を醸しだしている。

とってもきれい。

きれいだけれど、実用的ではない。こんなきれいなドレスをいつ着るの？　ほとんどの時間を自分が経営する書店の仕事に費やしているし、最後にデートしたのは三カ月も前だ。友人たちと出かけるのはもっぱら映画館や喫茶店で、オペラを観《み》る機会も、カクテルパーティーに参加する予定もない。

華やかなドレスなんて、自分のライフスタイルには合わないし、もちろん値段も高すぎる。〈ティファニー〉のショーウィンドーを憧れのまなざしで見つめているようなものだ。

〝いいじゃない、ジェーン。試着だけでもしてみたら？〟

心のなかの誘惑の声に負けそうになったが、〈ブックワーム・ターンズ〉を開けなければならないし、店に着くまでのあいだに小説のあらすじも考えなければならない。つまり、買うつもりもない美しい服を試着している時間はないということだ。

ところがふたたび歩道を進み始めても、ハードボイルド推理小説のプロット作りになかなか戻れなかった。それどころか、気がつくと別の物語を思い浮かべていた。テイーンエイジャーのころ、頭のなかでつむいでいた物語を。

〝ヒロインは今日が特別な日になることを知らない。この日、彼女はこの世に存在するとは思いもしなかった男性に出会う。ずっと夢見ていたヒーローに。

今日、彼女は恋に落ちる〟

ジェーンはひとりでにやりとした。やはりあのドレスを買うべきかもしれない。そしてどこかの公園のベンチに座って物ほしげな顔で遠くを見つめ、雷に打たれたように熱いロマンスが訪れるのを待つのだ。

想像にふけっていたせいで、いらいらした様子の歩行者にぶつかるまで、横断歩道の信号が変わったことに気づかなかった。

「あっ、ごめんなさい」ジェーンは謝ったが、スーツ姿のビジネスマンはすでに横を通り過ぎていた。

ふたたび周囲の人たちと歩調を合わせ、ロマンスを脇に置いて推理小説に戻り、冒頭の部分をぼそぼそとつぶやく。

「私立探偵のマック・コナーは一日が終わる前に、二度の銃撃戦と爆撃と毒殺《どくさつ》未遂《みすい》から生き延びるだろう。そして——」まあ悪くはないけれど、書きだしの部分にしては盛りこみすぎかもしれない。

ほかの案をあれこれ考えているうちに、ジェーンはもう少しで自分の店の前を通り過ぎそうになった。

「ジェーン？」

はっと現実に戻って目をしばたたくと、得意客のひとりが店先で待っていた。

「アリシア！　長いことお待たせしちゃったかしら？　今、何時？」

「ええと……」

ジェーンは携帯電話を取りだし、画面を確認した。

「やだ、もう十時十五分じゃない。ごめんなさい。地下鉄で考えごとをしていたら乗り過ごしてしまって、数ブロック余分に歩くはめになったの。そのうえ、来る途中で店のショーウィンドーに気を取られちゃって」ジェーンはキルトのハンドバッグから鍵束《かぎたば》を取りだし、ドアの鍵を開けた。「『かぎ針編みクラブ』ミステリーシリーズの新刊を買いに来たのよね？　〝変わり者の書店主を待っていてくれたお得意さん割引〟をさせてもらうわ」

十月の風が吹き、アリシアの白髪まじりの短い髪をなびかせた。「いいのよ、正規の値段で買うわ。わたしがお金を払いたいと思う店は、この界隈《かいわい》ではあなたのところだけなんだもの。それに、あなたは変わり者なんかじゃない。想像力を働かせるのに忙しいだけでしょう」

強くなった風に茶色の長い三つ編みを持ちあげられ、ジェーンはほつれた髪を耳の後ろにかけた。

「優しいのね、そんなふうに言ってくれるなんて」ジェーンは店のドアを開け、先に入るようアリシアに手ぶりで示した。「わたしの家族にも説明してもらえないかしら。休日のディナーにいつも遅れてしまうのは、わたしが変わり者だからではなく、想像力を働かせているからだって」

愛着のある店内に足を踏み入れたとたん、本の気配に包まれ、いつものように喜びがさざ波のごとく押し寄せた。左手に新刊書、右手に古本が並び、店のあちこちから紙と革装と、サクラ材の古い書棚を磨《みが》くのに使っている磨き粉の香りが漂ってくる。

「優しいわけじゃなくて、本当のことを口にしたまでよ」アリシアは言った。「でも、いつかあなたが蓋《ふた》の開いたマンホールに落っこちるんじゃないかって、首を長くしてずっと待っているのよ。それにしても、おりる駅を乗り過ごすなんていったい何を考えていたの?」

ジェーンは窓に近づいてブラインドをあげると、ガラス越しに差しこむ陽光のまぶしさに目をしばたたいた。

「推理小説のプロットを考えていたの。ハードボイルドな私立探偵物のね」

「実際に書けそうなの?」

ジェーンはレジに向かいながらにっこりと笑った。「だといいんだけど。でも、プロットを考えるだけでも楽しいの」

「そんなに豊かな想像力があるのに、なぜ殺人や暴力に費やすのかさっぱり理解できないわ。どうせなら、理想の恋人を思い描いてみたら？」

ジェーンはカウンターの後ろにある、特注品や取り置きの商品を保管している棚に近づいた。アリシアの本はすぐに見つかった。

「それは高校時代にあきらめたわ」ジェーンはそう言って、カウンター越しにコージーミステリーを差しだした。「想像と現実のギャップが大きすぎて、気が滅入《めい》ってしまって」

アリシアはくすくす笑い、本の裏表紙を読み始めた。「その気持ちはわかるわ。でもここ最近はひとりなんでしょう？　同じ独身女性として、『高慢と偏見』のコリン・ファースを観たあとは、深夜にセクシーな妄想をふくらませてしまうわ」彼女が本からちらりと目をあげた。「さあ、理想の男性を想像するとしたら、あなたはどんな男性を思い描く？」

〝理想の男性〟

アリシアに言ったことは本当だ。恋人を空想するのはとっくにやめた。高校時代にはよく想像にふけったものだが、その結果、現実世界の男性にひどく幻滅しただけだった。

ところが今、カウンターに肘をついて頬杖《ほおづえ》をつきながら、ジェーンはショーウィンドーの広告を思いだしていた。

〝あなたの理想の人〟

「わたしには教えてくれてもいいでしょう」アリシアはカウンターに本を置き、財布を取りだして話を続けた。「あなたの理想の男性を聞かせてくれたら、わたしも教えてあげる」

最近はどんな男性が理想なのだろう? 十七歳ではなく、二十七歳になった今は?

「黒髪がいいわ」ジェーンは話しながら体をまっすぐに起こし、アリシアのクレジットカードをレジに通した。「最高のヒーローはたいてい黒髪だもの」

「目は?」

「灰色ね。優しい心とは裏腹に、鋼鉄のような冷たい目をしているの。ハンサムだけどいかつい顔をしていて、少なくとも一度は骨折している鼻が、完璧すぎなくてかえっていいの。もちろん骨折の原因は英雄的な行動よ。女性の名誉を守るためにバーでけんかしたとか、誘拐された幼児を救出したとか、車に轢《ひ》かれそうな犬を助けるために道路に飛びだしたとか、そんなことで」ジェーンはアリシアにレシートを渡した。

「でも彼は知性も持ちあわせていて、読書が大好きなの。マーク・トウェインとかラドヤード・キプリングのような男らしい作品が好きだけど、ジェーン・オースティンのすばらしさを教えてあげたら、彼は進んで受け入れてくれる」

「うーん、完璧。もう心を奪われたわ」

ジェーンはアリシアが買った本をビニール袋に入れた。「さあ、次はあなたの番よ。コリン・ファースだったわね？」

そのとき、店の窓越しに何か見えたらしく、アリシアが目を見開いた。「イエスと言おうと思ったんだけど、そういえばミスター・ダーシーよりももっと好きなタイプのヒーローがいたわ」

ジェーンは首をめぐらせたが、書棚に視界をさえぎられて何も見えない。

「どんなタイプ？」

「カウボーイよ。あらまあ、こっちへ来るわ」

カウボーイがマンハッタンに？　しかも、この書店へ入ってくるの？　ぞくぞくするような感覚が背筋を走った。もしかして——。

まさか、ケイレブと姉はまだ戻らないはずだ。でも、それなら誰が——。

ベルが鳴り、店のドアが開いた。

やっぱり彼だ。ケイレブ・ブライス。

彼は店内に足を踏み入れると、十月の明るい日差しを浴びたあとの目を慣らすためか一瞬立ち止まった。やがてレジのほうに近づいてきたので、ジェーンとアリシアは彼をじっと見つめた。

茶色いフェルトの古いカウボーイハットで顔は影になっているが、見覚えのある、口の片側をあげたかすかな笑みが口元に浮かんでいるのが見えた。

マンハッタンの書店をぶらつく姿よりも、馬に乗っている姿のほうが容易に思い浮かぶ。コロラド州の農場で育ち、世界中の大自然を案内するトレッキングガイドの会社を経営しているのだから当然といえば当然だけれど。

前回ケイレブに会ったのは一カ月くらい前で、姉のサマンサと彼がカナディアン・ロッキーに向けて旅立つ直前だった。ふたりがこちらに戻っていたことは知らなかった。

ケイレブ・ブライスにはさまざまな一面がある。荒野のエキスパートであり、姉のビジネスパートナーであり、昔からの友人で、ジェーンにとっては兄のような存在だった。

けれど、まったく当てはまらないものもある。

ジェーンの理想の男性像だ。

理想の男性ならば、スポーツもキャンプもしない本の虫だと言ってジェーンをからかったりしないはずだ。理想の男性ならば、ジェーンが想像の世界に住んでいて、現実よりも夢を大切にしていると批判したりしない。理想の男性ならば、ジェーンが高い場所や、熊や蜘蛛《くも》や、地滑りにあうことや森で道に迷うことや、山腹で寒さにさらされるのが死ぬほど怖いということを知っていながら、サマンサも一緒にハイキング旅行へ出かけようとしつこく誘ったりしないはずだ。

外見においても、ケイレブは条件を満たしていない。髪は黒ではなく明るい茶色だし、目はくすんだはしばみ色だ。

まあ、目の奥にはユーモアと知性が宿っているけれど……すぐに人を小ばかにしたような表情に変わる。たしかに顔はハンサムだけれど……鼻は一度も骨折していない。それに顎《あご》が割れているせいで、顔立ちがちょっと完璧すぎる。

体のほうは欠点を見つけるのが難しい。背が高く、がっしりとしたたくましい体格で、間違いなくヒーローの要素を備えている。

といっても、ずっと意識してきたわけではない。兄のいないジェーンにとって、ケイレブはいわば兄のような存在だったので、彼の体についてあれこれ考えるなんてとんでもないことだと思っていた。

たくましい筋肉があんなに強調される服装をしていなければいいのに。はき古したジーンズが引きしまった尻を包みこみ、同じく着古したデニムシャツは広い肩にぴったりと張りついている。

全身から男性ホルモンが雄叫《おたけ》びをあげているようだ。

理想の男性と呼ぶには、ホルモンが多すぎる。もちろん、ヒーローは男らしいほうがいいけれど、同時に繊細さも持ちあわせていなければならない。そして、ジェーンと同じく本の虫であること。ケイレブのように本を読むことを小ばかにするような男性ではなくて。しかも彼は――。

ケイレブがアリシアのそばで足を止め、年配の女性に微笑《ほほえ》みかけてからジェーンのほうを向いた。ジェーンが口を閉ざしていると、彼はカウンターの向こうから手を伸ばし、ジェーンの三つ編みを引っ張った。

「やあ、ダーリン」彼が言った。「挨拶《あいさつ》もなしかい？」

触れられただけで、首筋がかっと熱くなる。

「おかえりなさい」ジェーンはあまりうれしくなさそうな口調で言った。彼に会えて大喜びしていると思われたくはなかった。わざわざケイレブをうぬぼれさせる必要はない。

「それじゃあ、わたしはそろそろ家に帰って新しい本を読むことにするわ」アリシアは、今度来店したときにケイレブについて詳しく教えてもらえるのを期待している顔でジェーンに言った。「でもその前に、ねえ、そこのお若い方、年寄りの頼みを聞いてもらえないかしら？」

ケイレブはアリシアに向かってにっこり笑った。「お年寄りが見つかればそうしますよ。でも、ここには若い女性しかいませんね」

「まあ、なんて優しい人なの」アリシアは言い、彼を見あげて微笑んだ。

ケイレブは小首をかしげた。「何をお望みですか、ご婦人《マーム》？」

アリシアの顔に笑みが広がる。「まさしくそれよ。あなたに〝マーム〟と呼ばれてみたかったの。理想を言えば、帽子を軽く持ちあげながら言ってほしかったけど、それで充分よ」

ケイレブはくすくすと笑い、ドアへ向かうアリシアの先を歩きだした。老婦人のためにドアを開け、彼女が通り過ぎるときには帽子を軽く持ちあげた。「よい一日を、マーム」

彼が店内に戻ってくると、ジェーンはかぶりを振った。

「わたしの顧客を魅了するつもり？　本気なの？」

「女性の頼みならいつだって聞くよ」ケイレブは言い、また手を伸ばしてジェーンの三つ編みを引っ張った。「きみの願いでもね、おチビさん」

ジェーンはそのニックネームで呼ばれるのが大嫌いだった。何よりも、彫像《ちょうぞう》のように美しい姉の最初のボーイフレンドから、〝地味なジェーン〟と呼ばれていたことを思いだすからだ。

「やめてよ」ジェーンは言いながらも、からかわれてすぐにむっとする妹のような口調に聞こえなければいいがと思った。

「何をだい？　これか？」

ケイレブはまたもや髪を引っ張り、一歩さがって値踏みするような目でじっくりとジェーンを見た。「もういい大人なんだから、そろそろ三つ編みはやめたほうがいいんじゃないか？」

「身だしなみのことであなたからのアドバイスは必要ないけど、とにかくありがとう。でもそれを言うなら、ここはニューヨークだって知っているでしょう？　わたしたちは大草原にいるわけじゃないんだから、カウボーイコロンの広告みたいな格好をする必要はないのよ」

彼がさっと帽子を取ってお辞儀をしたので、ジェーンは思わず口元をゆるめた。からかわれるのは癪《しゃく》にさわるものの、ケイレブが背筋を伸ばしてにっこり微笑むのを見て、心のどこかでふたりで軽口を叩《たた》きあうのを自分も楽しんでいることに気づいた。

「はいはい、わかったよ、マーム」彼がジェーンの背後の棚に向かって帽子をひょいと放り投げ、もちろん帽子は見事に着地した。「力を貸してくれないか。今日は客として本を買いに来たんだ」

伸びすぎた茶色い髪の房が額にかかっている。帽子の影がなくなると、よく日焼けした肌のなかではしばみ色の目がいっそう緑がかって見えた。

ジェーンはケイレブの言葉に注意を戻した。「あなたがお客さん？　いつから本を買うようになったの？」

「きみのお姉さんの誕生日が近いからね」

ジェーンは片方の眉《まゆ》をあげた。「サムの誕生日は二週間も先よ。時間はまだたっぷりあるし、そもそもサムは本を読まないわ」

「ああ、だがきみは読むだろう」

ジェーンは怪訝《けげん》な顔で彼を見た。「どういう関係があるの？」

「今にわかるよ。さあ、旅の本のコーナーへ案内してくれ」

ケイレブはジェーンのあとに続いて書棚の迷宮を進みながら、ひとり笑みを漏らした。今度こそ、長年の努力を実らせようと心に決めていた。ジェーンに本から顔をあげさせ、ぼんやりした状態から目を覚まさせ、都会を離れて大自然のなかで過ごさせるのだ。その目標はまだ一度も達成できていないとはいえ、粘り強さこそが彼の取り柄だ。

ケイレブには兄はいるものの、姉も妹もいない。少なくとも、ジェーンとサム――フィンチ姉妹に出会うまではいなかった。

彼にとってサムは双子のようなものだ。趣味も特技も似ていて、ビジネスパートナーとして最高に相性がいい。それに対して、妹のような存在のジェーンとは共通点は何もないが、彼女をからかうのは大好きだし、それに――。

思考が急停止した。

ジェーンが陳列台の横をすり抜けようとした拍子にうっかり本を落としてしまい、それを拾おうと身をかがめたからだ。

視線を引きはがす直前の一瞬で、ジェーンの姿が彼の脳裏《のうり》に焼きついた。美しい曲線を描く腰。めくれあがった紺色のシャツからのぞく素肌《すはだ》。ジーンズのベルトの上にできたくぼみ。完璧な形の尻。

「ケイレブ?」

〝冷静になれ〟

ケイレブは深呼吸をしてから、ジェーンに注意を戻した。

ふたりは窓の近くにいた。外から差しこむ太陽の光が、彼女の茶色い髪にまじった金色の房を照らしだし、肌をつややかに輝かせている。まばたきすると、べっこう縁のめがねの奥にあるまつげが頬骨に長い影を落とした。

「ケイレブ?」ジェーンがわずかに眉根を寄せ、もう一度尋ねる。

「え?」思った以上に険しい声が出てしまった。ジェーンは今なんと言ったのだろう？

「ここが旅の本のコーナーだって言ったの。さあ、教えて。わたしが本を読むことが、姉さんの誕生日とどんな関係があるわけ？」

サムの誕生日。そうだった。

ケイレブは咳払《せきばら》いをした。「今にわかる」ちょうど女性客がふたり店に入ってきたので、彼はドアのほうを手ぶりで示した。「こっちはいいから、ほかのお客さんに応対しておいで。自分で探しだせるから」

目当ての本が見つかるころには、ケイレブは平常心を取り戻していた。ジェーンは今までもこれからも、ずっと友だちのままだ。それ以上でもそれ以下でもない。

店内には数人の客がいるが、みな本をぱらぱらと見ているだけで、レジには誰もいなかった。ケイレブはジェーンのもとへ行き、選んだ二冊の本をカウンターに置いた。

「これをもらうよ、本屋の女主人さん」

ジェーンが本のタイトルに目を落とす。「『ニューヨーク州のアパラチアン・トレイル』はまあいいとして、『バックパック旅行の入門ガイド』？　最悪の誕生日プレゼントね。姉さんは初心者じゃないし、あなた以上に知識があるわ」

ケイレブはにやりとした。「ぼくとしては認めがたい指摘だな。まあそれはいいとして、この二冊はサムのためじゃない。きみに贈る本だよ」

ジェーンは一瞬目を見開いたが、すぐにその目を細めた。

「いやよ。わたしを奥地へ誘いだそうって魂胆《こんたん》なら――」

ケイレブはカウンターに両腕を置き、ジェーンのほうに身を乗りだした。「なあ、サムが三十歳になるのは一生に一度だけなんだぞ。三人でハイキング旅行に出かける以上に彼女が喜ぶプレゼントがほかにあるか？　ほんの数日か、せいぜい一週間くらいだろう。何もエベレストやアルプス山脈やロッキー山脈にのぼろうってわけじゃない。車でほんの一時間半ほど北上するだけで、アパラチアン・トレイルに到着するんだから。この州から出る必要さえないんだ」

何か言い返そうとした彼女の視線が、ケイレブの背後にいる誰かに移った。

「もう少し店内を見てまわりたいんだけど」男性の声がした。「本をそこに置かせてもらってもいいかな？」

「ええ、もちろん」一瞬の間を置いて、ジェーンは答えた。彼女の声にどことなく驚きが含まれていたので、ケイレブはその客を見ようと振り返った。

しかし間に合わなかった。彼に見えたのは、本の迷路のなかへと消えていく男の背中だけだった。

ケイレブはふたたびジェーンのほうを向いた。「名誉にかけて、蜘蛛からも熊からも雪崩《なだれ》からも、きみを守ると約束する」

彼女はケイレブに視線を戻した。「どうやって雪崩から守るというの？　雪崩を止められるはずがないでしょう」

「そんなことにはならないさ。雪崩なんか起きっこない」

「どうしてわかるの？」

「だって雪崩というのは斜面に積もった雪や氷が崩れ落ちる現象だろう。ぼくたちが出かけるときには雪はない」

「うーん」

ジェーンとあれこれ言い争うのは大好きで、荒野を旅する合間に都会へ戻ったときの楽しみのひとつになっている。彼女がいつも打てば響くような反応を示してくれるからだ。ところが今は、どこかうわの空だ。彼女が三度目にケイレブの背後に目をやったとき、彼は振り向いた。

さっき彼の背後に現れた男がいた。六メートルくらい離れた場所に立ち、ケイレブがリブアイステーキを見るのと同じようなまなざしで、手に持った本を見つめている。

「あの男がどうかしたのか？　ずっと見ているようだが」ケイレブは彼女のほうに身を寄せ、少し声を落とした。「万引犯か？」

「ばか言わないで」ジェーンはためらいがちに言った。「ただ……わたしが今朝思い浮かべた男性にどことなく似ている気がして」

「誰かに似ているのか？　誰だ？」

ジェーンは大きく息を吸いこみ、ゆっくりと吐きだした。

「わたしの理想の男性」

2

犬や狼《おおかみ》が戦う体勢に入るときのように、背筋がこわばるのを感じた。

その感覚に気づかないふりをして、ケイレブはもう一度、男性客に視線を投げた。

「あの男が？　冗談だろう。めがねをかけてるじゃないか」

ジェーンがこちらをにらんでくる。「あなたは十二歳の子どもなの？　大人はめがねをかけているという理由で誰かを批判したりしないものよ」彼女は腕組みをした。

「それと、忘れているかもしれないけど、わたしもめがねをかけているわ」

ケイレブは降参の印に両手をあげた。「いや、そういう意味じゃない。たいていの女性はめがねをかけている男をセクシーだとは思わないと言ってるだけだ」

「今の発言はあまりに不適切すぎて、どこから訂正したらいいかもわからないわ。ひとつには、わたしは〝たいていの女性〟には含まれないってこと。もうひとつは、今の時代は聡明《そうめい》な人こそセクシーなの。知らなかった？」

ケイレブは薄笑いを浮かべた。「たしかにそうかもな。だけど、少なくともぼくは

――」


彼女がケイレブの背中をぴしゃりと叩いた。「しいっ！　彼がこっちに来るわ」

高校時代も大学時代も、ケイレブが近づくと女の子たちは〝しいっ〟と合図しあって静かになったものだ。うぬぼれないようにはしていたが、実際のところ、女性から注目されずに悩んだことは一度もない。

もちろん、ジェーンに恋愛感情を抱いているわけではない。〝ミスター・理想の男〟に反感を覚えるのは個人的な感情からではなく、ケイレブよりもこの男のほうが魅力的だと思う女性がいるというのが、どうしても納得がいかないからだ。

男は短い黒髪で、もみあげを伸ばし、顎ひげを生やしていた。いまいましい山羊《やぎ》ひげを。背は高く、まずまずの体格をしているが、スポーツや屋外の仕事で作られた筋肉とは違い、スポーツジムで鍛えたような体つきだ。学者風のツイードのジャケットと角縁のめがねから察するに、ほとんどの時間を読書に費やしているタイプだろう。ジェーンと同じように。

角縁めがねがジェーンの前で立ち止まって微笑むと、彼女も微笑み返した。

その笑顔を見た瞬間、ケイレブはみぞおちに重たい石を置かれたような気がした。

見た目と書店にいるという事実以外になんの根拠もないのに、この男はエリート主義の気取り屋だと決めてかかり、相手にしていなかった。さらに、その考えを頭のなかで一歩進めて、ジェーンの理想の男であるはずがないと勝手に判断していた。なぜなら……正反対の者同士のほうが惹《ひ》かれあうとかなんとか、よく言われるからだ。

しかし今、ふたりが互いに微笑みあっている様子を見て、この場にサムがいたらなんと言うだろうかとケイレブは想像した。

〝まあ、お似合いのふたりね〟

認めたくはないが、たしかにそのとおりだった。

ふたりがそれぞれのめがね越しに、梟《ふくろう》を思わせる目をぱちくりさせている姿は、本の虫の楽園にいる恋人同士のようだ。

めがねだけではない。ふたりのはにかんだ笑みはどことなく似ていた。男が手に持った本のことで何やら質問し、ジェーンが答えている。ふたりは話し方までなんとなく似ていた。何かに興味をそそられているときの熱のこもった口調が。

ケイレブがほかのハイカーたちとキャンプ用品について話したり、兄と馬の話で盛りあがったりするときと同じ口調だった。

つまり、正反対の者同士が惹かれあうというのはどうやら間違いだったらしい。より明白な結論こそが真実なのかもしれない。人は共通点がある相手と惹かれあうのだ。

惹かれあう。

みぞおちに重たい石をもうひとつ置かれたように、その言葉が重苦しく感じられた。

ケイレブが目にしているものはまさにそれだったからだ。惹かれあう姿。

ジェーンの頰がかつてないほどピンク色に輝いていた。彼女はカウンターに両腕を置くと、もっと近づきたいと言わんばかりに男のほうに身を乗りだした。ふたりは表紙のイラストについて話しているようだ。そのとき彼らが同時に本に手を伸ばし、互いの手が触れた。

ジェーンはますます頰を赤らめ、首をすくめて手を引っこめたが、すぐに顔をあげた。

ケイレブは自分が拳をかたく握りしめ、歯を食いしばっていることに気づき、どうにか体の力を抜いた。

彼らが熱心に話しこんでいる本に関心を移し、ふたりの会話に割って入る。

「『小公女』か。子ども向けの本だよな。あなたにはお子さんがいるんですか？　ご結婚は？」

ジェーンがくるりと振り向いてケイレブをにらみつけ、ふたたび客のほうを向いた。

「友人が個人的な質問をしてごめんなさい。彼は納屋育ちなの。比喩《ひゆ》ではなく本当に。でも彼はもう帰るので、レジを打つあいだ少し待っていてもらえますか？　そうしたら、さっきお話しした稀少本《きしょうぼん》のコーナーをご案内しますよ。あなたが気に入りそうな『秘密の花園』の初版本があるの」

相手にされていないのは自分のほうだと気づき、ケイレブはいらだちを覚えた。

「ぼくたちは友人以上の関係だ」ケイレブは財布を取りだしながら言った。

「たしかにそうね」ジェーンは同意し、彼のクレジットカードをレジに通し、本を袋に入れた。「彼は姉のビジネスパートナーなので、わたしにとっては兄みたいな存在なんです。実の兄だったら、うっとうしさは半分になるんでしょうけど」

自分でもジェーンの兄のような存在だと幾度となく言ってきたにもかかわらず、ケイレブはその言い方にまたいらだちを覚えた。

「ああ、だけど——」

ジェーンがカウンターの向こうから袋を差しだす。「ありがとうございました。またのお越しをお待ちしています」

しまった。ここに立ち寄ったもうひとつの用件をまだ伝えていない。三人で食事に行く約束をするつもりだったのだ。

「サムとぼくが——」

「せっかくこっちに戻ってきてるんだから、三人で集まりたいわね。今夜、姉さんに電話して場所と時間を決めておく。それでいい?」

ディナーのことはジェーンとサムが考えてくれるだろう。本の代金はすでに支払ったし、そろそろ帰ってほしいとジェーンがはっきりと意思表示している。

〝ミスター・理想の男〟にちらりと目をやると、彼はジェーンを見つめていた。この男もケイレブが立ち去るのを待っているようだ。

ケイレブは本が入った袋をジェーンに差しだした。「これはきみに贈ると言っただろう？　きみを説得して、サムの誕生日には必ずハイキング旅行に連れていくからな」

ジェーンは受け取った本をカウンターの下に置いた。「答えは絶対ノーだけど、その話はまたあとで。じゃあね、ケイレブ」

ここにとどまる口実がもうなくなった。

ケイレブは彼女の背後の棚に放り投げた帽子のほうに顎をしゃくった。「帽子を取ってくれ」

ジェーンが帽子をつかんで彼に手渡す。

「ありがとう、マーム」ケイレブは礼を言って帽子をかぶったが、ジェーンの関心はもうケイレブには向いていなかった。彼女は角縁めがねをじっと見つめていた。その表情を見たとたん、何かを……誰かを殴りつけたくなった。

ケイレブは書店をあとにして明るい日差しの下へ出ると、カウボーイハットのつばをさげてまぶしい光をさえぎった。歩道を歩きながら、ほんの一時間前に感じていた幸福感と期待を思いだそうとした。そんな気分になったのは、十月の陽気と、一カ月ぶりにマンハッタンへ戻って心が浮きたっているのと、ジェーンに会ってサムの誕生日に楽しいことを計画しようとしているからだと、そのときは思っていた。まだ街にいるし、太陽は今も輝いているし、三人でハイキング旅行に行く希望も捨てていない。

それなのに、ケイレブの楽しい気分はもう消えていた。

ケイレブが兄貴風を吹かせて話に割りこんできたことに、ジェーンはまだ腹を立てていた。しかし立ち去ったとたん、彼が立ち入った質問をしてくれたおかげで、気まずい思いをすることなく、その答えを追求する機会が与えられたのだと気づいた。

「ええと」初対面のハンサムな男性を、稀少本が陳列された鍵つきのガラスのキャビネットのほうへ案内しながら、ジェーンは努めてさりげない口調で言った。「子ども向けの本に興味があるということは、もしかして贈り物を探しているんですか？　もしそうなら、無料でラッピングしますよ」事務的な口調であわてて言い添える。

「八歳の姪《めい》に本をプレゼントしようと思って」彼が言った。左手の薬指に指輪がはまっていなかったので、ジェーンはますますうれしくなった。

〝どうよ、ケイレブ・ブライス。彼は独身よ〟

「八歳のとき、わたしは『秘密の花園』が大好きだったわ」ジェーンはガラス扉の鍵を開けると、お気に入りのにおいを吸いこんだ——装丁に使われた革と古い紙の、かすかにかび臭いけれど甘い香りを。「『若草物語』や『ライオンと魔女』もありますよ。それから『赤毛のアン』の美しい特装版も」

彼は眉をつりあげた。「『赤毛のアン』？　昔よく、妹に読んでやったな」

ジェーンは喜びがこみあげるのを感じた。「そうなんですか？　わたしが一番好きな作品なの」

「妹も大好きだった。妹が十歳になるころには、ぼくまでほとんど暗記していたよ」

子どものころに、妹さんに読み聞かせを？　なんて微笑ましいのかしら。

さあ、ここからがとても重要な質問だ。

「あなたも好きだったんですか？」

ジェーンは息を詰めるようにして答えを待った。

「実を言うと、ぼくも好きだった。もちろん、リサには絶対に言わなかったけどね」

やっぱりこの男性こそ運命の人だと確信してしまう。そう思わせる自《じ》嘲的《ちょうてき》な笑みを浮かべて彼が言った。

世界がジェーンの考えに賛同していることを証明するかのように、店員のフェリシアが一時間早く出勤してくれたので、ジェーンは長身で黒髪のハンサムな男性客に全神経を集中することができた。

彼がようやく買う本を決めたころには、ふたりは一時間以上も好きな本や作家について話しこんでいた。ファーストネーム——彼はダンという名前で、ジェーンはすぐに頭のなかで〝ハンサム・ダン〟と呼び始めた——も教えあい、さらにジェーンは自分が独身であることも（さりげない調子に聞こえていることを祈りながら）どうにか口にした。

残念だった点は、ダンも独身だとほぼ確信していたものの、彼がはっきり口に出して言う機会を見つけられなかったことだ。芳《かんば》しくない点としては、名刺や電話番号を渡されたり、コーヒーやランチやディナーに誘われたりしなかったことだ。

彼が挿絵の入った『不思議の国のアリス』の代金を現金で支払ったので少しがっかりした。クレジットカードで払ってくれたら、ラストネームもわかったのに。ところが、ジェーンがたっぷり時間をかけて彼の姪へのプレゼントをラッピングしながらふたりの時間を引き延ばす方法を考えていると、ダンが言った。「明日の午後、きみは店にいるかな？」

〝落ち着きなさい。即答しちゃだめ。小躍りして喜んじゃだめ〟

ジェーンはラッピングした本を袋に入れ、カウンターに置いた。

「ええ、明日は閉店時間までいるわ。午後六時までよ」

大はしゃぎせず、優しくにこやかに言えた。〝よくやったわ、ジェーン〟

ダンは袋を手に取り、微笑んだ。「もしかしたら、四時ごろに姪と一緒に寄らせてもらうかもしれない。あの子はきっとこの店を気に入ると思うから、自分で好きな本を選ばせて、ぼくが選んだ本と一緒に贈ろうと思って」

「最高だわ！」〝大げさすぎよ〟「つまり、ええと、わたしは子ども向けの本について話すのが昔から大好きなの。だからいつでも連れてきて」〝少しはましになったわね〟

彼がもう一度微笑んだ。「それじゃあ、また会う日まで」

なんてすてきな言い方だろう。古風できちんとしている。

「了解」

ジェーンは顔をしかめた。〝了解って何よ？〟そんな言葉しか思いつかなかったの？

けれども、もっとましな言葉を思いつく暇はなかった。彼はすでに店を出て、ドアを閉めたあとだったのだ。

ハンサム・ダン。

ジェーンは、その日の残りの時間を高揚感《こうようかん》に包まれながら過ごした。やはり彼はもう来ないかもしれないと自分に言い聞かせようとしても、本気でそうは思えなかった。ダンのほうもジェーンとのつながりを感じていたはずだからだ。

しかしブルックリンに戻り、三階の自分のアパートメントに続く階段をのぼるころには、あまり確信が持てなくなっていた。何しろ統計的に言えば、マンハッタンでは読書好きな女性に出会うほうが、読書好きな男性に出会うよりもはるかに簡単なのだ。言い換えれば、この街には〝ハンサム・ダン〟よりも〝地味なジェーン〟のほうがたくさんいるということだ。

彼が独身ではないという可能性だってある。結婚指輪はしていなかったけれど、デートをする相手はいるのかもしれない。

その理由については、前述の〝統計的に言えば――〟を参照してほしい。

読みかけの本――エレノア・ルーズベルトの伝記――を持ってベッドに入ったときには、浮かれた気分はすっかり憂鬱《ゆううつ》な気分に変わっていた。もう二度とハンサム・ダンには会えないに違いない。しかも、初対面なのにうわついた女子学生のように振る舞っただけでなく、ケイレブ・ブライスが見ている前で醜態《しゅうたい》をさらしてしまった。

ケイレブがあの場にいなければ、今日の出来事はきれいさっぱり忘れ、二度と思いださずにすんだだろう。でも彼は、ジェーンが〝理想の男性〟と呼んだ客のことを必ずきいてくるだろうし、彼女としてはできたらデートに誘われたと答えたかった。

ジェーンの口からため息が漏れる。

本をナイトテーブルに置いて明かりを消し、横向きになって眠ろうとした。

けれど、なかなか寝つけなかった。一日の出来事を頭のなかで再生し終えたとき、ある疑問がわいた。

たまたま店を訪れた男性客に、なぜあんなに胸がときめいたのだろう？　そんなにロマンスに飢《う》えているの？

デートの相手に不自由したことがない姉なら、イエスと答えるだろう。ジェーンは内気すぎるし、人間関係やほかのすべてのことにおいて慎重すぎるといつも言っているケイレブも、イエスと答えるだろう。

ジェーンはベッドのなかで寝返りを打ち、窓のほうを向いた。開け放した窓からさわやかな秋の香りのする風が寝室に入ってくる。腕の産毛が逆立ったので、ジェーンは毛布のなかにもぐりこんだ。

ひんやりした空気と違って寝具のなかはあたたかく、自分の体をひどく意識してしまう。最後に男性とベッドをともにしてからどれくらい経《た》つだろう？

ずいぶん前のような気がする。

安らかな眠りに落ちるのをあきらめてベッドの上で起きあがり、両膝を抱えて顎をのせ、満月を見つめた。

本当に美しい夜だった。強くなった風が窓の外の木の枝を揺らし、葉がさらさらと鳴る音が海の波の音のように聞こえる。

秋になると、いつも心がざわつく。

たぶん、それだけのことだ。人生に不満のようなものを感じるのは、この季節のせいだ。それは間違いない。そのうえ、最近はわりと静かな日々を過ごしていた。ハンサム・ダンに出会って胸がときめいたのは、何か新しいことが始まりそうな予感がしたからかもしれない。きみの人生にはもっと冒険が必要だと、ケイレブからはいつも言われている。

またしても、ケイレブだ。なぜいつもわたしの頭のなかに現れるの？　自分だけの思考のはずなのに、それを妨げることができるケイレブが腹立たしい。心のなかは、自分だけが全権を掌握できる場所のはずなのに。ジェーンはたびたび空想にふけり、想像力を働かせていろいろなものを思い浮かべるのを楽しんでいた――ドラゴン、ユニコーン、架空《かくう》の王国、世界規模の陰謀や暗殺計画……そしてたまに、理想の男性を思い描いたりもした。

でも、孤独な夜にそばにいてくれる想像上の恋人を思い描いたのはだいぶ前のことだ。

とにかく、久しぶりに思い描いてみよう。

ふたたび枕にもたれかかると、上掛けを顎まで引きあげ、ハンサム・ダンのことを考えた。黒い髪、青い目、いかにも本が好きそうな魅力的なめがね。カウボーイハット……。

ちょっと待って。カウボーイハット？　いったい、どこからそんなものが出てきたの？

もう一度、最初からやり直しだ。ハンサム・ダンと実際にチャールズ・ディケンズやジュール・ヴェルヌについて話したから、次はもっといろいろな話をしようと飲みに誘われる。

ふたりで何を飲む？　赤ワイン、地ビール、それとも職人技を感じるカクテル？

〝ケンタッキーバーボンだ、おチビさん。ストレートを、チェーサーなしで〟

ああ、もう。

わかった、すぐに肝心の場面に突入するべきなのかもしれない。ホットな状況ならケイレブだって現れないだろう。何しろ彼は友だちで、兄のような存在なのだから。友人であり兄のような人の裸は想像しないのが鉄則だ。

ハンサム・ダンはこの寝室にいる。彼は服を脱ぎながら、ジェーンをじっと見つめている。そして――。

ナイトテーブルに置いていた携帯電話が振動しだした。せっかくのいいムードが台なしだ。

ジェーンはびくりと起きあがって携帯電話を手に取り、画面をにらみつけた。こんな夜遅くに電話してくるなんて、いったい誰だろう？

ケイレブだ。そんなことだろうと思った。

まったく、裸の場面までぶち壊しにするなんて。

ジェーンは応答ボタンを押した。

「なんの用？」

「きみはいつもそんな出方をするのか？」

おもしろがっているような口調だったので、ジェーンは腹立たしさを覚えた。

「あなたからの電話のときだけよ。しかも、ベッドに入っている場合に限るわ」

「ベッドに？　それなのに電話に出たということは、ひとりでいるわけか。もしそうでないなら、角縁めがねが怒りだしているだろうからな」

ジェーンは歯を食いしばった。そして深呼吸をし、十まで数えて気持ちを落ち着かせる。

「冗談はよしてよ。用件は何、ケイレブ？」

「ディナーの件でサムに電話すると言っていたのに、彼女がまだきみから連絡がないと言うから」

たしかに姉に電話をするのを忘れていた。とはいえ、それにしても――。

「だからって、こんな時間に電話をしてもいい理由にはならないわ。それにあなたたちは数週間はこの街にいるんでしょう？　次の旅行に出かけるまで。三人で集まる時間はいくらでもあるじゃない。何をそんなに急いでいるの？」

短い沈黙が流れた。

「たしかに急ぐ必要はないな」しばらくして、ケイレブが言った。「だが、きみから電話がないとサムに聞いて、もしかしたらほかのことに気を取られているんじゃないかと思ったんだ。あの角縁めがねに」

ケイレブは早くも失礼なニックネームを彼につけたらしい。

「彼の名前はダンよ」

またしても短い沈黙。

「もうファーストネームで呼びあう関係になったのか。仕事が早いじゃないか、おチビさん。そんな才能があるとは知らなかったよ」

「名前を聞きだしたくらいで感心しているの？　少し前までは、一緒にベッドに入っているんじゃないかって気にしていたくせに」

「さっきのは冗談さ。本当は、角縁めがねとの関係なんて何も進展してないと思っていたよ。現実世界では、きみはいつもチャンスをふいにしてしまうからな」

余計な質問をしてしまったことをジェーンは後悔しそうになったが、相手がケイレブとなると聞き捨てならなかった。

「じゃあ、そのチャンスとやらはどこにあるの？」

「きみの頭のなかだよ」

ジェーンは仰向けになり、天井を見あげた。水に濡《ぬ》れたしみがあり、ペンキで塗ろうと以前から思っているのだが、どことなく男性の横顔のように見えるそのしみをケイレブの顔だと思うのは造作もないことだった。

ジェーンは天井のしみに向かって舌を突きだした。「それってどういう意味？」

「きみは自分が望むものを追い求めない。そのことについて考えはするが、決して行動を起こさない。想像力は豊かだが、きみの現実は……」

ケイレブは最後まで言わずに言葉を濁《にご》した。

「何？　わたしの現実はなんなの？」

退屈。彼は〝退屈〟と言おうとしたのだ。

「いや、何もそれがすべてってわけじゃないが」やがて彼が言った。

なるほど、思っていたよりは空気を読めるわけね。だけど、それにしても――。

「わたしが山のぼりをしたり、パラシュートでベースジャンプをしたり、樽《たる》に乗って滝を乗り越えたりしないから、そう言っているだけでしょう」

「ぼくだって、樽に乗って滝を乗り越えたことはない」

「でもね、みんながみんな、そういうことをしたいわけじゃないのよ。わたしは自分の人生を気に入ってるわ。あなたに退屈だと思われようと」

「退屈だとは言っていない」ケイレブがすかさず返したのは、図星を指されたからだろう。

　退屈な人生だと自分では思っていないけれど、そうではないと彼を納得させることもできないだろう。なぜなら、ジェーンがわくわくすることは、ケイレブにとってはどうでもいいことなのだから。

　ケイレブ・ブライスは何事もまずやってみるという人だ。冒険家で、行動力がある。彼にしてみれば、自分の目で見て、手でじかに触れ、舌で味わえるものだけが現実なのだ。ジェーンにとっては、自分の想像や夢が現実世界と同じくらいリアルに感じられることを、どうやって彼に説明すればいいだろう？　想像力はジェーンにとって、彼の人生におけるどんなものと比べても劣らないほど大切なものだということを。

　やはり無理だ。

「こんな会話を続けても無意味よ」一瞬の間を置いてジェーンは言った。「わたしたちはあまりにも違いすぎる。何が人生をおもしろくするかについて、ふたりの考えが一致することは絶対にないわ。たぶん、ほかのことについてもね。だから、あなたが暇さえあれば飛行機から飛びおりたり、山頂にのぼったりしてくれていてよかった。おかげで、それほど頻繁《ひんぱん》に会わなくてすむもの」

また沈黙が流れた。今度はしばらく続いたので、ジェーンは携帯電話の画面を見て、通話が切れていないか確認した。

「ケイレブ？　もしもし？」

「ああ」彼が応答する。「聞いているよ」

3

ジェーンの言葉がなぜこんなに気にかかるのかわからなかった。気心の知れた相手をからかうのは、あまり深く考えずにすむのがいいところだ。たしかにジェーンをからかうときは、思ったことをそのまま口に出している。

しかし今回は、度を越して気にさわることを言ってしまったようだ。

「ケイレブ?」

「聞いているよ」ケイレブはもう一度言った。

ジェーンと違い、ケイレブはベッドに入っていなかった。根城《ねじろ》にしているワシントンハイツのアパートメントのリビングルームにいた。ここには旅行と旅行の合間にたまにしか帰っていない。

おばのローズマリーは、コロラド州の実家のそばに居をかまえることを望んでいるが、ケイレブにそのつもりはなかった。おばのことは愛しているものの、そのおばに会うためでさえ、年に一、二度しか農場を訪れていないからだ。

兄のハンターがNASAの宇宙飛行士候補者に選抜されたとき、ヒューストンに拠点を築いてはどうかと説得された。ケイレブはそれでもかまわないと思ったが、訓練プログラムが終わったあと、ハンターがテキサス州にどれくらい住むかわからないとサムに指摘された（当然といえば当然のことだが）。サムは、ジェーンとともに育ったニューヨークに本社を置くことを希望していた。ジェーンがニューヨークに戻って、祖父母の書店を引き継いだからだ。サムは同時に、自分たちがティーンエイジャーのころに移り住み、現在も両親が暮らしているロサンゼルスも検討したいと言った。最終的な決断はケイレブに委《ゆだ》ねられ、彼はニューヨークを選んだ。

「ご両親はふたり一緒だが、ジェーンはひとりだからな」サムにはそう言った。

「わたしたちは、少なくとも一年の半分は家を空けることになるのよ。いつもそばにいて、あの子が頼れる存在にはなれないわ」

「たしかにそうだけど、ご両親に比べればジェーンのほうがまだぼくたちを必要としている」

「そのことはジェーンには言わないほうがいいわ。あの子は誰かが自分の面倒を見ようとするのをいやがるから」

「きみが面倒を見ようとするのをいやがるんだろう」ケイレブは訂正した。「ぼくはさりげなく面倒を見ているから、彼女はあまり気づかない」

「あなたのどこがさりげないのよ。でも、あなたはニューヨークが嫌いなんだと思っていたわ」

「一年じゅうここで暮らすのはごめんだが、たまに訪れるにはいい場所だ。それに、きみがどれだけこの街を愛してるかも知っている。ここに拠点を置く理由としては充分だろう」

サムはイーストヴィレッジにワンルームのアパートメントを持っていたし、ケイレブはワシントンハイツに寝室がひとつだけのアパートメントを見つけていた。もし金銭的に余裕がなくなったら、ふたりとも旅行中は人に貸せばいいと思っていたが、ビジネスがうまくいっているあいだは、ケイレブは自分の部屋を空けておきたかった。どこかに定住するなんてばかげていると言いながらも、心のどこかではいつも、自分の帰りを待ってくれている家があるのはいいものだと思っていた。

彼は今、そのアパートメントの窓際で革張りの椅子に座り、マンハッタンの地平線の上に浮かぶ月を眺めていた。

「もうすぐ十二時よ」ジェーンが言った。「サムには明日電話する。それでいいでしょう？　そのときにディナーについて決めておくわ。時間はたっぷりあるんだし」

ジェーンが電話を切ろうとしている。もう遅い時間だから、そろそろ眠りたいのだろう。

しかしケイレブは目が冴《さ》えていたし、電話をかける前と変わらず心がざわついたままだった。まだおやすみを言う気にはとてもなれない。

「それで、角縁めがねからデートに誘われたのか？」

「ダン。彼の名前はダンよ」

ジェーンに話を続けさせるためなら、甘んじて聞くしかない。

「わかったよ。なんでもいいが、そのダンとやらにデートに誘われたのか？」

短い沈黙。そして――。「いいえ。でも、明日また店に立ち寄るって」

誰かにロープの結び目を引っ張られたかのように、ケイレブは胃が引きつるのを感じた。

「そうなのか？　よかったじゃないか。電話番号は教えたのか？」

「今日会ったばかりなのよ。どうして電話番号を教えなくちゃならないの？」

「本気で言っているのか？　やれやれ、ジェーン、きみは思った以上にひどいな。恋愛はどうやって始まると思ってるんだ？」

「誰かに出会って、ふたりで話をして、共通点を見つける。それから――」

「電話番号を相手に教えることから始まるんだよ」

「それは早すぎるわ。まずは直接会って話したほうがいいと思うの」

「でも電話番号を知っていれば、夜中に電話でいちゃつくことができる」

「夜中に電話でいちゃつく?」

「一度も経験がないなんて言わないでくれよな」

「ええと、ないわ。もちろんデートをしたことはあるし、ボーイフレンドと電話で話したこともあるけど——」

「今、何を着てる?」

「え?」

「今、何を着ているかってきいたんだ」

「今? パジャマよ。なんでそんな——」

「ジェーン。パジャマなんて言わないんだ」

「ねえ、いったいなんなの?」

ジェーンは心底困惑しているようだ。ぼくだって、自分が何をしているのかわからない。

「男が寝る前に電話をかけてきて、何を着ているかときかれたら、何もと言うんだ」

「何も言わないのね?」

〝やれやれ〟

「そうじゃない。〝何も〟と言うんだよ。何も着ていない。つまり裸だってことだ」

ケイレブはひと呼吸置いて続けた。「よし、もう一度やってみよう。今、何を着てる？」

　沈黙。そして――。「やだ、ケイレブ。こんなの、いろいろな意味で間違ってるわ」

　それについては、彼女は間違っていない。

「ぼくはただ――」

「まず第一に、わたしは本当にパジャマを着ているの。いつもパジャマを着るの。寝るときは。そして第二に、あなたは男じゃないでしょう」彼女はいったん言葉を切った。「つまり、ええと……ああもう、どういう意味だかわかるでしょう？」

　ああ、そのとおりだ。だが、ジェーン自身の口から聞くのは気分のいいものではないし、それこそいろいろな意味で間違っている。

「練習の機会を与えてやろうと思っただけだ」

「練習ってなんの？」

「夜中に電話でいちゃつく練習だよ。頭のなかで想像するだけじゃなくて、実際にダンと何かを起こしたくなった場合に備えて」

「まるでわたしが誰ともデートをしたことがないみたいな言い方ね。デートくらいしたことがあるって知ってるでしょう。わたしだって――」

「どれくらい経つ？」

　沈黙。

　実際、どれくらい経つだろう？　ジェーンが男の話をするのを最後に聞いたのはいつだ？

「三カ月前に、一度だけデートをしたわ」一瞬の間のあと、ジェーンは弁解がましい口ぶりで言った。

「デートを一度きり？　で、結果は？」

「次のデートはなかった。言うまでもないでしょう」

　彼の手のなかの携帯電話があたたかくなったような気がした。まるで電波を受信しようと懸命《けんめい》になっているかのようだ。ケイレブは椅子の上で姿勢を変え、両脚を投げだして足首を組んだ。

「なぜだめだったんだ？」

　電話の向こうでジェーンが肩をすくめる音が聞こえてきそうだ。彼女はいらいらしているときや、気づまりなとき、恥ずかしがっているときによく肩をすくめる。

「わからない。たぶん、相性が合わなかったのね」

「きみのほうが？　それとも彼のほうが？」

「どちらもよ。それにしても、なぜ質問攻めにするの？　わたしの最後のデートがどんなだったか、どうしてそんなに気にするの？」

　即答が難しい質問だ。

「力になってやりたいと思っているだけだよ、おチビさん。今日、ダンに会ってかなり興奮していたみたいだから、きみがしくじるのを見たくない」

「それはどうも」彼女はそっけない口調で言った。「すごく心強いわ」

ケイレブは頭を傾けてゆったりと椅子の背にもたれると、天井を見あげて微笑んだ。

「じゃあ、ぼくを相手に練習してみてくれ」

「練習って……」

「夜中に電話でいちゃつくスキルを磨くんだよ。いつか二回目のデートにつながるかもしれないだろう」

「わたしはいちゃいちゃするのが下手だっていう前提を受け入れたとしても、あなたを相手に練習なんかしないわ」

ジェーンがこちらをにらんでいるような気がした。「なぜだめなんだ?」

「恥ずかしいからよ、ばかね」

「ぼくは男じゃないんだろう。自分でそう言ったんじゃないか。さあ、ジェーン、きみがどんなふうにいちゃつくのか聞かせてみろ。今、何を着てるんだ?」

「パジャマ」

ケイレブはまた微笑んだ。「よし、わかった、それでいこう。どんなパジャマなんだ?」

大きなため息が聞こえた。「ハリーポッターのパジャマよ」

ケイレブは目をしばたたいた。「冗談だろう」

「もちろん真剣よ」

「これは、本当に思った以上にひどいな」

「あのね、ミスター・うぬぼれ屋さん、ハリー・ポッターマニアの男性だったら、このパジャマをかわいいと思う可能性は充分にあるのよ」

ミスター・うぬぼれ屋か。なかなか笑えるニックネームだ。

「きみのデートの相手は、ハリー・ポッターマニアに限られるってことか？」

「別にいいでしょう？　あなたのデート相手だって、お尻の引きしまった巨乳の勇ましいアスリートに限られているじゃない」

ケイレブはわずかに背筋を伸ばした。「おい！　それは違うぞ」

「サムの言葉を借りたのよ。前回こっちに戻ってきたとき、あなたのことをそう言っていたわ」

「なるほどね。それで、彼女は何を根拠にそんなことを？」

「実際に起きたことを根拠にしているんだと思うけど。そのとき、姉さんとわたしはバーにいて、あなたがお尻の引きしまった巨乳の勇ましいアスリートを口説いているのをこの目で見たから」

くそっ。いったい誰のことを――。

ああ、そうか、リタだ。

「いいだろう、きみたちの言うことが当たっていると仮定しても、巨乳はひどいだろう。豊満な胸と言ってくれ」

「まあ、あなたって正真正銘のフェミニストのヒーローなのね、ケイレブ」

「そうさ。もっとも、ぼくが女性にもてる理由はほかにもたくさんあるけどな」

「はいはい、そうですか。わたしはもう寝るわ。ハリー・ポッターのパジャマを着てね。参考までに言っておくと、レイブンクロー寮の色よ」

「どういう意味かさっぱりわからない」

「ハリー・ポッターの小説を読んだことがないの?」

ほかのどんな言葉を聞いたときよりも、彼女の声は恐怖におののいていた。

読んだことがあったか?「小学校のときに読んだかもしれないな」

「それなのに覚えていないの? ほらね、これだからサムがいなかったら、わたしたちは絶対に友だちになっていないのよ。あのシリーズは数年間、わたしにとって人生のすべてだったんだから」

「オタク」

「体育ばか」

「めがね女」

「脳みそ筋肉男」

ふたりで罵《ののし》りあいながら、ジェーンがベッドの上に起きあがっている姿を想像し、ケイレブはにやにや笑いを浮かべた。茶色の長い髪をおろし、めがねは外しているだろう。

「なあ、ジェーン、きみの写真を撮って送ってくれないか？」

「どうせ、わたしのパジャマをばかにするつもりなんでしょう？」

「いや、そうじゃない。レイブンクロー寮の色っていうのがどんなものか見てみたいんだ。無教養な脳みそ筋肉男にはなりたくないからな」

ジェーンがくすくす笑う声が聞こえた。「写真一枚で役に立つとは思えないけど、まあいいわ。今から電話を切って、送ってあげる」一瞬の間を置いてから彼女は言った。「おやすみなさい、ケイレブ」

「おやすみ、ジェーン」

電話を終えたとたん、アパートメントのなかが静寂《せいじゃく》に包まれた。外に目をやると、月が少し高くなっていた。さっきまでまばらに出ていた雲が十月の風に吹き飛ばされ、今は澄《す》んだ月が煌々《こうこう》と輝いている。ケイレブは月を眺めながら、ハワイ島やキリマンジャロの山腹で見た夜空を思い浮かべた。

ジェーンとは一緒に行くことのない場所。

携帯電話が鳴ったので、ジェーンから送られてきた画像を見た。

彼女はベッドの上であぐらをかき、枕にもたれかかっていた。シーツは白で、上掛けは淡いブルーだ。ベッド脇のランプは、シェードの部分がステンドグラスになっている。あれはなんという名前だったか？　ティファニー・ランプだ。

しかし写真のなかで何より目を奪われたのはジェーンだった。

想像していたとおり、彼女は髪をおろしていた。以前にも髪を垂らしている姿を見たことはあるが、これほど長く、豊かで、つややかで、〝茶色〟という言葉ではうまく表現できない色合いだということを忘れていた。何しろ、ブロンズや金や赤などの無数の色合いが重なりあい、十一月中旬の紅葉を思わせるのだ。

思わず携帯電話を持つ手に力がこもる。

めがねをかけていない大きな瞳は、海のように深いダークブルーだ。今はメイクをしていないので、マスカラなんてつけていないはずなのに、まつげがとても濃くて長い。

彼女がそこにいた。

ケイレブにとって妹のような存在の女性が。

急に罪悪感に襲われ、ケイレブは携帯電話の電源を切り、体を起こして椅子から立ちあがった。ぼくもそろそろ寝よう。

しかし携帯電話の電源を切ってもなお、ジェーンの姿が脳裏を離れなかった――ピンク色の頬、つややかな肌、やわらかそうな唇に浮かぶ微笑み。そして、カメラをのぞきこんでいるダークブルーの瞳。

4

翌朝、ジェーンは姉とメールでディナーの予定を立てた。

サム：あなたの店の近くにあるレストランはどう？　手のこんだハンバーガーを出していて、壁に『スタートレック』のグッズが飾られているところ。

ジェーン：ケイレブはあの店が嫌いなの。気取りすぎなんだって。

サム：彼の目にはなんでも気取りすぎに見えるのよ。そんなの気にしだしたらきりがないと思わない？

ジェーン：たしかにそうね。じゃあ、〈コバヤシマル〉で。七時でいい？

サム：七時ね。

ジェーンは携帯電話をポケットに戻し、本当に重大な仕事に戻った。ハンサム・ダンと二度目に会うのに、どのトップスを着ていくか決めるという仕事に。お尻の形がきれいに見えるという理由で、お気に入りのジーンズをはくことはすでに決めていた。昔からお尻の形はいいほうだと思うけれど、上半身はそこまでではない。昨夜、胸の大きな女性が好きだとケイレブをからかったが、実際のところほとんどの男性がそうだ。それには生物学的な理由があるという話を何かで読んだことがある——大きな乳房はその女性に妊娠能力があり、授乳して赤ん坊を育てることができるというサインであり、だからこそ男性は生まれつき大きな乳房に惹かれるようにできているのだとか。

しかし、ジェーンにはパッド入りのブラジャーがある。A／BカップをB／Cカップに引きあげ、谷間らしきものを作ってくれるという優れものだ。その上から自分に似合うトップスを着れば、準備は万端だ。

結局、選んだのは〈ブックワーム・ターンズ〉のTシャツだった——ゾンビの司書が〝脳みそ……脳みそ……脳みそ〟と言う代わりに、〝本……本……本〟と言っている絵柄がプリントされている。

これを選んだ理由は三つある。ひとつ目は、Tシャツを着ていれば頑張りすぎているように見えないこと。ふたつ目は、このTシャツはVネックなので、作りものの胸の谷間が強調できること。そして三つ目は、ユーモアがあること。ケイレブのような人には伝わらないだろうけれど、ダンならおもしろがってくれるはずだ。

普段は一緒に働く従業員はひとりしか必要ないが、今日はフェリシアだけでなく、キキにもシフトに入ってほしいと頼んでおいた。客が次々に来店したとしても、自分はダンだけに集中できるように……もちろん小さな書店の経営者としては、そういう状況になるのが望ましいわけだけれど。

とはいえ正直に言うと、今日に限っては、ダンともう一度会うことだけを望んでいる。

そして今度こそ、デートに誘われたかった。

ブルックリンからマンハッタンへ向かう地下鉄に乗っているとき、ふと前夜のケイレブとの会話を思いだした。その瞬間、奇妙な感覚が全身を駆《か》けめぐり、何かが……小さなさざ波のように広がった。

彼が言っていたとおり、わたしにはいちゃつくスキルが足りないのだろうか？　というより、そもそもそんなスキルを持ちあわせていないとか？　たしかに、今まで気になる男性が現れても、あまりいちゃついたことはない……共通の趣味を見つけ、まともな会話をしようと必死になっていた。

憂鬱な気持ちになり、プラスチック製の座席にぐったりと座りこんだ。向かいの席の若い女性が――バックパックを背負っているから学生だろう――スマートフォンの画面をにらみつけ、猛然《もうぜん》とメールを打っている。ボーイフレンドとけんかでもしたに違いない。

〝恋愛なんかうんざり〟とサムは昔からよく言っている。〝人間は欲望を愛情と勘違いするから厄介なのよ〟と。

やはりケイレブの言い分が正しく、自分のほうが間違っているのかもしれない。たぶん男性は共通の趣味なんてどうでもよくて、夜中に電話でいちゃつくことや、胸の大きさのほうが大事なのだ。

そしてサムの言うとおり、欲望が優先されて、愛情は二の次になってしまうのかもしれない。

しかし大好きな本と本好きな客に囲まれているうちに、数時間後には生来の楽天家のジェーンに戻っていた。もちろん、世の中には真剣に恋愛をしたいと思っている男性もいるはずだ。そのなかには『ドクター・フー』を観ていて、『ハリー・ポッター』を愛し、J・R・R・トールキンのエルフ語で二、三言話せるオタクの男性もいるだろう。オタクであることや文学好きであることはロマンスへの妨げではなく、架け橋になると考えている男性が。

四時近くなったころには、ジェーンはすっかり元気になっていた。

ダンは現れないかもしれないと思う暇さえなかった。なぜなら、四時五分にダンは現れ、姪だけでなく妹まで連れてきたからだ。彼はジェーンの姿を見つけるとすぐに近づいてきて、まるで何年も前から知りあいだったみたいな笑みを浮かべ、妹のリサと姪のアリスを紹介した。すでにジェーンのことをふたりに話していて、一日じゅう会えるのを楽しみにしていたと言わんばかりだった。

四人は本や作家についておしゃべりをし、アリスは稀少本の陳列されているキャビネットからE・B・ホワイトのサインが入った『シャーロットのおくりもの』を選んだ。

ジェーンにとって少し心配だったのは、彼の妹と姪がいる前でどうやって本題のデートの話を――少なくとも電話番号の話を――切りだすかということだった。ところがジェーンが解決法を思いつく前に、ダン自身が見つけた。

もっと厳密に言えば、姪が見つけてくれた。

「ねえママ、遅刻しちゃうよ」アリスはそう言って、リサの腕を引っ張った。

リサは携帯電話を取りだし、うなずいた。「本当だわ、大変」彼女はジェーンに微笑みかけた。「あなたがそんなに魅力的なせいよ。お会いできてうれしかった。クリスマスプレゼントを買いにまた来るわ。ダン、またすぐに会えるわね？」

ダンがうなずく。「今夜は無理だけどね」

リサとアリスが去っていくと、ジェーンは期待に胸をふくらませた。今夜、ダンは何をするつもりなのだろう？　もしかして、わたしと一緒に過ごしたいの？　ディナー？　ダンス？　お酒？　それとも三つ全部？　もっとも、彼が栗色《くりいろ》のボタンダウンシャツに灰色のウールのズボンという服装なのに対し、ジェーンはTシャツ姿だ。でもいつも店に服を何着か置いていて、いざというときのために奥の部屋にスカートもかけてある。

〝どうかあのスカートが必要になりますように〟

ダンが何か言いかけてためらった。彼がめがねをいじる様子を見て、自分も緊張したときによくめがねをいじっていることを思いだす。

彼は緊張しているの？　わたしをデートに誘うつもりだから？

やがて彼はめがねを外し、シャツの裾《すそ》で磨いてから、もう一度かけ直した。「ジェーン――」

「妹よ！」

元気いっぱいのあの声は、紛れもなくサマンサ・フィンチのものだ。普段なら、姉が訪ねてきたのを喜んだだろうが、あまりにもタイミングが悪すぎて、ジェーンは彼女をにらみつけた。目つきで人を殺せるとしたら、二十歩離れた場所にいる熊でさえ倒していただろう。

しかしもちろん、サムは気にもとめなかった。満面の笑みを浮かべ、静かな町を吹き抜けるすがすがしい風のように颯爽《さっそう》と店に入ってきた。彼女はそばまでやってくると、妹を強く抱きしめた。その瞬間、サムのほうが背丈が二十センチも高く、全身の筋肉が引きしまっているため、体重も十三キロほど重いことを思いだす。

「なんなのよ、その顔は！」サムは声をあげた。

いつものことながら、彼女の声が静かな店内でやけに大きく響いた。サムはいつも堂々として活気にあふれているので、そばにいるだけで自分は影が薄く、ひどく見劣りしているような気がする。たとえるならオークの巨木の隣に生えたひょろ長い若木のような。

「ケイレブから聞いたんだけど、ふたりでわたしの誕生日に何かすてきなことを計画してくれているそうね。ついに三十代に突入……ああ、ジェイニー。自分が祝いたいのかどうかもわからないわ」

「それを聞いて安心した。ケイレブが計画していることは何があっても絶対に実現しないから」

サムがこれ見よがしに口を尖《とが》らせる。「そんなふうに言われたら、どんな計画か知らないけど、実現してほしくなるじゃない」

「それは姉さんの精神年齢が八歳のままだからよ」

「その言葉、そっくりそのまま返すわ。何を言っても、結局は自分に跳ね返って――」

「オーケー、六歳ってことね」

サムは強烈《きょうれつ》な個性の持ち主なので、どうしてもほかのことから注意をそらされてしまう――たとえ自分が好意を寄せているハンサムな客であっても。最初の挨拶が一段落したところで、ジェーンはようやくダンのことを思いだし、彼にちらりと目をやった。彼は道端で自動車事故を目撃したような表情でサムを見つめている。何がどうなっているのかわからないものの、目が離せないようだ。

ジェーンの視線に気づいたらしく、サムが歯を見せてにっこりと笑った。

「ごめんなさい、ジェーン。接客の邪魔をしてしまったみたいね」サムが片手を差しだすと、ダンはやや呆然《ぼうぜん》とした様子でその手を取った。「サマンサです」彼女は続けて尋ねた。「ここの常連さんですか?」

「この店に来るのは二回目です」ダンが答える。「おふたりは姉妹なんですか?」

彼はなおもあっけに取られた口調で言った。

姉がにっこりと微笑む。「そうなんだけど、わたしたち、全然似てないでしょう。瞳の色以外は」さらにつけ加えた。「ブルーの色合いはまったく同じなの。母に言わせると、コバルトブルーらしいわ。わたしはコバルトを見たことがないから、その言葉を信じるしかないけれど」

サムがジェーンのほうを向いた。「思ったよりも早くダウンタウンに着いたから、あなたをハグするために立ち寄ったの。それと、できれば約束の時間をもう少し早められないかと思って。ここの閉店後すぐとかに。おなかがぺこぺこなの。ケイレブもこっちに向かってるわ。彼は直接レストランに向かうそうよ」

「でもまだ――」壁の時計を見ると、どういうわけか六時五分前だった。どうしてそんなことに？

「閉店時間は今も六時なんでしょう？」

「うん」

「よし、それじゃあ」サムはもう一度ジェーンを抱きしめた。今度は肋骨《ろっこつ》がきしみをあげるほど力強く。「十五分後くらいかしら、あなたが店に着いたら始めましょう。ハンバーガーと妹――最高だわ」

サムはハリケーンのように店から飛びだしていった。その印象があまりにも強烈で、比喩ではなく本当に風が吹き抜けたように、本が開いてページがはためくのではないかとジェーンは思った。

ああ、もう。もし今夜ダンに誘われたら、サムとケイレブにディナーの約束を変更してほしいとメールで伝えようと考えていたのに。でも、今となってはどう考えても不可能だ。

まあ、いいわ。食事をすませたあとでだってダンと出かけることはできる。お酒とかコーヒーを飲みに行くくらいなら。あるいは別の日に約束してもいい。どうってことはない。ちょっとがっかりしただけだ。

ジェーンはさっきの話に戻ろうと思いながら、ダンのほうに向き直った。サムはとっくに店から出ていったのに、彼はまだ姉を見つめているかのようだった。別に驚くことではない。サムと会ったあとはいつも、落ち着きを取り戻すのにジェーンでさえ数分かかる。ましてやダンにとっては、これが初めてなのだ。

やがて彼がジェーンのほうを向いた。

「サマンサ」ダンは困惑した声で言った。

「ええ、それが姉の名前よ」ジェーンは応じた。

かえってよかったのかもしれない。ふたりともきょうだいがいて、そのことについて話せたわけだから。サムとの約束の話から、一般的な約束の話題に移って、そこから具体的な約束をすればいい。デートの約束を。

「彼女は……」ダンが言いよどむ。

ジェーンはうなずいた。「わかるわ。なんていうか、圧倒されるのよね」

ダンは黙りこんでいる。めがねの奥の目がどことなくうつろだ。何を考えているのだろう？　あと五分しかないこと？　デートに誘うべきか、電話番号を交換するだけにしておくか迷っているの？　それとも――。

うつろだった表情が何か別のものに取って代わった。彼の手が肩に置かれ、ジェーンはぞくぞくした。昨日、カウンターの上で手が触れあったとき以来の接触だ。

「あのさ」ダンが言った。

ジェーンの心臓が早鐘《はやがね》を打ちだした。

「お姉さんって、つきあっている人がいるのかな?」

5

その質問の意味を理解する間もなく、キキがあたふたとやってきてしゃべり始めた。『ネロ・ウルフ』シリーズを一冊残らず買っていった客がいて、レックス・スタウトの本は二十冊ほどあったからミステリーコーナーの〝S〟の下に大きな隙間《すきま》ができたとか、今夜はフェリシアとふたりで店じまいをしておこうか、とか。

最後の文の終わりに疑問符がついていたことだけはジェーンにもわかった。どうやらキキの話のなかには、返事を必要とするものがあったらしい。

「え？」

「今夜はわたしたちが店じまいをしましょうかと言ったの。サムの話では――盗み聞きしたわけじゃないのよ。だってそんな必要はないでしょう？　あんなに声が大きいんだもの――みんなでディナーに行く予定があるのよね？　だから、よかったら店じまいはわたしたちにまかせて。ほかのお客さんはみんなもう帰って、残っているのは――」キキはダンを見た。「急《せ》かしているわけじゃありませんよ。わたしは――」

「いや、もちろんわかってるよ」ダンは言い、ふたたびジェーンのほうを向いた。「お姉さんとの待ちあわせ場所まで送っていくよ。もしよければ」

展開が早すぎてついていけない。なんと答えればいいのだろう?

彼はさっき、サムに恋人がいるのかどうか尋ねた。つまり、姉に関心を抱いたわけだ。レストランまで送っていけば、もう一度姉に会えるのではないかと期待しているのだろう。

ジェーンはどう答えるべきかわからなかった。

「わたしは――」

いや、やはり断ろう。

でも、すぐ近くにあるレストランまで送ってもらえない理由なんてあるだろうか?

「途中でちょっと用事があるの。だから送ってもらうなんて――」

「ぼくはかまわないよ」ダンがすかさず言う。「本当に」

その瞬間、ジェーンは自分があきらめたことに気づいた。

こんなふうに感じるのは今回が初めてではない。サムが関わることについては、二十七年間あきらめ続けている。ジェーンにとってサムは手に負えない存在であり、これからもずっとそうだろう。

「わかったわ」ジェーンは絶望的な気分で言ったが、ダンは彼女の気持ちに気づいておらず、同意を得たとしか思っていないようだ。

「ああ、よかった」彼は大喜びして言った。「準備はいいかい？　そろそろ行こうか？」

時間を稼ぐ口実を思いつかなかった。「ええ」そういえば、奥の部屋にハンドバッグとカーディガンを置いていたのだった。少しのあいだひとりになって、気を取り直そう。「ちょっと待っていて。荷物を取ってくる——」

「カーディガンとハンドバッグよね？」キキは言うと、まるで精霊《せいれい》のようにそれらを取りだした。「はい、どうぞ。すぐ出かけられるように持ってきておいたわ」

すばらしい。

ジェーンは従業員であり友人でもあるキキに向かって、作り笑いを浮かべた。彼女は親切に振る舞おうとしただけだ。「ありがとう、キキ。助かるわ。お店の鍵は持っているわね？」

「ええ」

「それじゃあ、また明日」

それから一分も経たないうちに、ジェーンは想像していたとおりにハンサム・ダンと一緒に歩道を歩いていた。ただし違っているのは、ふたりがサムについて話していることだ。

「きみのお姉さんはとてもきれいな人だね。あんなに美しい女性に会ったのは初めてだよ」

そう思ったのはダンが初めてではない。もっと言えば、ジェーンが関心を持った男性のなかでも、そう思ったのは彼が初めてではない。

「ええ、そうね」

「しかもすごく……生き生きしている」

「ええ」

「彼女は光り輝いていると言ってもいいほどだ。オーラか何かに包まれているようだった。まるで後光《ごこう》が差しているみたいに」

後光ですって？　まあ、いいけれど。

ダンがふと立ち止まり、急にうろたえた目でジェーンを見おろした。岩の上を川の水が流れるように、歩行者がふたりのまわりを急ぎ足で通り過ぎていく。

〝本当にごめん〟と彼は言おうとしているのだ。〝どう考えても、ぼくたちの相性はすごくいいのに、お姉さんのことばかりべらべらしゃべってしまった。きみには不快な思いをさせてしまったね。どうか許してくれ〟

「お姉さんにはつきあっている人がいるんだね？　あれほどの美人なら、特定の相手がいないわけがない。だから、ぼくに彼女の話をするのは気が進まないわけか。ぼくのたわ言を聞いて、ばかみたいだと思っただろうね」

ダンはひどく心配そうな顔でジェーンを見おろした。額にしわを寄せ、目に不安の色を浮かべている。本心から彼のことをばかみたいだと思えたらいいのに。

しかし、どうしてもそうは思えなかった。互いに惹かれあうものがあると勝手な勘違いをしてしまったけれど、それはダンのせいではない。ふたりの相性がいいとしても、文化的なことに関してだけだとこれではっきりした。それ以外のことはジェーンが頭のなかで勝手に想像しただけで、そもそもダンはジェーンに関心を抱いていなかったわけだから、心変わりをしたと彼を責めることもできない。

それに本当のことを言えば、まだ彼に好感を抱いている。昨日魅力を感じた読書好きのオタクであることには変わりはないが、微笑ましくなるほどロマンティックな一面も見せている。

姉に対してだが。

「そんなことない。ばかみたいだなんて思っていないわ」やっとの思いでジェーンは言った。「たしか、サムは数カ月前に恋人と別れたはずよ。わたしの知る限りでは、今のところ特定の相手はいないわ」

ダンが顔をぱっと輝かせた。その表情がいっそう魅力的に見え、ジェーンの気分はいっそう滅入った。彼はふたたび歩きだそうとしたが、途中で足を止めた。

「ごめん、用事があると言っていたよね。どこへ行けばいいのかな？」

そうだった。ありもしない用事だけれど。

「ああ、それはもう大丈夫。明日でもいいから。あの青い日よけのあるレストランよ。さあ、行きましょう」

ふたりはまた歩きだした。夕日が目にしみて、ジェーンは目をしばたたいた。いつものことながら、ビルの谷間に沈む夕日はいちだんとまぶしく感じられる。

「信じられないよ、あと一週間しかここにいられないなんて」ふとダンの言葉が耳に入ってきた。「でもそんなことは問題じゃない。彼女を誘わないと――コーヒーかディナーか、とにかくなんでもいいから」

〝ちょっと待って〟

「あなたはニューヨークに住んでいるわけではないの？　あと一週間しかここにいないの？」

ダンはそのことを今初めて告げたのだろうか？　それともわたしがどこかで聞き逃していただけ？

「残念ながら、そうなんだ。でも年に数回は出張でこっちに来ている。妹にも会いに来ているし」

「じゃあ、あなたはどこに――」

「ほら、お姉さんがいたよ！　いや、見間違いだな。あれは彼女じゃない」

〈コバヤシマル〉に到着すると、ダンは窓から混雑した店内をのぞきこんだ。

彼も誘うべきなのだろうか？

〝あなたも一緒にどう、ダン？〟

〝いや、ジェーン。きみたちの邪魔をするわけにはいかないよ〟

〝まさか、邪魔なわけがないでしょう。あなたも参加してくれたらうれしいわ〟

〝そうかい？　もし本当に迷惑でないなら……〟

そうなれば、これから数時間、恋心を抱いた男性がサムに言い寄るのを見て過ごすことになりかねない。

そんなの無理だ。そうするのがいいのだろうけれど、自分にはできない。

「あなたも一緒にと言いたいところだけど、サムは姉妹で食事をするのを楽しみにしているの。わかるでしょう？」

「もちろんだよ」ダンは即座に言い、少年のようににっこり笑った。「いずれにしろ、きみは心のどこかでぼくのことを頭のおかしなやつだと思っているんだろうね。自分でもどうかしていると思うよ」

「そんなこと思ってないわ、本当に」

本心からそう言えたなら、彼の力になろうと思えるのだろうけれど。

ジェーンは大きく息を吸った。「明日、姉と一緒にあそこでランチをとろうと思っているの」ジェーンは通りの向こう側にあるデリカテッセンを指さした。「一時には来ているわ。もしよかったら、なんていうか、通りすがりに立ち寄ってみて」

ダンは目を輝かせた。「本当かい？　必ず行くよ」ジェーンの手をつかんで握手する。「ありがとう、ジェーン。すてきな夜を過ごしてくれ。じゃあ、また明日」

「ええ、また明日ね」ジェーンはおうむ返しに言うと、触れあった手のひらがかすかにうずくのを感じながら、彼が人混みのなかに消えていくのを見送った。やがて向きを変え、ジェーンは意を決して混雑したレストランに足を踏み入れた。

ケイレブがこの店を嫌う理由はわかる。彼は人混みが嫌いで、この店はいつも人でごった返しているからだ。十月のさわやかな外の空気を吸ったあとだけに、店内がやけに暑く感じられた。薄暗い照明と騒々しい話し声のせいで、混沌《こんとん》とした海のなかを泳いでいるような気分になる。

こめかみがずきずきと痛みだした。

「くそっ、メッツめ……」

「無能な市長が……」

「おれはろくでなしにさえなれない。そりゃ離婚は修羅場だ。そうだろ？　だけど、彼女はあばずれだ。冗談抜きにな。信じられないだろうけど、あの女は……」

「このあと、どこ行く？　特に観たい映画もないし。もう何もかもうんざりだよ」

〝ようこそ人類へ〟と胸の内でつぶやき、ビジネスウエアに身を包んだミレニアル世代の集団にぶつからないようにどうにか通り抜けた。〝人間は退屈しているのか、怒っているのか、それともばかなのか。たぶん、その三つすべてだ〟

いつだって避難場所となってくれる自分の店が恋しくなる。あの店にいると、本のページからさまざまな声が聞こえてくる——思慮深《しりょぶか》く、おもしろく、繊細で、機知に富んだ声は、現実の人間よりずっと優しく、美しく、雄弁だ。

生身の人間よりも、本のほうがずっといい。

「ジェーン！　こっちこっち！」

首をめぐらせると、サムが隅のボックス席で勢いよく手を振っているのが見えた。テーブルをはさんだ向かい側にケイレブがふんぞり返って座っているが、カウボーイハットを目深《まぶか》にかぶっているせいで表情はよく見えなかった。

サムは本当にきれいだ。非の打ちどころのない肌、長いブロンド、アスリートのように引きしまった体。魅力的な人だらけのニューヨークにいても、サムはいつも人々の注目を集める。

若者やおしゃれな人たちがカクテルや地ビールが出てくるのを待っているバーエリアを、ジェーンはじりじりと進んだ。そばを通っても、男性が誰ひとりこちらを見ようともしないことに気づき、いつにも増して自分が透明人間になったような気がした。男性に注目されるのはサムと一緒にいるときだけで、しかもジェーンに関心を向けるのは、姉に近づきたがっている男性の助《すけ》っ人《と》役のほうばかりだった。

人混みに隙間ができたので、急ぎ足で通り抜け、ようやく目的地に向かってまっすぐに進むことができた。ボックス席のケイレブの脇腹を肘でつついて移動させ、隣に滑りこむと、嫉妬《しっと》する子どもみたいな気持ちにならないよう自分に言い聞かせながらサムに微笑みかけた。

けれど、心臓をつかまれるようなこの感覚は、いやというほど知っている。

頭のなかで響いている声にも聞き覚えがある——恨みがましい少女の声。

〝ひとりっ子だったらよかったのに〟

なぜそんなことを考えるの？　自分はもう子どもではない。自立した大人の女性だ——たとえケイレブに退屈だと思われようと、自分の人生を愛している。もちろん、姉のことも愛している。

「愛してる」ジェーンは小さな声でつぶやいた。その言葉で、血管を駆けめぐる辛辣《しんらつ》な考えを押し流したかった。嫉妬が心をむしばむことはわかりすぎるほどわかっている。それに屈するつもりはない。

わたしは大人の女性だ。

わたしは姉を愛している。

「え?」

ジェーンはケイレブに注意を向けた。「え?」

「それはこっちの台詞《せりふ》だ」

「なんて言ったの?」

「〝え?〟と言ったんだよ」

「え?」

「まったくもう」サムが口をはさんだ。おもしろがっているようにも、いらだっているようにも見える。「ジェイニー、あなたの言ったことが、わたしたちには聞き取れなかった。だから、なんと言ったのかとケイレブが尋ねたの。そうしたらアボットとコステロよろしく、ふたりの掛け合い漫才が始まっちゃったのよ」彼女はいったん言葉を切った。「それで、なんて言ったの?」

「たいしたことじゃないわ」ジェーンは答えると、プラスチック製の大きなメニューを手に取り、じっと見つめた。客でいっぱいの小じゃれたレストランで、姉に向かって愛していると叫ぶなんてありえない。

「だからこの店は好きになれないんだ」ケイレブが言った。彼の目は、あいかわらず帽子のつばに隠れている。「今からでも遅くない、場所を変えよう。でなければ、テイクアウトして家で食べてもいい」

ジェーンも同感だったが、それが癪にさわったので、彼の帽子をつかみ取って自分の膝に置いた。「食事のときくらい、帽子を取ってよ」

ケイレブがすかさず取り返そうとしたのでサムのほうに帽子を投げると、姉は自分の隣の座席に置いた。

「ジェーンの言うとおりよ。一時間ぐらいお行儀のいいふりをしてよ、ケイレブ・ブライス。それくらいどうってことないでしょう」

帽子がなくなり、ようやくケイレブの表情がはっきりと見て取れた。ジェーンと同じように彼もいらだっているようだ。彼はわずかに背筋を伸ばし、はしばみ色の目でジェーンを見た。

「それで今日は、角縁めがねと進展があったのか？」

彼にはそのことをきかれるだろうと思っていた。この一時間のあいだに何も起きなかったふりなどできるはずがなかった。

そして当然ながら、サムも興味を示した。「角縁めがね？　ねえ、角縁めがねって誰？」

ジェーンはメニューに視線を落とした。「ある男性のこと」

サムが興味と興奮を覚えたのがテーブル越しでもわかった。姉からはいつも〝外の世界に出て、もっと自分をさらけだしなさい〟と言われている。

「その人のことが好きなの？」

「まあね」

「いいじゃない！　彼はあなたの気持ちに気づいているの？　彼のほうもあなたに好意を持っているの？」

ジェーンはようやく顔をあげ、いかにも楽しげな様子の姉と視線を合わせた。こんなに複雑でなかったら、どんな感じだっただろう？　嫉妬や不安に傷つけられていない姉妹愛ってどういうものなの？

ジェーンは深呼吸をして、以前にも言ったことのある言葉を口にした。実際、今までに何度も口にしている。十四歳のときも、十七歳のときも、二十歳のときも、そして二十三歳のときも。

「いいえ、彼はわたしのことは好きじゃないわ。姉さんのことが好きだから」

6

よりにもよってジェーンからそんな答えが返ってくるとは、ケイレブはまったく予想していなかった。あの男はいつサムに会ったんだ？

サムが困惑の表情を浮かべた。「何がなんだかさっぱりわからないわ。いったい誰が――」

ジェーンが肩をすくめた。言葉よりも感情があふれたときに、彼女はよくその仕草をする。「姉さんが店に立ち寄ったときにわたしと一緒にいたお客さんよ。握手をしたでしょう」

サムが額にしわを寄せ、思い返している。「思いだしたわ。ええ、たしかに彼は角縁のめがねをかけていたわね。でも、ほとんど話もしなかったじゃない。どうしてそんなことに――」

「ひと目《め》惚《ぼ》れしたみたい」

ジェーンの口調は淡々としていたが、声に苦々しさがにじんでいる。しかも悲しげで、寂しそうだ。

ケイレブの胸に怒りがこみあげた。角縁めがねが今この場にいたら、顔面にパンチを食らわせてやるのに。

「そんなのはひと目惚れじゃない」彼はぶっきらぼうに言った。「欲情しただけだ」

ジェーンは首をかしげてケイレブを見た。

「欲情したに決まってるじゃない」彼女は噛《か》みつくように言った。「それこそが問題なのよ」

少なくとも、腹を立てているあいだは悲しげには見えない。

「何が問題なんだ?」

「男性はわたしには欲情しないもの」

ケイレブは歯を食いしばった。

〝たしかにそのとおりだ〟

一瞬、その言葉を思わず声に出してしまったかと思い、ケイレブは胸が悪くなった。しかしジェーンはすでに姉のほうに目を戻していて、サムは困惑と罪悪感の入りまじった表情を浮かべていた。

「だから彼に協力すると申しでたの」ジェーンが言う。「明日、姉さんとデリカテッセンでランチをとるから立ち寄ってみるように誘っておいたわ」

「いやよ！　もちろん、あなたとのランチは楽しみだけど、その男性とは一緒に過ごしたくない。たとえわたしの好みのタイプだったとしても——そもそも全然タイプじゃなかったし——あなたが関心を持った男性に絶対に近づいたりしないわ」

「わかってる」

「ねえ、本当にごめん。わたしはそんなつもりはなかったの。正直言って、彼のことなんてほとんど目に入っていなかったし」

ジェーンはかすかに微笑んだ。「わかってる。本当にわかっているから」

彼女がまた肩をすくめた。今度はもう話題を変えたいという意思表示だ。

「ねえ、こんな話はどうでもいいから食べましょうよ。腹ぺこなの」

サムは疑わしげな顔をしたが、ちょうどそのときウエイターがやってきた。

ケイレブもこのときばかりは、本日のおすすめメニューについて詳しく聞くのをためらわなかった。おすすめメニューとは、申し分なくおいしいハンバーガーと、申し分なくおいしい酒をありとあらゆる方法で台なしにするものだった。おかげでその手順が説明されるあいだ、ジェーンが本当に大丈夫なのかどうか確かめることができた。

一見したところ、彼女は大丈夫そうだった。風変わりな調味料の解説にひどく興味をそそられたような顔でウエイターの話に耳を傾け、どれを選ぶか決めることだけに専念しているように見える。

サムのほうは間違いなく大丈夫だ。彼女は感情表現が豊かで、考えていることは手に取るようにわかる。ほんの少し前までは心配そうにしていたが、今は明らかに安堵《あんど》している。彼女はジェーンの言葉をそのまま信じ、ほっとしているのだ。

ジェーンのほうが考えていることがわかりにくい。昔からずっとそうだ。

ウエイターが注文を取って立ち去ると、サムは角縁めがねについて尋ねようとした。しかし、ジェーンは話をはぐらかした。

「そんなことより、あなたたちの旅について聞かせて。送ってくれた写真もすばらしかったけど、ふたりの口から直接聞いたらもっと楽しそう」

「どうすればもっと楽しくなるかは、きみも知っているだろう？　そのうち一緒に来てみたらいい」ケイレブは指摘した。「だからさ――」

ケイレブが何を言おうとしたのか察したらしく、ジェーンは彼の腕をひっぱたいた。ケイレブの腕に痛みが走る。

「そうはいかないわよ」ジェーンはそう言って、彼をにらみつけた。

「でも――」

「いやよ」

ジェーンがなおもにらみ続けるので、ケイレブはにやりと笑みを返した。ふたりで言いあいをしているうちは、彼女が悲しげな表情を見せたり、物思いに沈んだりすることはない。

「この子は絶対、旅行には来ないわ」サムは言った。「だけど、わたしたちが話して聞かせることくらいはできるわね」身を乗りだす。「そうね、一番大ごとになったのは、旅の終わりも近い夜だった。激しい雷雨が来ていたの。文字どおり激しいやつが。頭の真上を稲妻が走っているような感じで、グループのなかの何人かがひどく怖がっていた。土砂降りの雨が降っていてね――」

サムが話しているあいだにウエイターが飲み物を運んできた。ケイレブはビールをぐいっと飲むと、サムの話を聞きながらジェーンの様子をうかがい、彼女が本当に大丈夫だという証拠を探した。ジェーンの場合、それを見極めるのがとても難しい。彼女は頬杖をついて姉の話を聞きながら、ときおりアイスティーを口にしている。テーブルの上のランプに照らされ、茶色の三つ編みがサテンのように輝き、耳のあたりでゆるくカールした髪が頬にかすかな影を落としている。

前の晩に彼女に送ってもらった自撮り写真を思いだす。肩に垂らした髪、ハリー・ポッター柄のダークブルーのパジャマ。豊かでなめらかな茶色の髪を、素肌に垂らすとどんなふうに見えるだろうか。パジャマのボタンをゆっくりと外し――。

「本当にそんなことをしたの？」

姉妹が同時にこちらを見ていたが、質問を投げかけたのはジェーンのほうだった。

その瞬間、自分が何を考えていたのかふたりに知られたのではないかと思い、ケイレブは後ろめたさを覚えた。

もちろんそんなばかなことはありえない。そう思いながらも何か犯罪を犯して捕まったような気持ちになり、胸がどきどきした。

ケイレブはビールを一気に飲み干し、手の甲《こう》で口をぬぐった。

「そんなことって、なんのことだ？」

ジェーンは顔をしかめた。「姉さんの話をちゃんと聞いていた？　脚を骨折した十二歳の少年を、ドクターヘリに乗せられる場所まで五キロ近くもあなたがおぶって運んだっていう話」

「ああ、その話か」

「そう、その話よ」

ジェーンがまだ顔をしかめているので、ケイレブもしかめっ面で見返した。「なんでそんなに怒ったような顔をしているんだ？」

「それは……あなたがとても英雄的な活躍をしたからよ」

「そのことが、どういうわけかきみを怒らせてしまったのかな？」

「もちろんそんなことないわ。でも先に言っておいてくれたらよかったじゃない。知らないからさっきみたいに腕をひっぱたいたりして、今は悪かったと思ってるし、昨日の夜だってあんなひどい言い方――」

「それはお互いさまだろう。じゃあ、なんと言えばよかったんだ？　からかうのはやめてくれ。ぼくは脚を骨折した少年を救ったんだぞ、とでも？」

ジェーンが口元をゆるめた。彼女の笑顔を見たとたん、ケイレブはばかばかしいほどうれしくなった。

「でもまじめな話、あなたと姉さんが雷雨やそれ以外の危険な状況に身を置いていると考えただけでぞっとするわ。もしふたりの身に何か起きたら――」

げらげら笑いだしたサムを、ジェーンはにらんだ。「何がそんなにおかしいの？」

「心配してくれているのがおかしいわけじゃないの」サムはあわてて言った。「あの映画――『一二七時間』だっけ？　あれが公開されたときのことを思いだしたものだから。わたしたちのどちらかが岩のあいだに腕か脚をはさまれて、助かるために自分で切断することになるんじゃないかって、あなたは心配していたわね」

ジェーンはため息をついた。「言っておくけど、ここしばらくはそのことを考えなくなっていたのよ。でも、またイメージがよみがえってきたわ。おかげさまで」

「どういたしまして」サムが返した。

ウエイターが料理を運んできた。ケイレブにはベーコンチーズバーガー、姉妹の前にはルッコラとトリュフオイルとアボカドとフォアグラのソテー、さらに得体の知れない何かがのったハンバーガーが置かれた。それから数分間、三人は会話をあとまわしにして食事に専念した。

そのあとの時間は何事もなく過ぎた。ケイレブはコロラド州の牧場で育ったので牛肉についてはうるさいほうだが、ハンバーガーはとてもおいしかったし、会話がぎくしゃくしたり、気まずい雰囲気になったりすることもなく、話題は次々と移っていった。

「最近、お母さんから連絡はあった？」会計を待っているあいだにサムは尋ねた。

ジェーンは首を横に振った。「お母さんはまだ瞑想《めいそう》期間中じゃないかな。そういうときは、携帯電話を持っていかないのを知ってるでしょう」

「お父さんからは？」

「この前の夜、電話があったわ。詳しいことは話せないらしいけど、大物有名人の訴訟を担当しているんですって」

サムとジェーンの両親は、どう見ても奇妙なカップルだ。ハーヴィ・フィンチはロサンゼルスでは有名な弁護士で、仏教徒のニーナ・フィンチはＵＣＬＡで日本学の教授を務めている。彼らがどうやって結婚生活を――しかも見たところ、とても幸せそうな結婚生活を――続けているのか、ケイレブにとっては謎だった。

「ふたりとも、わたしの誕生日にはこっちに来るの？」

「お父さんは来られないみたい。でも埋めあわせをするって言っていたわ。お母さんは来るけどね」

サムはにやりとした。「お父さん、来られないの？　ということは、わたしは親の罪悪感につけ入ることができるわけね。クリスマスに新しいスキー板をおねだりしようかな。早速、今夜電話して根まわししておこうっと」サムはケイレブを見た。「ねえ、一度くらい、わたしたちと一緒にクリスマスを過ごしてくれない？　お父さんもお母さんもあなたに会いたがっているわ」

ケイレブは首を横に振った。「いや」

ジェーンは彼の脇腹を肘でつついた。「せめてクリスマスをどこで過ごすのか、いつか教えてくれる？」

「いや」

フィンチ家はクリスマス休暇の伝統を大切にする家族だ。たとえ毎年守ることができなくても、ひとつの仕組みとして根づいている。単なる習慣ではなく、お互いへの信頼と愛情の上に築かれた仕組みとして。サムとジェーンがそれを当然のこととして受け入れ、毎年クリスマスを楽しみにしていることをケイレブはうれしく思っていた。彼自身はまったく違う境遇で育ったものの、そのことを嘆いたり、誰かに打ち明けたりして時間を無駄にするつもりはなかった。

しかし、やはりどうしてもサムとジェーンはあきらめるつもりはないらしい。今ではこれもフィンチ家の新たな伝統となっている。彼らは毎年、クリスマスディナーや大みそかのパーティーにケイレブを同席させようとするが、ケイレブは毎年、感謝しつつも断り続けている。

クリスマスから新年までの一週間をどこで過ごしているかは、兄にも知らせていない。この先も誰にも伝える気はないし、年末年始の習慣を変えるつもりもない。

サムとジェーンに誘われるたびに、ケイレブはわざとむっとした表情をしていたが、内心ではいつも胸を打たれていた。家族水入らずで過ごすべきクリスマスに、ケイレブを迎え入れようとしてくれることは、彼自身が認める以上に意味のあることだった。もっとも、だからといって彼らの申し出を受けるつもりはないが。

ウエイターが勘定書を持ってきた。「ぼくのおごりだ」そう言って、ケイレブはクレジットカードを差しだした。

「そんなのだめ！」ジェーンが言い、ハンドバッグのなかを探ったが、ウエイターはすでに立ち去っていた。

ケイレブがにやりと笑うと、ジェーンはにらみ返した。

「どうしてわたしにおごらせてくれないの？」

「きみがぐずぐずしているからだよ」

「それは違うわ。前回三人で集まったときは、わたしはクレジットカードを出して用意していたのに、あなたがウエイターに受け取らせなかったんじゃない」

「ぼくのほうがおごりたい気持ちが少しばかり強いってことだよ、おチビさん」ケイレブはテーブル越しに手を伸ばし、サムの隣に置いてある帽子をつかんだ。「ハンバーガー代を払うのは男の役割だからな」いかにもカウボーイらしい口調で言い、ジェーンに向かって帽子を軽く持ちあげてみせた。

　彼女は目玉をぐるりとまわした。「よく彼に我慢できるわね」サムに言う。

「いざというときは役に立つのよ。たとえばハイキング旅行を率いてて、十二歳の少年が脚を骨折したときなんかに」

「ぼくの得意なことはそれだけじゃないぞ」ケイレブは言葉をはさんだ。「棒を二本こすりあわせて火を熾《おこ》すことだってできる」

「いつかIQ2の頭脳を使って火を熾してみて」ジェーンは言った。

「一本取られたわね」サムがうなるような声でうなずいたので、ケイレブは勘定書にサインをし、クレジットカードを財布に戻した。

「おふたりさん、ぼくの知能と性格をこきおろすのがすんだら、もう行くぞ」

歩道に出たところで、サムが手をあげてタクシーを止めた。

ケイレブは拍子抜けした。「今夜はこれで解散なのか？　どこかでデザートを食べるか、映画でも観ようかと思ってたのに」

「わたしは遠慮しとく」サムは言った。「ハンナとミシェルと一緒に、アップタウンへ飲みに行くの。ディナーのときに言ったでしょう?」

「どうやら聞き逃したらしい」ケイレブはジェーンにちらりと目をやった。「きみも一緒に行くのか?」

彼女は首を振った。「姉さんの大学時代のルームメイトが一緒だと大騒ぎになるから。わたしはこのまま帰るわ」

サムはタクシーに乗りこみ、窓からふたりに手を振った。「じゃあ、またね!」

ジェーンはタクシーが角を曲がるまでじっと見送っていた。

「ひと目惚れですって」彼女がぽつりと言った。

ケイレブはジェーンがたまらなくかわいそうになったが、顔に出さないようにした。彼女の肩に自分の肩をぶつけた。「どうでもいいと言ってなかったか?」

ふたりの目の前を歩行者が流れていく。ジェーンはカーディガンのポケットに手を突っこむと、人の流れに足を踏み入れた。

「あれは嘘《うそ》」

ケイレブは彼女の肩に腕をまわしたい衝動をぐっと抑え、並んで歩きだした。「そうか、ずいぶんうまく隠していたな。お見事だったよ」

ジェーンは肩をすくめた。「わたしが気にしていることを姉さんに知られたら、ばかげたまねをやりだしかねないもの。たとえば、ダンを無理に説き伏せてわたしをデートに誘わせるとかね。十七歳のとき、わたしのプロムデートの相手が姉さんにのぼせあがって、まさに同じことをされたんだから」

その話を聞くたびに、ケイレブはいつも顔をしかめてしまう。

「サムはよかれと思ってやっているんだよ」彼は言った。

「わかってるわ。でも事態がますます悪化するだけなの」

「どうして？」

「姉さんを憎むことができないから。というより憎むべきではないから。美人で運動神経のいい人間に生まれたのは、姉さんのせいじゃないでしょう」

またジェーンの声に苦々しさがにじんだ。やはり悲しげで寂しそうだ。

ケイレブは彼女の腕をつかむと、通りを行き交う人々から離れ、日よけでさえぎられた店先へ連れていった。婦人服のブティックで、今夜はもう閉店しているが、ショーウィンドーの明かりが青いシルクのドレスを照らしている。

ジェーンは彼をじっと見あげた。「何をしているの？」

いい質問だ。

「サムがどれだけ美人かって話を聞かされるといらいらするんだ」

「なぜいらいらするの？　本当のことでしょう」

「ああ、だが……そういう問題じゃない」

「じゃあ、どういう問題なの？」

〝ぼくが言いたいのは、きみも美しいってことだ。サムとは違う、きみだけが持つ美しさがある〟

しかしそれを口にすれば、褒め言葉ではなく、ばかにしていると思われかねない。もっとひどい場合は、口説いているように聞こえるかもしれない。

そんなことは絶対にあってはならない。

ケイレブはショーウィンドーにもたれかかると、帽子を脱ぎ、手で髪をかきあげた。ジェーンは腕組みをして何か言おうとしていたが、次の瞬間、彼の背後のショーウインドーに視線を移した。そして何かを目にしたらしく、笑顔になった。ケイレブは肩越しに振り返った。

「何を見ているんだ？」

「このドレスよ。ハンサム・ダンと出会った朝にも見たの」

ケイレブはもう一度くるりと振り向いた。「ハンサム・ダン？　まさか、本気でそう呼んでいるわけじゃないだろうな」

「別にいいでしょう？　本当にハンサムなんだから」

「それは犬の名前だぞ」

彼女は目をぱちくりさせた。「いったいなんの話？」

「イェール大学のマスコットだろう。ハンサム・ダン。たしか、ブルドッグじゃなかったか？」

ジェーンは目を見開いた。「やだ、あなたの言うとおりだわ。だから耳なじみがよかったのね」彼女は眉根を寄せてケイレブを見た。「でも、どうして知ってるの？　あなたはイェール大出身じゃないのに」

ケイレブとサムはコロラド大学出身で、ふたりはそこで知りあったのだ。「そうだけど、きみが通っていただろう」

「わたしの卒業式に一度訪れただけでしょう。それなのに、なぜマスコットの名前なんか覚えているの？　わたしはすっかり忘れていたのに」

ケイレブは責められているような気分になってきた。「スポーツに関することだから、たまたま覚えていただけだ。同じ理由から、きみは忘れたんだろう」

「そうかもね」彼女はため息をついた。「ブルドッグ。ふうん、そうだったのね。じゃあ、ハンサム・ダンと呼ぶのはやめないと」

「冗談だろう？　これからもぜひそう呼び続けてくれ」

ジェーンがもう一度ドレスを見て、ぽつりとつぶやく。「理想の人」

ケイレブは眉をひそめた。「え？」

彼女が指さしながら送った視線の先を追うと、マネキンの頭上にかかっている広告にたどり着いた。


〈これを着ればきっと見つかる――あなたの理想の人が〉


「ずいぶん強引な売りこみだな」ケイレブがつぶやくと、ジェーンは吹きだした。

「わたしもそう思った。でも、本当にきれいなドレスだわ」

ケイレブの目にはごく普通のドレスに見えた。いかにもマンハッタンのステータスシンボルという感じで、日常生活で着るには華やかすぎる。しかし、ひとつだけ特別なところがあった。

「きみの瞳の色だ」

ジェーンの視線を感じ、彼女のほうに向き直った。

「どうした？」

「なんでもない。ただ……あなたがわたしの瞳の色を知っているとは思わなかったから」

またしても責められているような気分になった。「鈍感な男だと思っているようだな」彼はドレスのほうに顎をしゃくった。「サムの瞳も同じ色だ」

ジェーンはうつむいた。「ええ」一瞬の間のあとで言う。「コバルトブルーね」

「そうだな」ケイレブはひと呼吸置いてから尋ねた。「歩いて帰ると言ったらきみはどうする？」

彼女はきょとんとした。「ワシントンハイツまで歩くの？　ここから？」

「違う、きみの家までだよ」

「わたしをブルックリンハイツまで歩かせたいの？　ここから？」

ケイレブはにやりとした。「きみひとりで歩けと言ってるわけじゃないよ、おチビさん。送っていくよ」

「三キロ以上あるのよ。いいえ、五キロ近くあるかも。だって、ブルックリン橋の長さが千八百メートルもあるんだから」

「だから？」

「一時間はかかるわ。もっとかかるかもしれない」

「だから？」ケイレブはもう一度言った。「ついさっき、運動不足だと愚痴《ぐち》をこぼしたばかりじゃないか。歩くのは体にいいんだぞ」

「運動不足だなんて愚痴った覚えはないわよ。運動が得意になりたいとも別に思っていないし」

「歩くのは体にいいんだ」ジェーンの右手を取って自分の左肘にのせ、昔の紳士が淑女をエスコートするように彼女を歩道へと導いた。「よし、行こう」

ジェーンはすぐに手を離すかと思ったが、そうしなかった。ふたりは数分間黙って歩き続けたものの、気まずい沈黙ではなかった。

身長差があるわりには、ふたりはうまく歩調を合わせていた。シャツ越しにジェーンの手のぬくもりを感じる。やわらかく、それでいて電気を帯びているようで、ケイレブは自分の鼓動が少し速まるのを感じた。

ジェーンがいつも使っている地下鉄駅の入り口まで来ると、ふたりはどちらからともなく足を止めた。すると、ジェーンが彼の腕から手を外した。その瞬間、一抹《いちまつ》の寂しさを覚えたが、彼女に悟られないよう願った。

「どうする？」ケイレブは尋ねた。「歩くか、それとも乗るか？」

ジェーンは地下鉄に通じる階段を見おろしてから、彼に視線を戻した。

周囲の街明かりで彼女の顔が照らしだされている。それでもダークブルーの目の奥で何を考えているのかはわからなかった。

ジェーンはいつもそうだ。ケイレブとサムがコロラド大学の四年生のときにジェーンと初めて会ったが、そのときも今と同じようなことを思った。

〝きみは何を考えているんだ？〟

ケイレブは人がどんな気持ちでいるのかと悩むことはめったにない。たいていの人の考えていることがわかったし、わからなかったとしても、一度話してみると、その人たちはたいして何も考えていないのだとわかった。そしてどんな場合であれ、ケイレブには人間が考えることよりも、海や山、星や惑星などの自然界のほうが百万倍もおもしろく感じられた。

人間が考えることといえば、せいぜい朝食に何を食べ、夕食に何を食べるかということ。金のこと。セックスのこと。サッカーのこと。

それが悪いわけではない。ただ……なんというか、あまりにありきたりだ。目新しくもなければ奇妙でもないし、おもしろくない。しかし、ジェーンの場合は違った。

何を考えているのかとジェーンに初めて尋ねたとき、彼女はダークブルーの目に夢見るような表情をたたえ、彼のほうに向き直った。

〝SFの物語が言語の問題にどう対処すべきか考えていたの。『ドクター・フー』では、〈ターディス〉に乗っている人の脳にテレパシーが送られて自動翻訳されるから、すべてのエイリアンが英語を話しているように聞こえる。だからその問題が無視されているの。でも考えてみれば、エイリアンと接触するとき、言語はもっとも興味深い点のひとつよね。だって、エイリアンの言語を理解しようとするってどんな感じか想像できる？　つい最近、ある言語学者がエイリアンと意思疎通をはかろうとする物語を読んだばかりなの。そのせいで言語の概念そのものについていろいろ考えてしまうのね。わたしたちの考えは言語によってどんなふうに形作られるのかとか、多言語を学ぶことでわたしたちにどんな変化が起こるのかとか、そういったことを〟

ケイレブはなんと言っていいのかわからず、ジェーンが話し終えてもじっと見つめていた。しばらくすると彼女は立ち去った。目はまだ夢を見ているようで、頭のなかで忙しくあれこれ考えているかのようだった。

ケイレブの頭はジェーンのようには働かない。彼は想像の世界に住むことはできない。その瞬間を生き、目の前の問題について考え、大自然のなかへと案内した人たちの快適と安全のために必要な決断をくだす。それが彼にとっての現実だ。

だが当時、ケイレブの次の旅行先はエチオピアのダナキル低地だった。ふたつの活火山、泡立つ溶岩湖、間欠泉《かんけつせん》、酸性池、いくつかの鉱床――地球上のどこよりもエイリアンの惑星のような場所だった。

だから、ふと気がつくとケイレブも考えていた。エイリアンのこと、ジェーンが言っていた言語のこと、彼女が話しているときの、夢見るような遠い目のことを。

〝きみは何を考えているんだ?〟

今回はマンハッタンの歩道で、ジェーンがなんと答えるかケイレブは確信していた。

十月の晴れた夜にブルックリン橋を歩いて渡るなんてすばらしい考えだ、やっぱりあなたは天才ね。そう思っているはずだ。

まあ、後半の部分については考えていないかもしれないが、最初の部分は確実だ。

「今夜は地下鉄に乗ることにしようかな。歩くのはまた別の機会にするわ」

断られたと理解するのに少し時間がかかった。

「え？」

「また別の機会にすると言ったの。ディナーをごちそうさま、ケイレブ。おやすみなさい」

ケイレブが彼女の答えをきちんと理解する前に、ジェーンはすでに地下鉄の駅へ通じる階段をおり始めていた。

7

地下鉄の列車ががたがたと音をたてながら線路を走っていくあいだ、ジェーンは向かいの窓に映った自分の顔を見つめていた。

なぜケイレブの申し出を断ってしまったのだろう？　ディナーのあと、彼と一緒に歩いているのは気分がよかったのに。

正直なところ、気分がいいという言葉では足りないくらいだった。心地よくて、安心できて……胸がどきどきした。

胸がどきどき？

ジェーンは座席の背もたれに頭を預け、目を閉じた。それが断った理由だ。ダンのことが大失敗に終わったばかりなのに、別の男性にときめくなんてとんでもない。しかも相手がケイレブとなればなおさらだ。

辞書で〝オタク少女の絶望的な片想《かたおも》い〟を調べると、最初に出てくるのがケイレブ・ブライスの写真なのだから。

当然のことながら、ケイレブに初めて会った瞬間、ジェーンは恋心を抱いた。彼女はイェール大学の一年生で、サムとケイレブはコロラド大学の四年生だった。ふたりの卒業式のあいだ、彼女はずっとケイレブの顔ばかり見つめていた。ジェーンは異性に興味津々の普通の十九歳の娘だったが、ケイレブはといえば……そう、今のケイレブのままだ。強くて自信にあふれ、男らしくて……ほかにもセクシーなところが百個はあった。

もちろん、姉には黙っていた。サムはいつもよかれと思ってやっているのだが、デリカシーがあるタイプとは言えない。サマンサ・フィンチに好きな男性について打ち明けるくらいなら失恋したほうがいいと、ジェーンはプロムデートの一件で学んでいた。何しろサムに打ち明けようものなら、プロムの夜にキッチンの隅へ男性を追いつめ、シャベルで殴り殺してやると脅しかねないのだ。

絶望的な片想いをする以上に始末が悪いのは、姉がその恋に協力しようとすることだ。失恋そのものよりも姉に同情されることのほうが大変なのはいやというほどわかっていたので、ケイレブへの思いは決して口にしなかった。

とはいえ、ケイレブへの恋心を忘れるのは、思っていた以上に簡単なことだった。ふたりには共通点がひとつもなく、ジェーンが興味のあることを話すと、彼は頭が三つある生き物でも見るような目を向けてきた。でも彼は本当にいい人だった――放浪《ほうろう》癖《へき》と冒険欲が旺盛《おうせい》であるにもかかわらず、落ち着いていて、頼りになる人だった。そしてサムと一緒に小さな会社を立ちあげ、事業を成功させていくあいだに、いつのまにかケイレブは家族の一員になっていた。

頭のなかで聞こえたケイレブの腕やお尻やすごくセクシーな笑顔について意見を言うささやき声は、しだいに小さくなって消えていった。今は、彼への思いを呼び覚ますことだけは何がなんでも避けたい。

今日はすでに、自分に興味のない男性に惹かれたことで屈辱を味わった。ダンはジェーンと同じ種類の人だった――本の虫で、J・R・R・トールキンマニアで、驚いたことに『赤毛のアン』も大好きだった。そんな男性にも興味を持ってもらえないのに、どうして女性にもてるセクシーなカウボーイに格上げできるだろう？

ケイレブの腕に触れた瞬間、小さな興奮とうれしさが全身を駆けめぐり、そのままブルックリンまで歩き続けたくなったが、ジェーンは午後に味わった痛みを必死に思いだした。

〝彼女は光り輝いていると言ってもいいほどだ。オーラか何かに包まれているようだった〟

電車が発車し、ジェーンがおりる駅のひとつ手前の駅を離れた。彼女は深呼吸をして、胸を張った。次の駅で電車が止まったら、自分を哀れみながら歩いて家まで帰ろう。そしてはるか昔にアン・シャーリーが教えてくれたことに立ち戻るのだ。

アンには想像力があり、それを働かせることができた。

パソコンに向かい、頭のなかでずっと構想を練ってきた推理小説の第一章を完成させよう。ジェーンは月に一度集まる執筆グループに所属しているが、仲間たちに批評してもらうために、自分が書いたものを提出するのを先延ばしにしていた。次の集まりは二週間後だ。今度こそ何か持っていこう。

家に着くと、彼女は早速机に向かった。パソコンの上のコルクボードに貼ってある引用文にふと目をとめる。

〝現実に破壊されないように、書くことに酔い続けなければならない〟

レイ・ブラッドベリの名言だ。想像が持つ力を理解している人の言葉。

〝私立探偵マック・コナー〟という名のフォルダを開き、演奏を始めるピアニストよろしくキーボードの上で指を曲げたり伸ばしたりしてから作業に取りかかった。

あっという間に二時間が過ぎた。第一章を書き終えて読み返してみたが、それほど悪くなかった。

ジェーンは満足して立ちあがり、体を伸ばして筋肉の凝《こ》りをほぐした。いろいろあったけれど、これで今日はいい一日になった。

そのとき、携帯電話が鳴りだした。

画面にちらりと目をやると、ケイレブの名前が見えたので通話ボタンを押した。

「なんなの？」

「おいおい、またしてもずいぶんひどい電話の出方だな。それともまたベッドに入っていたのか？」

「まだベッドには入っていなかったけど」ジェーンはリビングルームを横切り、ソファに座って丸くなった。「あなたがうっとうしいだけよ」

「無事に帰宅したかどうか確認したかったんだ」彼はいったん言葉を切った。「あと、きみの様子を確かめようと思って」

「わたしの様子？」

「ダンの一件があったから」

二時間前には〝ダンの一件〟はまだ生々しく感じられた。でも今は、満足のいく執筆時間を持てたことと、ケイレブが数キロ離れたワシントンハイツのアパートメントにいると知れたことで気分がよくなっていた。

彼が様子を確かめるためにわざわざ電話をくれたことにジェーンは胸を打たれた。正直なところ、そんなふうに気遣いができる人だとは思っていなかった。

ケイレブが優しくないわけではない。むしろ、彼は信じられないほど優しい人だ。親切で、寛大で、頼りがいもある。でも相手の気持ちを思いやれるかというと定かではない。人の気持ちを思いやるには想像力が必要だが、それはケイレブの苦手とするところだからだ。

「わたしは大丈夫。今夜はよく書けたし」普段は執筆について彼にはあまり話さないのに、ジェーンは言い添えた。彼は書くというプロセス自体に価値があるとは思わないらしく、まだ準備ができていないと何度繰り返し伝えても、作品を仕上げてエージェントか出版社に持ちこむべきだといつも強く勧めてくる。

「あなたは？」いつもの調子で説得される前に、ジェーンはすかさずきき返した。

「調子はどうなの？」

「ぼくか？ ぼくは大丈夫だ。いつもどおり元気だよ」それがケイレブという人だ。いつも冷静で、気さくで大らかで、何事にも動じないように見える。

そのとき、レストランでの会話をふと思いだした。ケイレブにも触れてほしくない話題がある……彼がどうしても話そうとしない話題が。

ケイレブがある種の質問に対して設けた境界線を尊重することにジェーンは慣れていた。子ども時代、両親、毎年クリスマスにどこへ行くのか。しかし、彼はジェーンの精神状態を確かめるために電話をかけてきたのだ。ほんの少しだけドアを開けて、彼の様子をうかがってみてもいいのでは？

「ひとつきいてもいい？」

「ああ」

「どうしてクリスマスはいつもひとりで過ごすの？」

彼が一瞬、沈黙してから答えた。

「そうするのが好きだからだ」

ケイレブの家族全員に触れてはいけないわけではなかった。彼の兄には一度会ったことがあるし、おばのローズマリーのことはよく話してくれる。けれども出会ってから今まで、彼が母親や父親の話をしたことは一度もない。ジェーンが知っているのは、ケイレブが十二歳のときからずっと、兄のハンターとともにおばに育てられたということだけだ。

「休暇に帰らないと、おばさんが寂しがるんじゃない？」

「いや。クリスマスには毎年、兄が農場へ帰っているし、農場で働く人たちは家族同然の存在だ。それにローズマリーおばさんは町中のみんなと友だちなんだ。孤独に苦しむなんてことは絶対にない。ぼくも年に二、三回、できるときはもっと会いに行っている。クリスマスに顔を出さないだけだ」

サムが一度だけ両親についてケイレブに尋ねたことがあり、そのとき彼はサムに食ってかかったそうだ。彼がそんなことをしたのは、あとにも先にも一度だけだという。

彼はおそらくジェーンにも同じように食ってかかるだろう。

「ケイレブ？」

彼の声に警戒の色がにじんでいる。

「なんだい？」

〝ご両親に何があったの？　あなたが十二歳のときに何が起こったの？〟

少し思案したのち、やはり尋ねないことにした。プライバシーを守るとケイレブが自分で決めたのだ。ジェーンにドアをノックする権利はない。

あるいは、ノックするのが怖いだけかもしれないけれど。

「なんでもないわ」ジェーンは言った。

「そうかい？　じゃあ、もう休暇のことでしつこく問いつめられずにすむんだな？」

ジェーンは笑みを浮かべた。「ええ。この話はもう終わり」

「それはよかった。今夜はこれから何か楽しいことをするのか？」

「ベッドで本を読むわ。あなたは？」

「ぼくか？　手に汗握る夜を過ごすつもりさ。ビールを飲みながら、バスケットボールの試合を観るんだ」

「あなたって、本当に男なのね」

「女性がぼくにそう言うときは、たいてい褒め言葉として言ってくれるんだけどな」

「そのなかの誰かに電話してみたらいいじゃない」

「そうかもな。でもどういうわけか、きみと電話しているほうがいい」ケイレブは少し間を置いてから言った。「それで明日、ダンの件をどうするつもりなんだ?」

「どうするって?　どういう意味?」

「ランチのときにふたりを引きあわせるつもりだったんだろう?　その代わりにどうするつもりだ?」

いい質問だ。

「わからないわ。姉さんは別の予定ができて来られなくなったとでも言おうかしら」

「それでもあいつは彼女にのぼせあがったままだ。サムにはつきあっている相手がいるとでも言ってやればいいのに」

「特定の相手はいないと言ってしまったのよ」

「だったら、きみが知らないあいだにどうやら誰かと出会っていたようだと言えばいい。なあ、実際にそうなるかもしれないじゃないか。今夜、サムは飲みに行っているんだし。彼女がそばにいると、男がみんな夢中になるのは知ってるだろう」

いやというほど知っている。

「思いださせてくれてありがとう」自分の声がとげとげしくなったのに気づき、ジェーンは顔をしかめた。もう大丈夫だとさっきケイレブに言ったばかりなのに。

そろそろ話題を変えたほうがいい。

「せっかくだから、あなたもどう?」ジェーンは尋ねた。

「どうって何が?」

「姉さんに夢中になってみたら」

ずっとジェーンは疑問に思っていたが、今まで一度もこの話を持ちだしたことはなかった。今さら尋ねるつもりはなかったけれど、自分が姉のことをどう思っているかを話題にするよりはましだった。

「サムはビジネスパートナーだ」ケイレブが言った。「家族みたいなものだよ」

「でもあなたの好きなタイプでしょう。それに、お似合いよ。姉さんは美人だし、あなたたちは共通点も多い。もし運命の相手だったら? 結婚して、ふたりで一緒に会社を経営して――」

「サムをそういう目で見たことはないな。彼女とはそんな気になれない」

「ビジネスパートナーで、家族みたいなものだから? でも――」

「いや、もちろんそれもあるが、彼女に惹かれない理由はそこじゃないな」

「姉さんに惹かれないですって?」

「ずいぶん驚いているようだな。そんなに大騒ぎすることか?」

「会う人会う人みんな、姉さんに惹かれるのよ。誰も彼もがみんな」

サムに魅了されたことがあるとケイレブに認めさせることが、なぜそんなに重要なのだろう？

「姉さんに初めて会ったときはどうだった？」ジェーンはさらに追求した。「大学生のとき。姉さんがビジネスパートナーになる前の話よ。そのときはどう思ったの？」

「美人だとは思ったよ。それに、サムと一緒に過ごすのは楽しかった」

「そして、姉さんと寝たいと思った」

「それはないな」

「思ったはずよ。サムに会った男性はひとり残らず、彼女と寝たいと思うんだから」

「いや、それは違う。サムを美人だと思ったし、今でもそう思っているが、彼女とはそんな気には……」

「なぜ？」

「こっちが知りたいぐらいだ」

サムに夢中にならない男性が世界にひとりだけでもいたことを喜ぶべきではない。自分はそんなに嫉妬深くて、心の狭い人間だったの？　姉に惹かれない男性がどこかにいることをそんなに望んでいたの？

別にどうでもいいことだ。どうせケイレブが嘘をついているだけなのだから。ダンの一件があったあとだから、こちらの嫉妬心と不安な気持ちを察して気休めを言っているだけだ。

「信じられないわ」

ケイレブはいらだたしげに、鼻息ともうなり声ともつかない音を発した。

「別に信じなくたっていい。それよりも、きみの話をするべきだろう」

「わたしの話？」

「ああ。次はどうするのかって話だ」

「次って……」

「次に興味をそそられる男が現れたときだよ」

「わたしはどうすれば――」

「本の話はだめだ。それから、相手のことを知ろうとしないこと。とにかくすぐに知ろうとするのではなく、気を引くような態度を取るんだ」

今度はジェーンがいらだたしげな声を発する番だった。鼻先で笑うような声をあげる。

「いったい何を言っているの？　いちゃつき方の補習授業が必要だとでも？」

「うまい言い方だ」

「いちゃつく方法くらい知っているわ、ケイレブ」

「いや、知らないね」

「知ってるってば」

「だったら聞かせてくれ」

「あなたといちゃつく気はないの」

「やり方を知らないからだろう」

「そんなことない！」

「そうか。じゃあ、お手並拝見だ。今何を着てる、ジェーン？」

ジェーンはもう一度言い返そうとしたが、ふと口をつぐんだ。

彼の挑戦を受けたらどうなるだろう？

わたしは、いちゃつく方法を知らないのかもしれない。ケイレブなら何か教えてくれるかもしれない。

ジェーンは深く息を吸い、ゆっくりと吐きだした。

「何も」

短い沈黙が流れたが、崖《がけ》から飛びおりたような気分だったジェーンにはひどく長く感じられた。

「へえ、ようやく形になってきたじゃないか」ケイレブが言った。彼の声がかすれているのは、わざと誘惑するような声を出しているのだろうか。

ジェーンの心臓が早鐘を打ち始めた。

「このあとはどうするの？」誰もいない静かなアパートメントのなかで、自分の声がやけに大きく響いた。ジェーンは声を落とした。「あなたのほうも、わたしを誘惑するようなことを言ったりしないの？」

「ああ、そうだな。すまない」彼は咳払いをした。「よし、いくぞ。もしぼくがきみのそばにいたとしたら……」そこで言葉を途切れさせる。

「え？」ジェーンは一瞬ためらってから、低くささやくような声で尋ねた。「もしあなたがわたしのそばにいたとしたら？」

「どこに触れてほしい？」

彼女の体がかっと熱くなり、興奮と混乱が一気に押し寄せてきた。心臓が肋骨を突き破らんばかりに打ち、頬がほてり、手のひらと脇の下が汗ばんでくる。

ジェーンはぎゅっと目を閉じた。「こんなのばかげているわ」

「ただの練習さ。特別な意味はないよ」

ケイレブにとってはそうなのだろう。以前、彼が女性といちゃついているところを目撃したことがあるが、ほかのことと同じようにうまくやっていた。しかし、ケイレブの特別な女性には一度も会ったことがない。彼がひとりの女性に心を奪われ、すっかりのめりこんで人が変わったようになるところなど見たことがないし、激しく恋焦がれたり、渇望《かつぼう》したり、必死になったりしている姿も見たことがない。

「なんだか変な感じ」ジェーンはぶっきらぼうに言った。「無理よ。あなたのことを

「そんなふうには思えない……だって、あなたはケイレブなんだから」

短い沈黙が流れた。「きみには豊かな想像力があったはずだろう?」

「そうでもないみたい。あなたに惹かれている自分なんて想像もできないもの」

それは嘘だった。下手な嘘だ。こんなひどい嘘では、ケイレブにすぐに見抜かれてしまうだろう。真実は正反対で、彼にずっと惹かれていて、何年もそうではないふりをし続けていたことを悟られるのではないかと不安になった。

「ワオ」一瞬の間を置いて彼が軽い口調で言った。「これは手厳しいな」

「だって、あなたは家族みたいなものだから」ジェーンは言った。

こんな言い訳では信じてもらえないわよね?

「そうか、わかったよ。じゃあ、いちゃつく練習は自力でなんとかしてくれ」

どうやら信じてもらえたようだ。

「わたしのことは心配しないで。自分でどうにかするから」

「どうにかしないと、ひとりで死ぬはめになるぞ」

「そっちこそ、手厳しいわね」

いつものケイレブらしい兄のような口ぶりでからかわれ、ジェーンは緊張がほぐれるのを感じた。今になってようやく、指の関節が白くなるほど携帯電話をきつく握りしめていたことに気づいた。

疲労感にも襲われる。ところで今は何時だろう？

もうすぐ夜中の十二時だ。

「もう寝る時間を過ぎているわ。おやすみなさい、ケイレブ」

「おやすみ、ジェーン」

ケイレブは熱くほてった体をベッドに横たえ、目を閉じた。どうしても自分を偽ることができない。もうこれ以上は無理だ。

ジェーンがほしい。

彼女がほしくてたまらない。性欲が旺盛だった十六歳のころでさえ、ひとりの女性をこれほど求めたことはなかった。

どんなにジェーンを求めていても、一線を越えるわけにはいかない。それなのに今夜、危うく人生を台なしにするところだった。ジェーンとの友情、サムとの友情、仕事と私生活のあいだにあるすべてのものを。そもそもベッドで横になってジェーンのことを考えだしたら、みるみる体がかたく張りつめ、彼女に電話をかけずにいられなくなったのだ。

次の旅に出るのはしばらく先だ。暇な時間がありすぎるから考えてはいけないことを考えてしまう。

人生で一番大切なものを台なしにしてしまいかねない。

ケイレブは深呼吸をして、体のほてりを冷まそうとした。

もちろん、もっと簡単な方法がある。ジェーンのことを考え、空想にふけり、ティーンエイジャーのようにシーツに精を解き放つのだ。今にもはちきれそうになっているから、そう時間はかからないだろう。

どうせ誰にも知られることはないのだし。

だが、それはだめだ。衝動に屈することはできない。屈すれば屈するほど、ますますジェーンのことを意識して、また今夜のようなヘマをしてしまうだろう。少し自制心を働かせる必要がある。しかも、今すぐ始めなければならない。

〝ジェーンのことは考えるな。ジェーンのことは考えるな。ジェーンのことは――〟

ケイレブはたまりかねて、上掛けを払いのけた。体を起こしてベッドから出ると、歯を食いしばってバスルームへ向かった。

これまで冷たいシャワーを浴びたことはないが、今夜は浴びることにしよう。

それでもだめなら、ハンマーで自分を殴り倒してしまおう。

8

ケイレブは税理士事務所へ行き、領収書や控除対象経費や営業費用について相談するという、自分の仕事のなかでも嫌いな作業に午前中を費やした。あまりの退屈さに、数時間はジェーンのことを考えずにすんだのがせめてもの救いだった。しかしミッドタウンのオフィスビルを出たとたん、すべてが鮮やかによみがえった。

ジェーンに会わなければならない。ふたりの関係を台なしにしてしまったかどうか確かめる必要がある。彼女に会えば、すぐにわかるだろう。

でもその前にもうひとつ義理を立てておく必要があった。以前顧客だったふたりとランチの約束をしていた。彼らはケイレブが案内した旅先で恋に落ちたため、高級レストランで食事をおごらせてほしいと誘われていたのだ。

待ちあわせ場所は、アッパー・イースト・サイドにあるイタリア料理のレストランだった。料理はおいしくて会話も弾んだが、食事が終わってタクシーを止めると、ケイレブはほっとした。

ミッドタウンの渋滞に巻きこまれて髪をかきむしりたくなったものの、どうにかこらえた。ジェーンの書店の前でタクシーが止まったときには午後三時になっていた。運転手に料金を払い、タクシーのドアを閉めると、大股で歩道を横切り、店に向かった。

通りの喧騒《けんそう》から離れ、静かであたたかな空間――安らぎの場所――に足を踏み入れる。ジェーンを探して見まわしたが、見当たらなかった。

ジェーンはどこへ行ったんだ？　平日の午後にこの店でジェーンを見つけるのは、アルプス山脈で雪を見つけたり、公園で鳩《はと》を見つけたりするのと同じくらい確実なことだ。何かあったのだろうか？　もう家に帰ったのか？

店内のあちこちに奥まった場所があり、そこに革張りの椅子と読書用のランプを置いて読書スペースが設けられている。その隠れ場所のひとつで彼女を見つけた。ジェーンは靴を脱ぎ、椅子の上で両脚を曲げていた。向こうずねを抱えて座り、膝に額を預けている。

彼女がじっとしたまま動かないので、森のなかで遭遇した動物を驚かせないようにするときのごとくケイレブも動きを止めた。

椅子の脇にバラ色のシェードのランプが置かれていた。そのランプがやわらかな光の輪を投げかけ、ジェーンの茶色の髪を磨きあげられた木のように輝かせている。

どれくらいの時間、黙ってそこに立っていただろう。彼女がとても悲しげに見えるのは、自分のせいかもしれないと思った。時計の針を戻して、昨夜の電話をなかったことにしたかった。そのとき、レジを担当している店員が客に向かって声をかけた。

「お財布を忘れていますよ！」

ジェーンが驚いて顔をあげ、ケイレブに見つめられていたことに気づいた。

「どうも」彼女は目をしばたたいて言った。

「どうも」

一瞬、沈黙が流れる。

「ここで何をしているの？」彼女は尋ねた。

「ええと、ちょっときみの様子を確かめたくて」

「わたしの様子？」

〝ふたりの関係を〟と言いたかった。〝ぼくたちの関係は何も変わっていないよな？〟

だがそう尋ねたとたんに、ジェーンは昨夜のことを考えるだろう。ケイレブとしては、それは望ましくないことだった。昨夜のことがあっても、ふたりの関係は何も変わっていないという証拠がほしかった。

だとすれば、何かほかの用件を思いつかなければならない。

「ぼくが買ってあげた本を読んだか確かめに来たんだ。サムの誕生日にハイキング旅行へ一緒に行く心がまえができたかどうか」

ジェーンがまた目をしばたたいた。「ああ」そう言って、大きく息を吸って吐きだす。まるでどこか遠い場所から戻ってきたかのように。「いいえ、あの本は読んでいないし、ハイキング旅行に行くつもりもないわ。悪いけど」

「今、何を考えていた?」ケイレブは唐突にきいた。普段はそんなことを尋ねないので、奇妙な質問に聞こえただろう。

ジェーンは眉をつりあげた。「わたしが何を考えているのか知りたいの?」

「きみが悲しそうに見えたから」ケイレブは少し弁解がましい口調で言った。「大丈夫か?」

膝を抱えて座っている彼女の姿がやけに幼く見えた。

「ええ、もちろん。何もかも順調よ」

ケイレブは首を横に振った。「さあ、ジェーン。何がどうなっているのか、話してくれ」

ジェーンはしばらく黙っていたが、やがて口を開いた。「ランチをとるためにダンと会って、彼に嘘をついたの」

「嘘を? どんな?」

「姉さんのことよ」

「でも、そういう計画だっただろう？　サムにはつきあっている相手がいると言うつもりだったはずだ」

「ええ、たしかにそういう計画だった。でもそこで話を終わらせなかったの」

「どういう意味だ？」

ジェーンは膝の上に顎をのせた。「シラノ・ド・ベルジュラックになりきったという意味よ」

ケイレブは彼女をじっと見つめたが、やがてほかの読書スペースへ行き、椅子をつかんで頭上に持ちあげて運んでくると、ジェーンの前に置いて腰をおろした。

「きみが何を言ってるのかさっぱりわからない」ケイレブは言った。

ジェーンは顔をしかめてケイレブを見つめた。彼女の肌はなめらかで、眉間のしわは、静かな池の水面《みなも》に立ったさざ波のようだった。

「シラノ・ド・ベルジュラックは、大きな醜《みにく》い鼻を持つ剣士で詩人よ。彼はロクサーヌを愛しているの。ロクサーヌは彼と同じく知性派で、見た目も美しい。彼女はハンサムなクリスチャンと恋に落ちるんだけど、クリスチャンは知性が乏しく、ウイットにも欠けていてラブレターを書くことができないから、ロクサーヌに求愛することをためらうの。そこでシラノは彼の代弁者となって、自分自身がロクサーヌに伝えたいことを手紙にしたためたり、彼女の心をつかむための愛の言葉をクリスチャンに教えたりするの」

「シラノのエピソードなら聞いたことがあるよ、ジェーン。だが、その話がきみとどんな関係があるんだ?」

ジェーンはため息をついた。「ランチのためにダンと会ったんだけど、彼は……」膝を抱えていた腕をあげ、空中で大きく振る。「何もかも完璧だったわ。おもしろくて、魅力的で、頭の回転が速くて……」そう言いながら両手をひらひらさせつつおろし、椅子の肘掛けに置いた。「ダンはすっかり姉さんにのぼせあがっていた。わたしは計画どおりに、姉さんにはつきあっている人がいると伝えた。そうしたら、それでもかまわないと彼は言ったのよ。もちろんがっかりはしたけど、いつかまたひとりに戻るかもしれないから、望みは捨てないって。それからサムのことを教えてほしいと言われたの。彼女がどんな人で、何に興味を持ち、何に情熱を注いでいるのかを」

ジェーンはそこで急に口をつぐんだ。

「それで?」少し間を置いて、ケイレブは先を促した。

「それで、わたしは自分がどんな人間なのか話したの。わたしが興味を持っていることと。わたしが情熱を注いでいるものについて」

ようやく状況が読めてきた。

「なるほど」

ジェーンが早口で言う。「ダンはニューヨークに住んでいないんですって。だから

たぶん、もう会うこともない。わたしは……わたしはただ……」彼女は口ごもり、肩をすくめた。「自分でも何がしたかったのかわからないわ」言いながら、急に背筋を伸ばして座り直した。「ううん、違う。わたしは自分が何をしたいかちゃんとわかっていた。彼にわたしのことを好きになってほしかった」

ジェーンはびくりとして立ちあがったかと思うと、ふたたび椅子にぐったりと身を沈めた。「そして実際、そのとおりになった」彼女が小さな声で言った。

ケイレブは胸がむかむかした。「本当に？」

「ええと、わたしを好きになったわけじゃなくて、ハイブリッドを好きになったの」

「何を好きになったって？」

「サムの体にわたしの脳を入れたハイブリッドよ。シラノとクリスチャンのように。存在しない人間ってこと」彼女は少し黙った。「わたしはこの目で見ていたのよ、ケイレブ。姉さんのことを……わたしのことを……わたしのばかげたものの見方について話しているあいだ……ダンがわたしに夢中になるのを」

ジェーンは大きく息を吸った。「わたしはぺちゃくちゃしゃべりまくったわ。普段はそんなふうにしゃべったりしないのに。だけどそんなこと、どうでもいいと思わない？　だってダンはわたしとつきあうことも、姉さんとつきあうこともないんだから。

そんな相手には何を言ったって別にかまわないでしょう?」彼女はもう一度息をついた。「でも、そうはいかなかったの。だって彼はわたしが作りあげた女性に夢中になってしまったんだもの」

その瞬間、ケイレブの胸のなかで不思議なことが起こった。ジェーンが角縁めがねについて語る様子を見ているうちに、緊張と怒り――さらには嫉妬さえ覚えた。ジェーンのような女性にこれほど思いを寄せられるなんて、あいつはそんなにいい男なのか?

しかし同時に、彼女に幸せになってほしいとも思った。

ケイレブは両手をポケットに入れた。

「こんなことを言うなんて自分でも信じられないけど、かなり明白な解決策があるように思えるが。彼がきみの話を気に入ったのなら、きみが話した女性に夢中になっているなら、今すべきことは、それは自分の話だったと伝えることだよ」

ジェーンは椅子の肘掛けを握りしめた。「無理よ。わからないの? そんなことできっこない。だって本当のところ、男性は――たぶん女性も――内面と外見のどちらかを選ぶよう迫られたら、必ず外見のほうを選ぶでしょう。ええ、自分は違うと言うかもしれない。内面のほうが大事だって――性格美人、美しい心、精神、魂。でもミス・アメリカ性格美人コンテストなんてあまり見ないでしょう? ミスＵＳＡビューティフルマインドは？ そうよ、そんなのないの。みんな、水着コンテストを見るのよ。知らなかったのなら教えてあげるけど、ビキニ姿になるのは頭脳を見せびらかすためじゃないのよ、ケイレブ」

「ジェーン――」

彼女は一気にまくしたてると、急に話をやめた。ぐったりと椅子に身を預け、ため息をつく。

「ううん、いいの。ひどい話だけど。ねえ、わたしが今まで本をたくさん読んできたのは知っているでしょう？」

いや、知らない。〝知っている〟という言葉を、〝わたしが何を言おうとしているかわかるでしょう、ケイレブ〟という意味で彼女が言っているのだとすれば。

「それがなんの関係が――」

「今までたくさんの本を読んできたわ。たくさんのことを知って、たくさんのことを理解すれば、自分を守れるような気がしていたから。でも、そうじゃなかったのね。わたしはいまだにただの妹で、家族のなかで一番地味で、誰がなんと言おうとそのことばかりが注目されてしまう。サムのように美しくなることはできない。男性は必ず姉さんのほうを求める。ダンのように。わたしに好感を持ったとしても、わたしを求めてはくれないのよ」ジェーンは椅子から少しずり落ちた。「わたしは二十年前と変わらずちっぽけで、つまらなくて嫉妬深くて、哀れな人間のままなんだわ」

ケイレブは以前、サムに語った話を思いだした。ジェーンの頭がフル回転しているときに彼女の話についていこうとすると、迷路のような巣穴にいるすばしっこい小動物を追いかける大型犬になった気分になる、と。

〝うまい言い方ね〟サムは言った。〝気に入ったわ。いらいらするのはわかるけど、それがジェーンという子なの。あの子がそんなふうになったときは、放っておくしかない。たぶんあの子は気づかないだろうから、黙ってうなずいていればいいわ〟

しかしケイレブはいらいらするどころか、そういうところを好ましく思っていた。ジェーンが伝えようとしていることの半分は聞き逃しているとわかっていても、彼女のあとを追いかけ、彼女の思考についていこうとするのが好きだった。

今回の場合、ひとつだけたしかなのは、ジェーンは〝自分で自分の悪口を言っている〟ということだ。

ケイレブは彼女が使った言葉に反応した。「きみは哀れなんかじゃない」別の言葉にも言及する。「それにきみは地味じゃない。きみは――」

〝きれいだ〟そう言おうとしたが、言葉が喉につかえた。声に出してとても言えそうになかった。

「あら、気にしないで。別にいいの。だって人生ってそういうものでしょう？　ばかげていて、悲しくて、ありきたりで。まるでわたしみたい。でもね――」

そのとき、店のドアにつるされた小さなベルが鳴った。ジェーンはケイレブの背後に目をやり、誰が入ってきたのか確認した。

彼女の顔に浮かんだ表情を見てケイレブも振り向くと、戸口に角縁めがねが立っていた。彼は店内を見まわし、やがてジェーンを見つけた。

角縁めがねがこちらに近づいてくるのに気づき、ケイレブはよく考える余裕もないまま椅子からすばやく立ちあがり、椅子を押しのけてジェーンの前に立ちはだかった。

「何してるの？」ジェーンが彼の耳元で嚙みつくように言った。ということは、彼女も立ちあがったようだ。

〝きみを守っているんだよ〟ケイレブは胸の内でつぶやいた。でも何から？ 角縁めがねは危険な男ではない。ただサムを愛していると思いこんでいるまぬけな男で、その過程でジェーンを傷つけてしまっただけだ。

もちろん、そのことから彼女を守ろうとしているのだ。いや、守ってやりたかった。彼女が傷つかないように。

「ちょっとどいて」ジェーンは小声で言うと、ケイレブの腕をぴしゃりと叩き、彼の前に出た。

「ああ、そこにいたんだね」角縁めがねは言うと、にこやかな笑みを浮かべ、大股でジェーンのほうに近づいてきた。彼は右手に持っている何かをジェーンのほうへ差しだした。どうやら手紙のようだ。クリーム色の封筒には、優雅な筆跡で〝ミス・サマンサ・フィンチ〟と書かれている。

角縁めがねは足を止め、ジェーンに手紙を渡した。「これをきみに預けに来たんだ。お姉さん宛の手紙を」

ジェーンは封筒を受け取り、しばらく目を落としていたが、やがて顔をあげた。

「姉宛の手紙？」

角縁めがねがうなずく。「ああ、ラブレターだ。彼女が誰かとつきあい始めたことは知っているが、もしうまくいかなかったら彼女に渡してくれないかな？」

「わたしは……」ジェーンはいったん言葉を切り、すばやく息を吸いこんでから続けた。「ええ、もちろん」

ダンはほっとしたように笑みを浮かべた。「ああ、よかった。ありがとう、ジェーン」彼はそこで初めてケイレブに目を向けた。ダンはまだ満面の笑みを浮かべていたが、ケイレブは作り笑いさえ返そうとしなかった。

「ばかげていると思っているんだろう？　出会ったばかりの女性にラブレターを書くなんて」

「ああ、本音を言えばね」ケイレブは言った。「たしかにばかげているな。率直な意見を言わせてもらうなら――」

ジェーンに脇腹を肘で思いきりつつかれ、ケイレブは思わずうめき声を漏らした。

「彼の意見なんて聞かなくていいのよ」彼女はダンに言った。「ケイレブはロマンティックなタイプじゃないから」

「彼はまだふさわしい女性に出会っていないだけだよ」ダンはもう一度ジェーンに微笑んでから、立ち去ろうとした。

ドアの前に立ったところで、ダンがこちらを振り返る。「ぼくはあと数日でこの街を離れることになった。サマンサに手紙を渡すとき、きみからも……口添えしてくれないかな?」

ジェーンはしばらく無言のままだった。沈黙がしばらく続いたので、ケイレブは彼女の腕をつついた。

「ああ、ごめんなさい。口添えね。ええ、必ず」

「ありがとう、ジェーン」

そしてダンは立ち去った。

ジェーンは手に持った手紙をじっと見つめ、表に綴《つづ》られた姉の名前を指先でなぞっている。

ケイレブは手を伸ばし、封筒をつかんだ。

「こいつはぼくが預かっておくよ」

ジェーンは奪い返そうとしたが、ケイレブのほうがすばやかった。彼は尻ポケットに封筒を入れ、腕組みをした。

「どういうつもり？」ジェーンが強い口調できく。「返してよ！」

「聖杯を見るような目で見ていたからだよ」

「聖杯が何かも知らないくせに」

「まったく、インテリを気取りやがって」

「どういうこと？」

「カウボーイハットをかぶっているからって、ぼくが聖杯やシラノ・ド・ベルジュロンを知らないと思っているだろう」

「ベルジュラックよ」

「なんでもいいが、聞いたことくらいある。本だけが物事を知る方法じゃないんだ」

彼女はケイレブをにらみつけた。「わかったわ。あなたはものを知らないなんて二度と思わないから、手紙を返して」

「きみ宛の手紙じゃないだろう」

「あなた宛でもないわ」

「ぼくからサムに渡してやるよ。今から行ってくる」

「でもダンは、わたしに頼んだのよ。それに、なぜあなたがそんなに気にするの？どうして返したくないの？」

くそっ、いい質問だな。どうしてぼくは返したくないんだ？

ケイレブはポケットから手紙を出し、彼女に手渡した。「わかった。ほら返すよ。でも、広い視野で考えてみたほうがいい」

ジェーンは彼をなおもにらみながら、手紙を受け取った。「どういう意味？」

「その手紙を書いたまぬけ野郎のことだよ」

「何が書いてあるかも知らないくせに」

「いいや、わかるさ。きみを愛している、サマンサ。妹が話してくれたこと以外、きみのことは何も知らなくても――実際は、妹自身の話だけどな。それと、きみの髪はブロンドで、おっぱいがでかくて――」

「ちょっと！」

ケイレブはジェーンを見おろした。彼女はあいかわらず、ダークブルーの目に怒りをたたえ、突き刺すようにこちらをにらみつけている。

「きみが言ったことを繰り返しただけだよ」

「え？」

「男はいつも内面よりも外見で選ぶと言ったのはきみだぞ」

「わたしはおっぱいの話なんかしていないわ」

「水着コンテストの話をしていたから、既知の事実から推定したまでだ」ケイレブは少し間を置いてから言った。「おっと、〝既知の事実から推定〟なんて言葉を使うべきではなかったかな？　ぼくは無知な人間だから」

ジェーンは驚いた顔をした。「あなたが無知だなんて思っていないわ。あなただってわかっているはずよ、ケイレブ」

「そうか？　だとすれば、知的な人間だと思っている相手に向かって、ずいぶん皮肉を言うんだな」

彼女が眉をつりあげた。「あなたがそんなに傷つきやすいとは知らなかったわ」

その口ぶりがどことなくいつものジェーンらしかったので、ケイレブは少しほっとした。「ああ、そうさ。これでわかっただろう。ついでに言えば、ぼくはロマンティックじゃないときみが思っていることにも傷ついた」

ジェーンは腕組みをした。「いつわたしがそんなことを言ったの？　それは本当のことだけど、いつそう言ったかしら？」

「ぼくはロマンティックなタイプじゃないから意見なんて聞かなくていいと、角縁めがねに言ったじゃないか。そっくりそのままの言いまわしだぞ」

「そういえば言ったわね」彼女は認めた。「それじゃあ、あなたはロマンティックだと言うつもり？」

「ああ、もちろんだ」

「最後に女性に花を贈ったのはいつ？」

「花を贈るのは別にロマンティックじゃない。うわべだけの行動だ」ケイレブはジェーンが持っている手紙を指さした。「それと同じさ」

手紙を持つジェーンの手に力がこもった。「これはうわべだけの行動ではなくて、ロマンティックな行動よ。男性がひと目惚れした女性に胸の内を打ち明けるんだから」

ケイレブは帽子を取り、片手で髪をかきあげた。「やれやれ、そういうのはロマンティックじゃなくて、正気を失っていると言うんだよ。しかもきみは作り話をしたんだろう。彼はサムですらない女性に夢中になっていると自分で言っていたじゃないか。きみ自身を好きになったって」

「サムの体のなかにいるわたしよ」

「よかったじゃないか。だったら、あとは体を入れ替えるだけで準備万端というわけだ」

ジェーンが言い返す間もなく、店員が読書スペースをのぞきこんだ。「ジェーン？お客さまに質問されたんだけど、わたしでは答えられなくて。ダンテの『神曲』の地獄篇《へん》についてなんだけど」

「お安いご用よ」ジェーンは言った。「今ちょうどそこの住人になっていたところだから、詳しいご案内ができそう」

接客するために彼女が足早に立ち去ると、ケイレブは借りてきた椅子を元の場所に戻した。そして店の入り口のほうへ行き、ジェーンが『神曲』のイギリス版を特別注文し終えるのを待った。

「ひとつ提案がある」彼女の手が空いたところで、ケイレブは声をかけた。

彼がカウンターに両腕をつくと、ジェーンも同じように腕をついた。ふたりは互いに顔を見あわせた。

「何？」

「やっぱりあの手紙はぼくに渡すべきだと思う。そして手紙のことは忘れて、あのまぬけ野郎のこともきれいさっぱり忘れて、今夜はバーに行って、現実に存在する男といちゃつく練習でもしたほうがいい」

彼女の顔がみるみる赤くなっていくのに気づき、最後の部分は言わなければよかったと思った。そもそもここを訪れたのは、前夜のことがあっても、ふたりの関係は何も変わっていないと確認するためだった。それなのに〝いちゃつく〟という言葉を使えば、ゆうべの会話を思いださせるだけだ。

「ダンは現実に存在する男性よ。わたしが考えだした想像上の人物ではないわ」

「いや、それは違う。彼の頭のなかにあるサムみたいなものだよ。きみはあいつのことを何も知らない」

「そこら辺のバーにいる、どこの誰かもわからない男性よりは知っているわ」

「まあ、たしかにそうかもしれない。でも外の世界に出れば、本気できみに心惹かれる男に出会う機会があるはずだ」

ジェーンはカウンターの上で握りしめた両手に視線を落としたが、目に苦悩の色が浮かんだのをケイレブは見逃さなかった。

ケイレブは顔をしかめた。「悪かった。角縁めがねがきみに惹かれないのは女性を選ぶセンスがないからだ。ほかの男ともつきあってみる価値があると思わないか？くだらない男ばかりじゃない。なかにはきみを見ただけで――」

〝きみを見ただけで、ぼくはそうなってしまう〟

ジェーンはふたたび顔をあげ、眉根を寄せた。「見ただけで？」

ケイレブは咳払いをした。「そそられるってことだよ。なあ、ジェーン。自分が不細工じゃないことはわかってるだろう。角縁めがねがまぬけなだけで、自分を哀れむ理由にはならないぞ。世の中には、きみに惚れる男がたくさんいるはずだ」

ケイレブは右の手のひらを上に向けて、彼女のほうに差しだした。「あの手紙をよこすんだ」

ジェーンは首を振った。「わたしから姉さんに渡すわ。それで、ダンにチャンスを与えてあげてほしいと言ってみる」

ケイレブは背筋を伸ばして彼女を見つめた。「本気で言っているのか？」

「ええ」ジェーンはきっぱりと言った。「だって神さまでもないのに、勝手に運命を決めるわけにいかないでしょう？　もしかしたら、ふたりはお似合いのカップルになるかもしれないし。わたしがしたことを姉さんに説明して、手紙を渡して、ダンがこの街を離れる前に会ってあげてほしいと言ってみるわ。何か惹かれあうものがあるかどうか確かめるだけでもいいからって。そして、わたしが彼に話したのは姉さんのことではなく、わたし自身の話だったと彼に伝えてもらう。本当はどんな人なのか姉さんが自分で説明すればいいのよ。きっと、ふたりが打ち解けるきっかけになるわ。もっとも、姉さんは会話のきっかけなんて必要ない人だけど」

「あいつはサムの好みのタイプとは正反対だ。わかっているだろう」

ジェーンはうなずいた。「言われなくてもわかってる。彼はわたしの好みのタイプよ。でも、彼がわたしを求めていない以上……」

彼女は肩をすくめた。

もどかしさに胸を締めつけられ、ケイレブはカウンターから体を離した。「そこまで言うなら勝手にすればいい。そのばかげた代物をぼくに渡して、それを書いた男のことなんかきれいさっぱり忘れたほうがいいとぼくは思うけどな。あいつはこの街に住んでいないし、もう二度と会うこともないわけだから。でも好きにすればいいさ」

ケイレブは向きを変えようとして動きを止め、彼女のほうを見た。「サムとあいつが実際にふたりきりで過ごしてみて、もし意気投合したら、きみはどうしようもなくみじめな思いをするはめになるんだぞ？」

ジェーンは顎をぐっと持ちあげた。「姉さんが幸せならわたしも幸せよ」

「家族そろって食事をするときに、きみは彼らの向かいに座らなければならなくなるんだぞ」

そう言った瞬間、最後にフィンチ家で食事をしたときの記憶がふとよみがえった。一年前のことで、ジェーンはデートの相手を連れてきていた。

ケイレブはその夜のあいだずっと、その男をにらみつけないようにして、腕相撲を挑みたい衝動を必死に抑えていた。

「どうかした？」ジェーンがきいてきた。

そのときになってようやく、何も言わずに一分間も彼女を見つめていたことに気づいた。

「いや、なんでもない」ケイレブは答えた。「ちょっと別のことに気を取られていただけだ。やり忘れていたことがあってね。じゃあ、また」ケイレブはくるりと向きを変えて店を出た。

くそっ。ジェーンにどうしようもなく惹かれて、彼女のことが頭から離れない。でも、どうすることもできないだろう？　ジェーンは一夜限りの関係をよしとするタイプではないし、ケイレブは女性と真剣に交際したいと思わないのだから。

何度か挑戦してみたことはあるが、うまくいったためしはなかった。最初のうちは、女性たちも彼が世界中を旅することに賛成してくれるのに、結局は最後通告を突きつけてくる――旅を減らすか、別れるかのどちらかに決めてほしい、と。

ケイレブはそのたびに別れるほうを選んできた。

実のところ、女性以上に自分のライフスタイルを愛しているのだ。彼は自由と冒険を強く望んでいた。サムには中毒だと言われるが、そのとおりなのかもしれない。だが、たとえそうだとしても、この中毒を克服したいとはまったく思わない。

それに、ジェーンを二の次にするようなまねはしたくなかった。

もちろん、彼女と真剣に交際することを前提とした話だが。女性のこととなるとうぬぼれが強いとサムに言われるが、ジェーンが自分とつきあいたがっていると考えるほどうぬぼれてはいない。そういえば昨夜、ジェーンは彼に惹かれている自分が想像できないと言っていなかったか？

ジェーンがむきになって言いすぎたのだと信じたいところだ。彼女もケイレブと同じ理由で、互いに惹かれあっていることを認めたくないのだと。彼女も一線を越えてはいけないことを知っているからだと。

杖をついた女性が介助犬とともに目の前の店から出てきたので、ケイレブは立ち止まり、先に歩道を渡らせた。彼女たちが通り過ぎるのを待つあいだに店のショーウインドーへちらりと目をやった瞬間、そこに展示されているものに気づいた。

〈これを着ればきっと見つかる――あなたの理想の人が〉

女性は本当にこんなでたらめに騙《だま》されるのか？　この手のたわ言は、ロマンティックな本や映画は言うまでもなく、店や雑誌などでもよく目にする。どうりでジェーンのような女性たちが、頭のなかで空想の世界に浸るわけだ。

だからといって、ジェーンのような女性が空想の世界にこもっているなんてもったいない。ケイレブも恋人としては釣りあわないかもしれないが、少なくとも彼女に惹かれているこの気持ちに偽りはない。それに、ジェーンの想像力がどんなに豊かだとしても、彼女が夢にも思わなかった気持ちを味わわせてやることもできるだろう。ベッドをともにすれば、彼女に自分の名前を忘れさせることだってできる。

介助犬を連れた女性はとっくにいなくなっていた。しかしケイレブはまだショーウインドーの前に立ち、ジェーンの瞳と同じ色のドレスを見つめていた。

その瞬間、彼はある決断をした。

ジェーンは一夜限りの関係をよしとしないだろうし、ケイレブのほうは女性と真剣に交際するタイプではない。でももう、〝もしもの話〟はうんざりだ。ジェーンも同じ気持ちなのか確かめてみるべきだ。

それで、もし答えがイエスだったら？

そのときは、どう対処するかふたりで考えればいい。

9

「あの問い合わせ、本当はあなたに頼まなくてもよかったの」

ジェーンは一瞬、フェリシアに話しかけられたことに気づかなかった。

「ごめん、何か言った？」

フェリシアはカウンターの下に袋を補充しながら気まずそうにしている。

「あのダンテの問い合わせ。もちろん、あなたのほうが詳しいけど、自分でも対応できたと思うの」

ジェーンは困惑した。「いいのよ。接客は好きだから」

フェリシアがしゃがみこむ。「あのときは、ケイレブがいたからなの」

ジェーンはさらに困惑した。「ケイレブがいたから何？」

「あなたに頼んだのは、ケイレブがいたからなの。あなたが接客で忙しくしていれば、彼がわたしに気づいてくれるかなと思ったの。たとえば……話しかけてくれるとか」

フェリシアはため息をついて続けた。「まあ、話しかけられなかったけど。でも当然よね？」

ようやく事情がのみこめてきた。フェリシアはケイレブが好きなのに、ジェーンも彼も気づいていなかったのだ。

「ごめんなさい、まったく気づいていなかったわ。どうして何も言ってくれなかったの？」

「取りもってもらうために？」フェリシアは首を横に振りながら最後の袋の束を置いた。「そんな、ママにデートの相手をお膳立てしてもらうようなまねはできないわ」

フェリシアは両手をジーンズで払いながら、いつもどおりの明るい顔で言った。

「気にしないで。そもそも、わたしには手が届かない存在だもの」

「手が届かない？」

「そうよ。志望校を決めるときだって、安全圏と射程圏内と高望みの学校があるでしょう。ケイレブはわたしにとって高望みなの」

ジェーンは憂鬱な気分に襲われた。本当に人はそんなふうにランク分けされているのだろうか？　デートは自分のランクに合った相手とするべきだというの？

もちろん、そうだ。自分だってケイレブにそう言ったばかりだ。

だったら、どうして人はいつも手が届かない相手をほしがるのだろう？

彼女はダンがほしくて、ダンはサムがほしい（なんだかドクター・スースの語呂合わせみたいだ）。一方のサムは……今のところ誰もほしがっていない。フェリシアはケイレブがほしくて、ケイレブは……。

ジェーンは冷気に肌を撫でられたかのように全身を震わせた。

ケイレブはジェーンをほしがっていない。ランクの高い男性たちは安全圏の女性などほしがらないし、ケイレブにとってジェーンは確実に安全圏の女性だ。でもそうだとすると、外見重視のカースト制度はつじつまが合わない。だってジェーンもケイレブなどほしがっていないから。

嘘だ。

認めよう、わたしはケイレブがほしい……ときもある。けれどもダンを求めているようにケイレブを求めているわけではない。ダンは彼女のソウルメイトかもしれないが、ケイレブは絶対に違う。ソウルメイトではないケイレブに友情以外のものを感じているのだとしたら、それはつまり……。

欲望だ。

混じりっけなしの生々しい動物的な欲望。

ジェーンは彼女の目をのぞきこむ、はしばみ色の目を思い浮かべた。あの無精《ぶしょう》ひげの生えた顎、広い肩、セクシーな笑顔を思いだし、また身震いする。

彼女は情欲的な人間ではない。理性的で、判断力のあるタイプだ。そして関係性を重んじる。恋愛をするなら、相手にはすべてがそろっていてほしい――少なくともその願いだけは捨てたくない。

ということはつまり、ケイレブに対するこの心穏やかでない関心は、そのあるべき場所である潜在意識下に戻しておく必要があるということだ。

「気を悪くした？」ジェーンが黙りこんでいるので、フェリシアがきいた。

ジェーンはあわてて首を振った。「全然。ちょっとほかのことを考えていたの」

フェリシアがにっこり笑う。「ハンサム・ダンのこと？　さっき見かけたわ」

ハンサム・ダン。そうだ。

ジェーンは彼の手紙を引き出しにしまっていた。それを取りだしてカウンターの上に置く。

〝ミス・サマンサ・フィンチ〟

何が書いてあるのだろう？　彼はどんなふうに気持ちを伝えているの？　ジェーンがランチの席で話したことに触れているだろうか？　それともサムの金髪やなめらかな肌、完璧なプロポーションを称《たた》えているのだろうか？

サムの外見について書いているのだろうか、それとも内面について？

さっきケイレブに、自分でサムに手紙を渡し、シラノ・ド・ベルジュラックみたいなことをしてしまったと打ち明け、ダンにチャンスをあげてくれと頼むつもりだと宣言した。

ケイレブは、そんなことをすれば家族で囲むディナーが気まずくなるだろうと言った。

ジェーンはその光景を思い描こうとした。サムとダンが本当に恋に落ちたら？　さらに、結婚までしたらどうする？　感謝祭の集まりに夫婦で来たり、子どもができたり、孫までできたりするかもしれない。

実現すれば、それはすばらしいことだ。

すばらしくないだろうか？

そうなれば、結局ふたりはソウルメイトだったということなのだから。

ここにケイレブがいたら、うんざりだと言わんばかりの声を漏らしただろう。彼はソウルメイトの存在など信じていないから。けれどジェーンは信じているし、それに反論するケイレブは今ここにはいない。だから当初の予定を貫くべきだろうか？　サムに電話して――。

そう思ったが、できなかった。ジェーンがかける前にサムから電話がかかってきたからだ。

「もしもし」サムは急いでいて、興奮している様子だった。「今週末、ブランチとショッピングをしようって言っていたでしょう。でもクライミングチャレンジに誘われて、どうしても行きたいの。場所は北部だから、たぶん……三日くらい帰れないわ。かまわないかしら？　ブランチは来週末に予定を変更できる？　それとも予定がある？」

「来週の土曜日は執筆グループの集まりがあるけど、日曜日ならいいわよ」ジェーンは反射的に答えながら考えていた。〝サムが今から北部へ行くのなら、ダンが街にいるあいだに会う機会はなくなるわ〟

「よかった！　じゃあ来週の日曜日にね。クライミングチャレンジがすごく楽しみなの。優勝者には賞金も出るから、自分への最高の誕生日プレゼントになるわ。それにＥＳＰＮ（Entertainment and Sports Programming Network の略。スポーツ専門チャンネル）の取材班も来るらしいの」

「楽しそうね。でも、サム――」

〝姉さんにひと目惚れした男性のことを話したでしょう？　彼とランチをして、わたしのことを姉さんのこととして話したの。その、姉さんのことをわたしのことみたいに話したというか――とにかくめちゃくちゃな話をしてしまったのよ。それで彼から姉さんに手紙を渡してくれって頼まれたの。彼にチャンスをあげたらどうかしら。ひょっとしたら、ふたりはソウルメイトかもしれないし――〟

「そろそろ切るわ。明日の朝四時に出発なのにまだ荷造りがすんでいないのよ。気をつけてね、ジェーン！　愛してるわ！」

「わたしも愛してるわ」ジェーンはそう言いかけたが、サムはすでに通話を終えていた。

気持ちは次なる冒険に向かっているのだ——サムらしい。

〝彼女はすごく生き生きしている。光り輝いていると言ってもいいほどだ〟

ダンはそう言っていた。だからサムにひと目惚れしたのだ。

美人だからという理由だけではない。サムが生命力にあふれているからだ。

サムがあまりにもまぶしく強烈なので、周囲のすべてが陰り、弱々しく見える。

ジェーンも例外ではない。

ジェーンは、サムの近くにいるときのおなじみの感覚を味わっていた——くすんで

疲れたような、ちっぽけな存在になったような感覚を。

サムといると幸せなときもある。寒い夜に焚《た》き火《び》を囲んでいるような幸福感がある

のだ。サムという炎であたたまり、彼女が放つバイタリティの熱情を吸収できる。

でも彼女の炎はあまりにもまばゆく、その周囲にあるものを見えなくさせてしまう。

ジェーンは考えを追い払うように頭を振った。どうして今さらサムと自分を比べて

いるのだろう？　それがどれだけ無益なことか、ずいぶん前に学んだのに。ふたりを

比べて得られるものといえば、みじめな気分だけだ。

みじめな気分になるべき理由なんてない。ジェーンは登山をしたり遠泳したりスカ

イダイビングに挑戦したりはしないが、幸せな人生を送っている。充実した人生だ。世界最高の都市に住み、二十七歳にして自分の店を営んでいる。たしかに祖父母から受け継いだ店かもしれないが、それでも彼女のものだ——さらに経営を引き継いでからは毎年黒字が続いているし、それは立派な実績だ。

けれど、早退したいとフェリシアに告げて鍵を渡して閉店業務をまかせたときには、ジェーンは自分の実績にプライドを感じられず、自力で築きあげてきた人生に満足感も覚えていなかった。地下鉄の駅に向かいながら、自分が小さく頼りなく弱い存在だと感じていた——サマンサ・フィンチという炎の横でひっそり燃えるキャンドルの光くらいに。

数時間後、ベッドに横たわりながらも眠れずにいたジェーンは、携帯電話が振動して画面にケイレブの名前が表示されたとき、ほっとしそうになった。彼に戸惑いを覚え、ジェーンに対する態度に居心地の悪さは感じるものの、話していると考えごとを忘れることができる。自分の小ささやつまらない嫉妬心を感じるくらいなら、理解も制御も不能な肉体的欲望でさえましに思えた。

あの低くかすれた声を耳にした瞬間に、体じゅうを駆けめぐる欲望でさえも。

「まだ起きていたかな？」

「寝る時間にかけてくるのは、これで三夜連続よ。ルーティーンにするつもり？」

低い笑い声。「そうかもな。異議があるのか？」

「今はないけど。様子を見てから決めるわ」ジェーンは、すっかり目が冴えてしまったと思いながら間を置いた――針でつつかれたように肌がぞくぞくし、無限のエネルギーで全身が満たされるのがわかる。

声だけで彼女にこんな反応を起こさせる男性はほかにいない。

「ジェーン？」

彼女は自分の体の反応をひどく意識していた。液体のようなぬくもりが体のあちこちでじんわりと広がり、からかうように下腹部をくすぐる。

「何？」

「今度、ディナーでもどうだい？」

ジェーンは固まった。小さな矢のような快感がことごとく不安に取って代わり、彼女はケイレブがどれだけセクシーでもこの関係を変えたくないと改めて思った。ふたりは恋愛相手としては合わないし、彼との友情が大切すぎて壊すことなどできない。

いや、ケイレブの誘いを深読みしすぎているだけかもしれない。

「ディナー？」ジェーンは用心深くきき返した。

「ああ。話したいことがあるんだ」

なんの話だろう。サムの誕生日のこととか……どんな話題でもありうる。

「うーん……」

「明日はサムのクライミングの付き添いを頼まれているから、明後日はどうかな？」

「あの……」

「ヴィレッジの〈ベンヴァアリ〉で八時に。もう予約はしてある」

予約したの？

「ええと……わかったわ」

この数日、ジェーンが肉体的なつながりを感じていたからといって、彼もロマンティックなことを考えていると勘ぐる理由にはならない。そもそも、彼女はダンに対しても肉体的なつながりを想像したのだから。

たしかに、ケイレブに対して感じたあの瞬間は、ダンに対するそれとは違った。もっと強烈で直感的で……性的だった。

でもだからといって、ケイレブも同じように感じたはずだとは言えない。

ジェーンはふいに彼の姿を思い浮かべた。無駄のない筋肉、堂々とした体躯《たいく》に着古したジーンズ、カウボーイブーツ、それから――。

「今、何を着てるの？」ジェーンは唐突にきいた。

ぞっとする沈黙が流れる。

待って。今のを声に出して言ってしまったの？

「ほら、あのハット」心臓をばくばくさせながら、あわてて言い足す。「いつもの変なカウボーイハットを今もかぶってるのかなと思って」

「いや」ケイレブが一瞬黙り、おかしそうに返した。「ハットをかぶったままベッドに入ると思うか？」

裸体にハットだけかぶった彼のイメージが頭に浮かんでくる。

「だって、どこでもかぶっているじゃない」ジェーンは何気なく言った。「カウボーイ趣味の一環だって、サムが言ってたわ。女性を〝ダーリン〟って呼ぶみたいに」

ケイレブがくすくす笑う。「趣味じゃなくて、本物のカウボーイだ。まあ昔の話だけど。あのハットは十四歳のころから持っているんだ」

「だからって常にかぶっている必要はないでしょう。あなたがあれをかぶらない日は、世界が終わる日ね」

「世界の終末の前兆ってことか？」

「そうよ」

胸の鼓動が通常の速さに戻ってくる。ケイレブがディナーの席で何を話したがっているにせよ、その話題は、彼のそばにいるたびジェーンのなかで荒れ狂う欲望とは関係のないものだろう。動悸《どうき》がおさまると、ようやく素直にそう考えられるようになった。

人生はこのまま予想どおり安全に心地よく流れていくはずだ。数週間後にはサムとケイレブもふたたび冒険に出かける——トルコだかモザンビークへ……ネパールだったかもしれない。とにかく、ジェーンは今ある幸せに戻ることができる。

平穏な人生、知的な生活に。

「ジェーン？」

その声は低く優しく、彼女の神経の隅々まで言いようのない効果をもたらした。

ケイレブが次に何を言おうとしているのかが急に怖くなり、彼女は先に口を開いた。

「じゃあ、おやすみなさい。〈ベンヴァリ〉でね」

そうして何かが起こる前に、彼女のほうから通話を終えた。

二日後、ディナーにはおしゃれをして行くようキキに言われた。

「でもドレスコードなんてないわよ」ジェーンはそう言って、Ｊ・Ｋ・ローリングの新刊が二十冊入った箱をカッターで開けた。

「ないのは知っているけど、〈ベンヴァリ〉は高級レストランよ。パーティードレスを着た女性とタキシード姿の男性を見かけるもの」

「ええ、でもジーンズ姿で行く人たちだっているわ」

「そういうところがマンハッタンっぽいわよね。でもね、ジェーン、何かのために最後におしゃれしたのはいつ？」

たしかに、おしゃれなど長らくしていないことは認めよう。でも今日はデートではない。デートだなんてありえないし、数時間前、ケイレブにどんな格好で行くつもりかメールで尋ねたが、その返信さえ来ていない。彼にしては珍しい。Ｗｉ‐Ｆｉにつながらない場所でない限り、必ず返信してくれるのに。たしかに彼は普通の人よりそんな場所にいることが多いけれど、やはり妙だ。

それにしても、彼はどんな格好で来るのだろう？　まさかタキシードにカウボーイハットとか？

「なんで笑っているの？」キキがきいた。

タキシードにカウボーイハット姿のケイレブを想像していた、なんて言えない。その背景まで説明しないと伝わらない個人的な想像を話すわけにはいかないので、ジェーンはただ首を横に振った。

「なんでもないわ」

しかし、それはなんでもない笑みではなかった。本物の、心からの笑みだった。ジェーンはこの先、その笑みを長らく忘れないだろう。

「ねえ、彼が来たわよ！」キキが大声で言った。「レストランで待ちあわせだって言っていなかった？　それに予約の時間は三時間後のはずなのに」

たしかに〈ベンヴァリ〉で待ちあわせの約束をしていたので、キキが見たのはケイレブではないとほぼ確信しながら、ジェーンは顔をあげた。

しかし、それはケイレブだった。彼が店の入り口に立っている。タキシードは着ていない――カウボーイハットもなしだ。

ジーンズに、何年も前から持っている青いシャツ姿。外は晴れていて、髪がいつもより明るく見える。ハットの影に隠れていないので、彼女の目をまっすぐ見つめる彼の目がはっきりわかった。

世界の終わりみたいに見えた。

ジェーンは両手でカウンターをつかんだ。何かがおかしい。

店内をこちらに向かってくるあいだ、ケイレブは目をそらさなかった。これまでの人生でこんなにいやなことは経験したことがないと言わんばかりの様子で、ゆっくりと歩いてくる。

ジェーンのところに来るまで長い時間がかかったように思われた。カウンターにぺたりと置いた手のひらの下で、大理石が氷のように感じられる。ケイレブが両手を彼女の手に重ねてすっかり包みこんだ。その肌はあたたかいのに、触れられている感覚がない。

ケイレブの呼吸がおかしかった――心を傷つけられたかのように荒く、不規則だ。

彼に視線をとらえられ、ジェーンは目をそらすことができればいいのにと思った。

心臓がどくどくと脈打っている。彼が何か言う前に隠れろ、逃げてしまえと本能が告げていたが、彼女は動けなかった。

「ジェーン、気の毒だが」

喉がからからで声が出ない。何か恐ろしいことを知らされる予感があるのに、それが何かわからなくて、ジェーンは彼をじっと見つめた。

言わせてはいけない。「ケイレブ――」彼女はなんとか口を開いた。けれども言葉を続けることができなかった。

彼が大きく息を吸う。「サムが亡くなった」

10

あの恐ろしい日から二カ月後、ケイレブは携帯電話を耳に当てながらコーヒーショップの列に並んでいた。前に並ぶ女性が駄々《だだ》をこねる幼児を必死でなだめようとしていて、彼は我慢の限界に達する寸前だった。

「なんとかしてほしいの」通話相手はニーナ・フィンチだ。「クリスマスに帰省《きせい》できるように飛行機のチケットを送ったんだけど、あの子ったら乗らなかったのよ」

「ぼくにどうしろと？」

ぶっきらぼうな返事をしてしまい、ケイレブは自己嫌悪《じこけんお》に陥った。フィンチ夫妻は長女を亡くしたうえに、次女からは連絡を断たれているのだ。

ジェーンは誰とも連絡を取っていない。特にケイレブとは。

書店に行ってサムの死を伝えてから二カ月が経つが、ジェーンの目に浮かんだあの表情を、ケイレブを振り払おうとしたことを、そしてやっと振りほどいた手がぱちんと彼の頬を打った音を、この先もずっと忘れられないだろう。

「出ていって」彼女は言った。「出ていって！」

ケイレブは出ていかなかった。両腕をジェーンにまわして引き寄せ、言い聞かせた。

いつかは聞かなければいけないし、先延ばしにするのは優しさではないから。

道具に不備があったと彼は説明した。懸垂《けんすい》アンカーのひとつが壊れ、サムは落下した。即死だった。苦しまなかったと。

「嘘よ。姉さんは死んでないわ」

「いい子だから――」

「そんな言い方しないで。出ていって。ひとりにして！」

「ひとりにするわけにはいかない」

彼はジェーンをひとりにはしなかった。出勤したフェリシアに店をまかせ、キキにジェーンを家に送らせるまで、そこに残った。ジェーンの両親がカリフォルニアからやってくるまで彼女のそばにいると、キキはケイレブに約束してくれた。

ケイレブは店に足を踏み入れる前から自分が何を背負うことになるのかわかっていた。ジェーンにニュースを――姉が亡くなったことを知らせる人間が背負うものを。

今後はずっと、彼の顔を見れば衝撃と悲嘆の瞬間を連想するだろう。それを理由にジェーンはケイレブを憎むはずだ。

だから彼は姉妹をひとり失っただけではない。ふたり失ったことになる。

ケイレブが失った以上のものをニーナとハーヴィは失った。夫妻は子どもを失ったのだ。ふたりにはケイレブが与えうる限りの優しさと思いやりを受ける権利がある。けれども残念なことに、彼にできることはなかった。

ケイレブはもう精根《せいこん》尽き果てていた。

そう感じたのは葬儀から数週間後のことだ。ジェーンは依然として電話に応答せず、ケイレブはビジネスパートナーのひとりが急死したことによる書類の手続きに追われていた。サムの遺言《ゆいごん》執行人も引き受けていたので、なおさら処理すべきことが多かった。

〝お互いの遺言執行人になるべきだわ〟数年前、遺書《いしょ》の作成について話しあっているときにサムが言った。危険が伴う仕事柄、予期せぬ事故への準備をしておかないのは無責任だと考えたのだ。

〝どうして？　お互いの家族がいるだろう〟

〝だってわたしだったら、もしジェーンが亡くなったとき、遺書だとか遺言だとかの処理はなんとしてでも避けたいもの。それにあなたもジェーンの性格を知っているでしょう――動物虐待防止のコマーシャルを観るだけで泣いちゃう子なのよ。わたしが死んだら、書類の手続きなんてできっこないわ。でもあなたなら実務モードに切り替えて、すべて処理してくれるでしょう？〟

あのときは、サムが死ぬだなんてばかげた話に思えた。ふたりはブエノス・アイレスのカフェで話しあっていて、ひと筋の日差しが彼女の金髪をきらめかせていた。だからケイレブは了承したのだ。確実な未来などない、誰だって――人並み外れて元気な人間でさえ死ぬことがあるとわかっていたのに。

こうした処理をジェーンや彼女の両親がしなくてすんだことを、喜ぶべきなのだろう。でも本音を言えば、これ以上は気力がもたなかった。すべきことを全部やり終えて出発するまであと何日あるか指折り数えていた。しばらくここには戻らないつもりだった。

「ニーナ、ぼくにはどうすることもできません。二日後には発《た》つ予定なんです」

「発つって？　どこへ行くの？」

「オーストラリアです」

「探検の仕事で？」

「いくつかのコースを担当する予定なんです。数カ月は向こうを拠点にして、奥地でトレッキングを率いることになっています」しばし間を置く。「ジェーンと話をしたいのなら、ぼくを通しても無理ですよ。第一、ぼくが電話しても応答してくれないんですから。それにぼくはしばらくニューヨークを離れます。アパートメントも手放しました」

「でも、ケイレブ！　オーストラリアに知りあいは？」

「いますよ。何人か当てはあります」

「そういう意味で言っているんじゃないわ。親しい人はいるの？　家族とか、友人のことよ？」

　そういった知りあいはいない。

「ジェーンと話したいなら、あなた自身が来ればいい」ケイレブは話題を変えた。

「でも休暇は家族そろってロサンゼルスで過ごすのが習わしなの。毎年よ。ケイレブ、どうしてもあの子に帰ってきてほしいの。みんなにとって重要なことだと思うから。クリスマスまであと三日あるわ。飛行機のチケットはまた買ってあげられるし。お願いよ、あの子を説得してくれないかしら？」

　前に並んでいる子どもが、先ほどよりも声を張りあげている。

「ニーナ――」

「お願い、ケイレブ。このとおりよ」

　彼は目を閉じた。「わかりました」

「なんて？」

「わかりましたよ！」

「ああ、ありがとう！　どうなったか、あとで聞かせてね」

そうしてジェーンの母親は前言を撤回される前に通話を終えた。

ちくしょう。

電話をしても無駄だろう。ジェーンは応答しないはずだ。何度か店にも寄ったが、いつもいなかった。キキによると、葬儀以来ジェーンが来る時間はまちまちだという。

彼女に会いたければ、アパートメントへ行くしかない――それだけはするまいと思っていたのに。

決して出ない相手に電話をかけ続けたり、職場に立ち寄ったりするのと、顔を見るのもいやだと思われている相手の家まで出向くのは別の話だ……目の前で力まかせにドアを閉めるだろう相手を訪ねるのは……。

ああもう、どうでもいい。見ないことにしている場所にいやな記憶があとひとつ増えたところで、どうってことないだろう。

ケイレブはようやくコーヒーを買うと、冷えた手でカップを包み、ブルックリンへ向かう地下鉄に乗った。

最後にジェーンと会ったのは葬儀のときだ。サムは火葬を希望していたので、墓地で遺体を埋めるという恐ろしい場面はまぬがれ、彼女が好きだった教会で友人と家族による告別式だけが行われた――もっとも、彼女の仕事の都合上、教会に欠かさず通っていたわけではないが。

十月の気持ちよい日で、あまりにも美しく胸が痛むほどだった……今日とは大違いだ。

今日は葬儀日和だ。灰色の空の下、空気は冷たくかすんでいて、歩道は氷まじりのぬかるみと汚れた雪で覆われている。地下鉄の駅から出ると、唯一のぬくもりは両手に持った厚紙のカップだけで、それさえも冷め始めていた。

二ブロック進んだころには、コーヒーは冷えきっていた。ケイレブはひと口も飲まずにそれをごみ箱に放った。

さらに十分歩き、ジェーンのアパートメントに着いた。

街路樹の並ぶ通りを歩いているうちに少し気分が軽くなってきた。このあたりの住民は地域を大切にし、休暇シーズンには飾りつけをするような人たちだ。どこもかしこもリースや赤いリボン、小さなクリスマスライトだらけで、ジェーンの部屋の下の階のアパートメントの窓には、子どもの手作りとおぼしき雪の結晶と色紙の輪が飾られていた。

ジェーンも思わずクリスマスの明るい雰囲気を少しは味わっているかもしれない。

誰かが玄関口から出てきたので、ケイレブはインターホンを鳴らさずにロビーに入った。郵便受けもすべて金色と銀色のリボンで装飾され、同じくクリスマスらしさを演出している。

郵便受けのひとつが満杯になっていて、どうやら主《あるじ》が休暇で不在のようだ。

しかし近づいて見てみると、そこはジェーンの郵便受けだった。

最悪だな。いなかったらどうする？　どこかへ行ってしまったのかもしれない。

ジェーンの部屋は三階だ。ケイレブはゆっくりと階段をあがりながら、不在の場合はどうすべきか考えた。待つか？　長い時間、待つことになるかもしれない。探してみるか？　キキとフェリシアには行き先を告げているはずだ。

各階には二戸ずつアパートメントがある。ジェーンの部屋の向かいの玄関には大きなリースが飾られ、〝楽しい休暇を！〟と書かれた赤色と緑色のウェルカム・マットが敷かれていた。

ジェーンの部屋の扉に飾りはない。ケイレブはノックしたものの、不在だろうとほぼ確信していた。次はどうしようかと考えていると、扉の向こう側から声がした。

「どちらさまですか？」

耳慣れない声だった――老朽化《ろうきゅうか》した門がきしむような音。でも確実にジェーンの声だ。

「ケイレブだ。入れてくれ」

声を聞いたからには、長期戦になってでも彼女に会って無事を確認するつもりだ。

しかし戦う必要などなかった。扉が勢いよく開き、そこにジェーンがいた。玄関口に立って彼を見つめている。

酔っていた。ウォッカのボトルを手にしていなくても、そのぼんやりとかすんだ目を見れば素面《しらふ》でないのはわかる。

裸足《はだし》で、脚もむきだしだ。ジェーンはちょっと小さすぎる古ぼけた白いTシャツを着ていて、顔にかかった髪を払おうと腕をあげたとき、裾があがって下着が見えた――赤いステッキ状のキャンディ柄が入った白いコットンの下着。

知りあって長いが、こんな彼女を見るのは初めてだった。

「なんて格好《ザ》だ」

ジェーンがうなずいて言った。「もうすぐイエス《ジーザス》の誕生日よね」彼女はまた裾をあげて下着をちらりとのぞかせた。「見て。お祭り気分でしょう」

そう言って裾を放すと、ケイレブに身を寄せてウォッカを持っていないほうの手を彼の胸に当てた。「本当はね」彼女が打ち明けるように顔を近づけてくると、息が酒くさかった。「お祭り気分になりたくてこれをはいてるんじゃないの。おばがクリスマスプレゼントにって贈ってくれて、ちょうど清潔な下着を切らしてたからはいただけよ」

ケイレブは一瞬彼女を見おろし、その肩越しに室内の様子をうかがった。ひどく散らかっていた。キッチンは汚れた食器であふれ、リビングルームにはピザの空き箱と中華のテイクアウトの空容器が転がっていた。寝室の扉の向こうの床には、洗濯物が山と積まれている。

またジェーンに視線を戻す。「入っていいかな」

ジェーンが一瞬、彼を見あげて目をしばたたいた。焦点が合っていない。しかし一歩さがると、ウォッカのボトルを大仰にかかげて招き入れる仕草をした。「どうぞ、お入りになって」

ケイレブは扉を閉めてリビングルームに入り、また彼女に向きあった。

「さあ、こう言ってもらおうか。〝ケイレブ、ここをきれいにする許可をあげる〟ってね」

「ケイレブ、ここを――」彼女は言葉を止めた。「待ってよ、許可なんてあげないわ」

「ジェーン――」

彼女はウォッカのボトルをソファに投げると、彼の目前まで突進してきた。

「いったいなんなの？　どういうつもり？　わたしのアパートメントはなんの問題もないわ。急にやってきて姉の死を告げるなんてひどすぎる」

ジェーン自身にもその言葉が響いたのだろう、ケイレブは胃がよじれるような思いで様子を見ていた。彼女の目が見開かれて彼を凝視しても、見つめ返すことしかできなかった。

「ごめんなさい」ささやくように言われ、彼の胸はきりきりと痛んだ。ふたりのあいだの距離を詰め、彼女の肩を両手でつかむ。「ジェーン——」

彼女は身をよじってケイレブから逃れた。「あなたのせいじゃないわ。わたしのせいなの」

ジェーンは背を向け、よろよろと離れていった。こんなに打ちのめされた人間を見るのは初めてだった。

ケイレブは近寄って彼女の手を取った。その手を優しく引っ張り、ソファへと連れていく。彼はピザの箱を落として場所を空けると、先に座って彼女を横に座らせた。

「そうじゃない。誰のせいでもないんだ」

ジェーンはつかのま彼を見つめた。こぼすまいと瞳に涙をたたえ、表情をゆがませている。

「サムにダンのことを伝えるつもりだったの。手紙を渡して、彼にチャンスをあげてって頼むつもりだった。行くのはやめてと引きとめることだってできたのに……」深く息を吸いこむ。「でも伝えなかったの。嫉妬していたから」

「ダンのことを伝えても、サムは行ったはずだ。何をしたところで、サムを引きとめることはできなかっただろう。ちょっとやそっとでは、サムは止められない。ジェーン、それはきみもわかっているだろう」

「わたしが頼んだら行かなかったと思うわ。わたしのことを愛していたもの。行かないでって頼んでいたら、そうしてくれたはずよ」

「ジェーン――」

「サムは最後になんて言ったと思う?」ジェーンは一瞬わなわなと唇を震わせてから、息を深く吸った。「〝気をつけてね、ジェーン。愛してるわ〟って言ったの」

ケイレブの胸がまたきりきりと痛んだ。〝サム……なぜ……〟

ジェーンは割れそうな頭を押さえるかのように両手をこめかみに当てた。「いつも〝気をつけて〟って言われたわ。おかしいでしょう? わたしは危険なことなんてしたことがないのに。〝気をつけて〟と言われるべきなのはサムだったのよ。でもわたしは〝気をつけて〟なんて言ったことがなかった」

「言っても聞かなかったと思うよ。きみはサムに愛してるって言ったんだろう、ジェーン。そのほうが大切なことだ」

彼女は首を振った。「言えなかったの。言おうとしたときには切られていたから。愛してるって伝えるチャンスがなかった」

「何度も言ってきたじゃないか、ジェーン。サムはわかっていたよ。きみもわかっているはずだ」

ジェーンは頭蓋骨《ずがいこつ》を砕こうとでもしているかのように、こめかみに当てた両手に力をこめた。

ケイレブはその手首をつかんで引き離した。「やめるんだ」

「もし心を読まれていたら、サムもわたしの本音を知ったと思うわ」

ジェーンの手は小さく、冷たく、はかなく見えた。彼は自分の体温であたためようとするかのように、その手をぎゅっと握りしめた。

「サムはちゃんとわかっていたよ。きみはサムを愛していたし、彼女もそれを知っていた」

ジェーンは首を横に振った。「そうじゃないの」小声でつぶやく。「本当は嫉妬していたの。姉さんは美人で生き生きとして、わたしはそんな姉に嫉妬していた。死んでしまいたい」

それまでケイレブが感じていたのは哀れみと悲しみだけだったが、その言葉を聞いたとたん、怒りが胸の痛みを引き裂いた。

彼女の手を放して肩をつかみ、体を揺さぶる。

「だからこんな生活をしているのか？　死のうとしているのか？」

ケイレブの突然の怒りにショックを受け、ジェーンの目がはっとしたように見えた。視点がいくらか定まり、彼をじっと見つめている。

「なんのこと？　この生活の何が悪いの？」

彼は周囲を身振りで示した。「わかってないのか？　この部屋はめちゃくちゃじゃないか」さらに彼女を指す。「きみもめちゃくちゃだ。少しにおうぞ、ジェーン。最後にシャワーを浴びたのはいつだ？　先月か？」

その言葉の厳しさに、さらに目が覚めたようだ。

「覚えていないわ」

「じゃあ今から浴びろ。行くぞ」

ケイレブはすっくと立ちあがると、彼女を助け起こしてバスルームまで引っ張っていった。よろめいた彼女を支えてバスルームに入り、扉を閉める。

そこはほかの部屋ほど乱れていなかった。ラックには清潔なタオルがかかっている。最後にシャワーを浴びてから、本当にかなり時間が経っているのかもしれない。

「大げさに言ったつもりだったのに、本当にかなり経つのか？」

リビングルームのブラインドはおろされているため、唯一の明かりはサイドテーブルのランプだけだった。それとは対照的に、バスルームには冬の午後の冷たくおぼろげな日光が差し、明るいとさえ思ってしまう。

「何が？」

「最後にシャワーを浴びてから」

ジェーンは便座の上に腰かけた。「覚えてないって言ったでしょう」

ここにはラジエーターが備わっているので、扉を閉めていると狭い空間があたたまってきた。

「今のところ、アパートメントのなかでここが一番居心地のいい場所だな。ぼくが用事をすませているあいだ、きみはここで過ごすといい」

ケイレブはバスタブの栓《せん》を落とすと、湯を出して適温になるまで調節した――熱すぎない程度にあたたかく。

「シャワーよりバスタブに浸《つ》かったほうが気分がよくなる」

バスタブに湯がたまり始め、彼はジェーンのほうを向いた。入浴剤はあるのかきこうとしたが、彼女の表情を見るとその言葉が引っこんだ。

「どうした？」

ジェーンは両腕で体を抱えるようにして床を見つめていた。白くてふわふわのやわらかいラグが敷いてあるのに、そこには足を置かず、冷たいタイルの上で休ませている。「バスタブに浸かったほうが気分がよくなるって言ったわね」

「ああ」

「わかってないのね。なんにもわかっていないんだわ」

「何を？」

ジェーンがまたケイレブの顔を見あげた。その表情が彼の胸を引き裂いた。

「気分よくなんかなりたくないの」

ケイレブは床に膝をついて両手をジェーンの膝に置いた。目の高さを同じにして、彼女の瞳をのぞきこむ。

「わかっているよ。気分がよくなりたくないのはわかる。でも今はぼくが責任を引き受けたから、きみはしたがうしかない。入浴剤はあるかい？」

ジェーンは首を横に振った。

「まあいい。入浴剤がなくても気分はよくなるから。湯がたまるまで、ぼくはここで待つとしよう。きみがバスタブに入るまで背を向けているよ。ちゃんと入ったか確かめないといけないからね」

一瞬、ジェーンは異議を唱えたそうにしたが、すぐに肩を落として床にまた視線を向けた。

今のところ、ジェーンが落ちこんで疲れ果てているほうがケイレブにとっては都合がよかった。彼に歯向かう余力がなくなるからだ。

湯がたまるまで、彼は何も言わなかった。蛇口《じゃぐち》を閉め、扉の前まで行って彼女に背を向ける。

「きみがバスタブに入るまで、ここから動かないからな」

一瞬の沈黙ののち、ジェーンが言った。「わかったわよ」

少しして湯が跳ねる音が聞こえ、彼女がバスタブに入ったのがわかった。

「指先がふやけるまで浸かれよ。石鹸《せっけん》とシャンプーでちゃんと洗わなければ、最初からやり直しだぞ」

「まあ、偉そうに」

ケイレブは言い返そうとしたが、急にあることに気づいて言葉が喉で詰まる。

ジェーンは今、裸なのだ。

まあ、裸だと推測しているだけだが。まだアルコールが抜けていないことを考えると、いちいち服を脱がずにバスタブに入ってしまったこともありうる。

だが、今はそんなことを考えている場合ではない。すると彼の疑念を晴らすかのように、ジェーンの声が背後から聞こえた。

「もう行っていいわよ、ケイレブ。わたしは今、バスタブに入ってボディタオルに石鹸をつけているところだから、あっちへ行ってて」

「わかった」しわがれた声で返事をし、彼はバスルームを出て背後で扉を閉めた。

一瞬、立ちつくして深呼吸する。裸で湯に浸かったジェーンを想像しないようにしながら。

大仕事が待っているのがありがたかった。

冷蔵庫も食料棚も空っぽなのを確認すると、ケイレブはまず角の食料品店へ行って食材を調達しようと決めた。しかし配達してもらえるかもしれないと気づき、そのほうが時間の節約になると考えて電話をしたところ、配達もしているとわかった。

そこでケイレブは、ジェーンが一週間かかっても食べきれないほどの食材を注文した。

それから十分ほどかけて簡単な仕事を片づけた——ピザの空き箱やほかのごみを袋に捨て、ジェーンの寝室にあった洗濯物をまとめ、キッチンの扉の奥に置かれた食器洗浄機のスイッチを入れる。

タンスの一番下の引き出しに清潔なシーツがあったので、ベッドメイキングもした。別の引き出しにはハリー・ポッターのパジャマもきちんとたたんでしまってあった。彼はふと、どうしてジェーンはくさくて古いTシャツを着ているのかと考えた。

答えはわかりきっている。彼女はこのパジャマが大好きで、それを着れば気分がよくなってしまうからだ。

だから、それを着る資格がないと思っているのだ。

たしかに清潔な下着は見当たらなかった——あるのは、おばから送られてきた三枚セットのうちの二枚だけだ。それらはリビングルームのコーヒーテーブルの上に置かれ、横にはぴかぴかのクリスマスカードがあった。

ケイレブは緑色の柊《ひいらぎ》と赤色のベリーの包装紙に包まれた一枚を取りだすと、ハリー・ポッターのパジャマと一緒にバスルームへ持っていった。

扉をノックする。

「どんな具合だい？」

「ふやけたわよ」

ケイレブはその日初めての微笑を浮かべた。

「よかった。そろそろ出るか？」

「そうね」

「清潔なパジャマを持ってきた。扉を少し開けて床に置いておくよ」

「わたしの純潔を守ってくれるなんて優しいのね」少しだけ以前のジェーンに戻っている。「今一番それを気にしているから」

「それじゃあ、なかまで持っていこうか？」

彼がドアノブをまわすと、ジェーンが声をあげた。

「ケイレブ！」

彼はまた微笑んだ。「冗談だよ」そう言うと、少しだけ扉を開けてパジャマを床に置き、また扉を閉めた。「きみの純潔は無事だ」

食材が届いたので袋をカウンターに置き、銅製のケトルに水を入れて火にかけた。

食材を片づけているうちに、ケトルがかたかた鳴りだした。

カモミールティーと蜂蜜《はちみつ》も注文しておいたので、ジェーンと自分用に一杯ずつ用意していると、ケイレブはそれがつらいときや大変なときに母が対処するやり方だったと気づいた。今まで母を見習おうとしたことなどなかったのに、どうやら自分は相当に切羽《せっぱ》つまっているらしい。

だが見習っているのは母だけではなかった。パンをトーストしてバターを塗りながら、ケイレブは以前サムが言ったことを思いだしていたのだ。気温がぐんとさがりだした山頂で、ふたりは自分を元気づける好きな食べ物のことを話していた。

「バターを塗った熱いトーストね」サムが言った。「子どものころに、ジェーンもわたしもそれが一番ほっとするって結論にいたったの。あと子犬と子猫がいたらなおいいんだけど、バターを塗った熱いトーストだけでも元気が出るわ」

そんなわけで、顔と髪を洗ってすっきりしたジェーンがハリー・ポッターのパジャマを着て出てくると、カモミールティーとトーストが用意されていた。

コーヒーテーブルにのったトレイを見たらもっとうれしそうな顔をしてくれるかとケイレブは期待していたが、そうはいかなかった。

「なんだか吐き気がするの。食べられないと思う」ジェーンが言った。

「吐き気がするのはウォッカを大量に飲んだせいだ」

「ご明察ね。ところでウォッカはどこ？」

「流しに捨てたよ」

ジェーンはどうやら腹を立てたらしい。「ちょっと！　わたしのものを勝手に捨てるなんて、ひどいじゃない」

「今ごろは、下水道に棲《す》むと言われるアリゲーターのものになってるだろうな」ケイレブはソファまで彼女を引っ張ってきて自分の横に座らせ、トレイを近くに寄せた。

「ひと口ずつでもいいから食べろ。毒にはならない」

ジェーンは手渡されたマグカップをうんざりした表情で見つめたが、ともかくひと口すった。

「ひとつきいていいかな？」ケイレブが言った。

ジェーンがうなずいたので、彼はコーヒーテーブルの上にあるもの――正確に言えば、アパートメントじゅうにあるもの――を指さした。散らばっているというよりも、わざと置いてあるように見える。何枚もの明るい色紙だった。いくつかは何かよくわからない形に折ってある。

「これはなんだ？　折り紙か？」

ジェーンはケイレブが指さしたほうを見てから目をそらした。「ええ。くだらない話よ」

「何を折ろうとしていたんだ？」

彼女は肩をすくめた。「折り鶴。数年ぶりだったから、折り方を忘れちゃったの。言ったでしょう、くだらないって」

「何が？」

彼女はもうひと口すすった。「子どものころ、サムと読んだ物語があるの——ふたりとも気に入った数少ない本よ。原爆投下されたときに広島の近くに住んでいた少女が主人公なの。日本の言い伝えによると、鶴を千羽折った人はひとつだけ願いを叶《かな》えてもらえるんですって。その主人公の女の子は白血病を発症して、死ぬ前に千羽鶴を折ろうとしたのよ。でも間に合わなかった。わたしも子どものころに何度か挑戦したけど、一度も達成できなかった。一番多くて二百羽だったわ」

ケイレブは何枚もの折り紙を見つめた。「千羽折るには紙が足りないみたいだが」

「そうね。それに折ったところで何をお願いしたいのかもわからない」

ジェーンが身を乗りだして折り紙と折りかけの鶴を床に払ったとき、ケイレブはそれらを拾いたい衝動をぐっとこらえた。

「まだ酔いが覚めていないみたい」彼女がつぶやく。

「運転免許を持っていないのが幸いだな」

「最低の気分」

「食べて飲んだらましになるだろう。あと頭痛薬も」

彼はキッチンカウンターに置いた袋から薬瓶を出し、白い錠剤《じょうざい》をふたつ持って戻った。

「注文しておいた」

「頭痛薬なんてないわ」


「どうぞ」

ジェーンはそのまま口に放りこみ、カモミールティーで流しこんだ。

「すべて用意周到なのね」

「すべてじゃない」

「そう？　何を忘れたの？」

ケイレブはしばし彼女を見つめてから目をそらした。立ちあがって窓辺へ行き、ブラインドを開ける。

夜が更けていた。街灯の明かりで雪が降っているのがわかる。

ケイレブは振り向いて言った。「ぼくは出発前にサムの道具をチェックしようと思いつかなかった」

ジェーンが凍りつく。

ふたりは一瞬見つめあい、やがてジェーンが口を開いた。「そんなのばかげているわ。あなただってわかっているでしょう」

「サムに恋したと思いこんだ男と会わせるためにニューヨークにとどまってくれと彼女に頼まなかったからといって、自分が姉を殺したと考えるのと同じくらいばからしいだろう。たまにサムに嫉妬したからといって、姉の死を自分のせいにするのと同じくらいにね」

ジェーンが震えだしたが、ケイレブは彼女のところに行って抱きしめたいという思いをぐっと抑えた。

「出ていって」声も震えている。

「きみがトーストを食べて、ベッドに入ったら出ていくよ」

「強要なんてできないわよ――」

「何を？　自分を大切にするよう強要できないって言いたいのか？　まさに今、ぼくがしていることだな。そんなに出ていってほしければ、食べてベッドで休んでくれ。それだけでいい」しばし言葉を止める。「実のところ、ここで時間を潰している暇なんてないんだ。二日後にはオーストラリアに発つからな」

ジェーンは下から顎を殴られたかのように顔をはっとあげた。

「オーストラリア？　オーストラリアに行くの？」

ケイレブはうなずいた。「だから、きみがそのトーストを食べ終わったら、すぐにでも目の前から消えてやるよ」

ジェーンの体の震えは止まっていたが、下唇だけがわななないていた。ケイレブに注目されて気づいたかのように、彼女は唇をきっと引き結び、その小さな震えを止めた。

「それは好都合だわ」

そう言ってジェーンはトーストを手に取り、食べ始めた。

11

目が覚めたとき、ジェーンの酔いはすっかり覚めていた。

二日酔いになっていないのは数日ぶりだ。暗がりで横たわったまま首を傾け、窓の外の街灯に照らされて降る雪を見ているうちに、なぜ自分がこの感覚を避けていたのかわかった。

現実が重たい石のように押し寄せてくるからだ。

サムがいた場所に穴が開いた。ジェーンの人生においてだけではなく、世界に穴が開いたのだ。それくらい、姉は明るく美しく生き生きしていた。

残されたほうの妹はただの影にすぎない。ジェーンは退屈で陰気で、弱く、疲れきっていた。ケイレブが来なければ泥酔するまで——あるいはもっとひどい状態に陥るまで——酒に溺《おぼ》れていただろう。

ケイレブ。

たとえいらいらさせられたり命令されたりしても、ケイレブがいると気分がよかった。それなのに彼は行ってしまった。オーストラリアに行くだなんて……もう二度と会えないかもしれない。

ぎゅっと目を閉じたが、あふれてきた涙を止められず、それは溶けだした氷みたいにぽたぽたと頰を伝った。

ケイレブのせいで、ジェーンは自分がまだ感情を抱けることを思いだしてしまった。彼はジェーンに入浴させた。カモミールティーを飲ませ、熱いバタートーストを食べさせた。

すべて終わるとケイレブは行ってしまい、彼女はありがとうさえも言わなかった。いいことは何ひとつ言わなかった。

ジェーンはうつ伏せになり、枕に顔をうずめて泣きじゃくった。サムを思い、サムに言えずじまいだったことを思って泣いた。〝ごめんなさい、姉さんに嫉妬していたの。愛してるわ。会いたい〟そしてさらに、ケイレブが行ってしまったこと、彼に言わなかったことを思って泣いた。〝手を差し伸べてくれてありがとう。気をつけて。愛してるわ〟

ジェーンは言葉に囲まれて生きてきた。何世紀にもわたる何百万、何千万もの言葉や本に囲まれて。それなのに肝心なときに――本当に大切な人たちのために――一番シンプルで本心からの言葉を伝えることができなかった。

しばらくして彼女は泣きやんだ。気分が晴れたからではなく、涙がかれ果てたからだ。

ジェーンはベッドの上で起きあがり、目をぬぐった。腫《は》れてひりひり痛むので、バスルームへ行って顔を洗おうと思った。

でもベッドから出てしまうと、ケイレブがいなくなったアパートメントの空虚《くうきょ》さを思い知ることになる。彼は暖炉《だんろ》でぱちぱち燃える炎みたいに、人を――ジェーンさえも――あたためる生気とぬくもりを放っていた。

それなのにケイレブは行ってしまい、彼女はありがとうも言わなかったのだ。どれだけ自分勝手で、悲しく、小さく、弱いのだろう。彼に礼も言わなければ、気をつけていってらっしゃいとも言わなかったなんて。

〝気をつけてね、ケイレブ。愛してるわ〟

孤独感と後悔が胸からあふれだして空っぽのアパートメントを満たし、ジェーンを取り巻く静寂のなかでこだましていた。唯一それを追いやることができたのはアルコールだったのに、ケイレブが流しに捨ててしまった。

だけどアルコールがあったとしても手遅れだ。ケイレブに泥沼から引きずりだされてしまった今、彼女はどれだけ誘惑を感じたとしても、もうそこに戻るわけにはいかないとわかっていた。

ジェーンは大きく息を吸った。こうなったからには一歩ずつでも前に進んで、生きていくために必要なことをするしかない。

その第一歩として、まずはバスルームへ行こう。

また大きく息を吸い、ベッドから出る。足の下の床は冷たく、アルコールで麻痺《まひ》した感覚を失ったことに一瞬腹が立った。体にウォッカが流れているときは冷たさなど感じなかったのに。

寝室の扉に向かおうとして初めて、ジェーンはそれが閉まっていることに気づいた。変だ。ひとり暮らしの人間はいちいち寝室の扉を閉めたりしない。

ドアノブをまわして扉を開け、彼女は固まった。

ケイレブがソファで眠っている。

ほんの一瞬、現実感覚を失ったのかと思った。サムの死を知ってからの数時間、ジェーンはその事実を必死で追い払おうとした。あまりにも必死だったので、精一杯頑張れば過去に戻れるかもしれないと願う、『ある日どこかで』の登場人物みたいだと感じたほどだ。

もちろん、過去には戻れなかった。サムの死をなかったことにするために過去へ戻ることはできなかった。

ジェーンは目を閉じ、また開いた。

静かなのはアパートメントのなかだけではなかった。外からも音は聞こえず、風もない沈黙した夜に雪だけが降り積もり、世界をやわらかく静かに包んでいる。厚い雪の結晶が街灯の明かりを乱反射させていた。昨日ケイレブが開けたブラインド越しに、不気味さを感じさせるほどのかすかな明かりが部屋に入ってくる。

ジェーンは一歩、そしてまた一歩と近づいていった。ケイレブにいてほしいと願うあまり、幻覚を見ているのではない。彼は本当にここにいて、彼女の毛布をかぶって彼女のソファの上で寝息をたてている。

カモミールティーとトーストの食事をすませたあと、ケイレブは約束どおり出ていくと言って彼女を寝室まで連れていった。それなのに彼は、ジェーンが本当に大丈夫かどうか確かめるためにソファで眠っていたらしい。

ケイレブのところに着くまで七歩。ジェーンはそこでコーヒーテーブルに座り、彼の寝顔を見つめた。

ソファのクッションの上でくしゃくしゃに乱れた髪、吹雪《ふぶき》の薄明かりのなかでいつもより青白く見える肌。顎には無精ひげが生えていたが、その輪郭は――そして口元の曲線は――起きているときよりも眠っているときのほうが穏やかに見えた。

ジェーンは手を伸ばして彼の片頬を包みこんだ。

それは息をのむ間もないくらい急に起きた。ケイレブが跳ね起きて彼女の手首をぎゅっと握り、大きく見開いた目でこちらを見つめたのだ。

すべての動きが止まり、ジェーンは息もできなかった。

感情と興奮が体じゅうを駆けめぐる。麻痺していた全身が感覚を取り戻していくのと同時に、血がどくどくと流れた。

欲望がジェーンのなかで急激に熱をあげる。痛いほどの躍動は、存在していることへの強烈な苦悩、渇望することへの狂おしい苦しみを呼び起こした。

ケイレブをほしがる苦しみを。

潜在意識下に深く閉じこめてきた性的な考えがことごとく浮上し、ケイレブがけだるげに笑ったり彼女の三つ編みを引っ張ったりしたときに感じてきたあらゆる欲望、動揺、震えが波のように襲ってきた。

胸の鼓動があまりに激しく、体を揺さぶるほどだった。

逃げなければいけない。しかし手を振りほどこうとした瞬間、ケイレブがジェーンのもう片方の手首も同じくらい強くつかんだ。

彼の手は鉄のように強固だった。何が起こっているのだろう？　いつも冷静沈着なケイレブが、手に負えない何かに支配されているかに見えた。彼よりも強い何かに。

ケイレブより強いものがあるなんて知らなかった。

彼の目に浮かぶ混乱を、ジェーンは自身の混乱以上に恐ろしく思った。

もう一度手を振りほどこうとしたが、手錠を壊そうとするのと同じくらい無意味だった。

ふたりとも黙ったまま、夜中三時の、雪だけがしんしんと降る静寂に包まれている。世界中で存在するのはジェーンとケイレブだけだった。

彼の目の奥にどれだけのものが隠されているのか、ジェーンは一度も気づいていなかった。でも、今ならわかる。隠していたものがなんであれ、それが奥から姿を現したからだ。彼女にはすべてが見えた。過去の感情、現在の感情、悲しみ、孤独、そして生々しいほどむきだしの欲望。

まだ手遅れではない。自分が口を開くだけでいい、そうすれば何もかも以前のとおりに戻るはずだ。この感情の波もあるべき場所に戻るだろう。

〝起こしてごめんなさい。あなたがまだいることに気づいていなかったの〟

そう言うだけでいい。何か普通のことを、何か理にかなったことを言うだけでいい。どんな言葉でも、この緊迫した沈黙を破ることができる。この完全なる静寂を、そこに渦巻く狂気を壊すことができる。

ジェーンは口を開いたが、言葉が出てこなかった。乱れた浅い呼吸しかできない。深呼吸すればこれを止められる。深く息をすれば落ち着きを取り戻し、この崩壊寸前の状態から自分を引き戻すことができるだろう。

しかし彼女の胸はずしりと重く、肺を圧迫していた。短く浅い息をするのがやっとだった。

胸を締めつけている万力《まんりき》を突き破る勢いで心臓が破裂しそうだ。音が聞こえそうなくらい鼓動が激しい。血管を打つ荒々しいドラムビート。耳にとどろく血流。

気を失ったほうが楽かもしれない。心臓がとどろき呼吸が乱れ、やがて意識を失えば、この状況から逃げられる。

ジェーンは長いあいだ逃げようとばかりしてきた。

手首をつかんだケイレブの手はゆるまない。その胸と腕はTシャツの下で鉄のように強固だった。

ジェーンには話すことができないが、ケイレブならできるかもしれない。彼の言葉でも、彼女のそれと同じくらい効果があるはずだ。この瞬間を打ち砕き、ふたりをあるべき状態に戻す効果が。

〝驚かすなよ、ダーリン。心臓が止まるかと思ったじゃないか〟と言って。

だが、ケイレブは何も言わなかった。

何も言わずに、ゆっくりとジェーンを引き寄せ始めた。

〝心臓が止まるかと思ったと言って。ベッドに戻って朝まで休めって〟

狂ったように肋骨を打つ鼓動と同じくらい激しく、彼女の思考は荒れ狂っている。

〝お願い……何か言って。

これは現実ではない、夢を見ているだけだと言って。あなたもわたしもここにはいない、これはすべて現実ではないって。

ぼくときみはただの友だちだと言って〟

でもケイレブは口を開かなかった。ジェーンをコーヒーテーブルから立ちあがらせ、ソファのほうに、そして彼のほうに引き寄せる。ジェーンの膝が彼の腰の両脇に着地した。

ふたりを包みこむ静寂はあまりに深く、まるで新しい元素のように感じられた。地、風、火、水、そして静寂。

ケイレブもそうした元素と同じくらい独特で自然だった。

部屋を照らすのは雪に反射した青白い光と街灯だけだったが、ジェーンはこんなふうに彼をはっきり見るのは初めてのような気がした。やわらかく茶色い髪、いぶかるような眉間のしわ、鼻筋の通った鼻、精悍《せいかん》な頬に無精ひげの生えた顎。上唇が汗でかすかにきらめき、瞳がきらめいている。彼女を見つめながら、顔の筋肉がわずかに引きつっていた。

荒い呼吸とともに上下する胸。両手はまだジェーンの手首を握っている。そのまま永遠のときが流れたように感じた。静寂のなかで固まったまま、雪に覆われた街に囲まれて。

ジェーンの膝がケイレブの腰の両脇で沈み、ふたりの距離が近くなる。体が触れあった場所から彼女の下腹部へとほてりが広がっていく。かたくなったものが押しつけられ、ジェーンは彼に身を投げたい衝動を覚えたが、あまりの強さに自分でも怖くなるほどだった。

それはできない。絶対にできない。まだ何も起こっていない、今ならまだ間に合う。〝ふたりのあいだで変わったことなどないと言って。ふたりの関係は変わっていないって。お願い……お願い……。

サムはまだ生きていると言って〟

ああ、サム。

頭のなかでサムの名前がこだますると、ふいに怒りがわいてきた。姉が死んだ怒り、生きている自分自身への怒り、サムを奪ってジェーンをひとりぼっちにするほど狂ったこの世界への怒り。

そして無感覚になろうと必死だった彼女のアパートメントまで来て、感情を取り戻させたケイレブへの怒り。

ケイレブのせいで欲望が芽生えた、ものへの欲望が――。

いや、ものへの欲望ではない。

ケイレブへの欲望だ。

ジェーンは彼がほしかった。

実際に手に入れられるものへの欲望を、ジェーンは数週間ぶりに感じていた。

彼女が震え始めると、ケイレブは急に握っていた手首を放した。

「泣いているのか。すまない」彼は震える手で目をこすった。「ああ、悪かった」

ケイレブが言葉を発した。自分はそれを望んでいたのではなかったか？　どちらかが言葉を発して、魔法を解くことを。

ジェーンは自分が泣いていることに気づかなかった。頰に手をやると、たしかに濡れていた。

彼女の胸はひび割れてしまっていた。まるで断層のように。そこに水が一滴したたるだけで、彼女は崩れ落ちるだろう。

「大嫌い」ジェーンがつぶやいた。

ケイレブの顔に痛みが横切る。ふたりとも苦しんでいる。それがジェーンには救いでもあった。

サムが死んだというのに苦しみ以外の何かを感じるなんてひどいことだから。今自分に許されるのは、何も感じないことだけだ。

それなのに、ケイレブがそれを不可能にした。彼が来て、ジェーンに感情を抱かせてしまった。

「あなたなんて大嫌い」彼女はまた言った。今度は大きな声で。「大嫌い」ひと言ひと言が鞭《むち》打つように響いたが、彼女はどちらが鞭打たれているのかわからなかった。

「大嫌い。大嫌い。大――」

ケイレブが身を起こしてジェーンの両肩をつかむと、荒々しく体をひとひねりして彼女を組み伏せた。

仰向けになったジェーンは彼の重みでソファに沈み、ブランケットがふたりの両脚に絡まった。〝嫌い〟という言葉が息とともに肺から出る前に、ケイレブが彼女の唇をふさいだ。

その口づけが荒々しかったのと裏腹に、唇はやわらかかった。

彼女はもっと強くキスしてほしかった。口が痛くなるくらい、彼の歯で唇が傷つくほど激しく奪われたかった。ジェーンは彼の首に両腕をまわし、ぐいと身を寄せた。ケイレブが彼女の唇を割り、舌を突き入れてくる。彼の味は塩辛く、熱っぽく、せつなかった。

ジェーンの肌を何千もの小さな衝撃が走った。無精ひげが頬に当たり、無限の快感が全身を貫いて高まっていく。

ケイレブが勢いよく体を離した。ジェーンは戸惑いながら見あげ、自分が彼のTシャツの下に手をもぐりこませ、その背中に爪を立てていたことに気づいて愕然《がくぜん》とした。

「ああ、ごめんなさい。わたし――」

ケイレブはジェーンの言葉をさえぎって彼女のパジャマをつかみ、引っ張って頭から脱がせた。彼が一瞬身を引いて自分のTシャツを脱ぐあいだ、冷たい空気がジェーンのむきだしの胸の頂に鳥肌を立たせた。次の瞬間、ふたりは肌と肌を重ねていた。

ケイレブにまたキスをされ、そのかたい胸筋が彼女の胸を押しつぶす。

欲望がふたりを電流のように貫いた。腰がぶつかりあったが、あいだにはまだ邪魔なものがある。ケイレブのボクサーショーツ、ジェーンのパジャマのズボン、絡まったブランケット。

ふたりはキスを続けながら残りの衣服とブランケットをはねのけようと身をくねらせた。

それらをなんとか払いのけ、残るはパジャマのズボンだけだ。ジェーンはようやくそれから自由になると、両脚をケイレブの腰に巻きつけて引き寄せようとした。

しかし彼はびくともしなかった。

「避妊をしないと」息を切らしつつ、ケイレブは体をわずかに離したままひどく興奮した目で彼女を見おろした。

「避妊リングを……」ジェーンはなんとか言葉をつなげようとした。「避妊リングを入れているの」そう言ってかかとを彼のヒップに押しつけ、肩甲骨《けんこうこつ》のあいだのたくましい筋肉に爪を食いこませた。激しく、無我夢中で、むさぼるように。

しかし、大きな犬に無謀に立ち向かう子猫も同然だった。ケイレブはびくともせず、彼女の肩に両腕を添えたままその目を見つめた。

その顔に浮かんだ何かに気づき、ジェーンは動きを止めた。

やがてケイレブは彼女の芯を探し当てると、ゆっくりとなかに滑りこんできた。

彼のものは相手を傷つけてもおかしくないほど大きかったが、充分に濡れていたジェーンは平気だった。ケイレブを見あげてなんとか息をしようとする。体がつながっているにもかかわらず、全身の筋肉はまだ彼を求めていた。

ケイレブの顔は、彼女がこれまで見たこともないような恍惚《こうこつ》でこわばっていた。彼が数センチずつ進むたび、ジェーンはあまりの快感と、完璧さ、まさしく望んでいたものを感じて、目と鼻と喉の奥でつんと涙がひりつくのがわかった。

ケイレブが動きを止める。「痛いか？」

「違う。そうじゃないの」

「じゃあ、どうして泣いているんだ？」

「すごく気持ちがいいから」

ケイレブは額を彼女の額に重ねた。

「もう一度言ってくれ」そうささやいた彼の息が唇にかかるのをジェーンは感じた。

「すごく気持ちいいわ」

ケイレブは震えていた。彼女はその震えがふたりの体を駆け抜けるのを感じた。

「大丈夫？」

ケイレブはうなずいた。「ああ……動かないようにしているだけだ。動いたら、いってしまいそうだから」彼はまた頭をもたげ、ジェーンの目を見つめた。「もう少しこうしていたいんだ。できることなら永遠に続けていたい」

何かが彼女の胸を貫いた——甘美《かんび》と苦しみの刃のようなものが。

「永遠に続くものなんてないわ」

そう言ってジェーンは背中をのけぞらせて密着すると、彼はうめき声をあげた。

ケイレブが身を引いてからまたひと突きしたとたん、彼女の下腹部で快感が凝縮した。突かれるたびに、ジェーンはわれを失っていった。

絶頂の波が押し寄せて叫び声をあげながら、彼女はケイレブが望んだことを自分も望んだ。

ジェーンもその瞬間、永遠に続けていたいと望んだのだ。

しかし恍惚の波にのまれつつも、その望みが叶わないことを知っていた。

12

ケイレブはいつものようにぱっと目を覚ました。あくびや伸びをしながらよろよろと一日を始めるような目覚め方をする人間が、彼には理解できない。子どものころからずっと、一瞬で眠りから覚めるタイプだった。

自分がどこにいるのか思いだすまで、数秒しかかからなかった……誰といるのかも。彼はジェーンのベッドで仰向けになっていた。首をめぐらすと、そこに彼女がいた。ケイレブのほうを向いて体を丸め、目を閉じて片手を頬の下に敷いている。茶色の長い髪が栗色《くりいろ》のシルクのように白い枕の上に広がっていた。

ケイレブは眠っているジェーンを長いあいだ見ていた。その顔を存分に観察すれば、なぜこうも惹かれるのかわかるだろうか？

しかし、さっぱりわからなかった。自分とジェーンは似ていないし、共通点などひとつもない——サムを除いては。

しかも、そのサムさえいなくなってしまった。

まさしく謎だった。男なら自分にしてきた約束をすべて破り、残りの人生をかけて解き明かそうとするだろう。これは、そういった類《たぐい》の謎だ。

ジェーンが身じろぎして目を開けると、鈍い衝撃音とともに常識的な考えがケイレブの頭に戻ってきた。

彼はそんなふうに謎を解き明かすタイプではない。女性のために人生を変えるつもりもなかった。

たとえこの女性のためでも。

ケイレブはジェーンの顔に浮かぶ感情の変化――混乱、回想、自覚、戸惑い――を読み取りながら、言うべきことを言おうと身がまえた。

〝昨晩のことは過ちだった。すまない〟

体がざわついているのがわかる。

〝だけど、もう一度できないかな?〟

「おはよう」ジェーンが優しい声音で言った。

ケイレブは腕を伸ばして手の甲で彼女の頬を撫でた。「おはよう」

ジェーンの肌は睡眠をしっかり取ったおかげであたたかく、赤みが差していた。腕のなかに引き寄せてその裸体を感じたかったものの、彼はなんとか動かずにこらえた。

ふたりは長いあいだそうして横たわったまま、互いを見つめていた。

ジェーンの瞳ならいつまでも見つめていられそうだが、その奥には決してたどり着けないのだろう。

「クリスマスを一緒に過ごして」

ケイレブは固まった。「なんだって？」

彼女が微笑んだ。「そんなに動揺しなくてもいいでしょう？　ほんの一、二週間のことよ」

〝動揺なんかしていない〟

でも動揺していないなら、この急な筋肉のこわばりや、アドレナリンのざわめき、鼓動の高まりをなんと説明すればいい？

ケイレブは大きく息を吸ってゆっくりと吐きだした。「クリスマスは毎年ひとりで過ごすことにしているんだ」

「わかってる。でも今年はそうしないでほしいと頼んでいるの」

「明日、オーストラリアに発つんだ」

ジェーンが小さく息をついた。「それもわかってるわ。でも航空券を変更して、年明けに出発をずらすことはできないの？」

「きみはご両親のところで休暇を過ごしたほうがいい」質問をかわしながら続ける。

「昨日は、そうしろって言うために来たんだ」

ジェーンが身を起こしてケイレブを見つめるより先に、彼は自分が余計なことを口走ったと気づいた。

「どういうこと？　あなたがここに来たことと両親とどういう関係があるの？」

上掛けが彼女のウエストまで落ち、ケイレブはそのなめらかで完璧な胸を見ないようにしながら答えた。

「昨日、ニーナから電話があった」

ジェーンは少し身をかがめて上掛けを鎖骨まで引きあげた。「そういうことなのね。それで、母はなんて？」

「ご両親はきみに実家でクリスマスを過ごしてほしいと思っている。航空券はあちらで買い直すそうだ」少し間を置く。「ジェーン、帰ったほうがいい」

彼女は目をそらした。「だから立ち寄ったのね。母に頼まれたから」

「それだけが理由じゃない」

「だったら、どうしてもっと前に来なかったの？　この二カ月、ずっと街にいたわよね？　いつでも来られたはずじゃない」

「来たかったさ、きみが電話かメールに返事をくれていたらそうしただろう。でも返事がなかった。ぼくに近くにいてほしくないんだと思った」

ジェーンは目をそらしたまま顔を少しゆがめ、彼のほうを向いた。

「そうね。ごめんなさい」

ジェーンが自分の非を進んで認めようとするのは珍しく、ケイレブはそのたびに虚をつかれた。

「ぼくも悪かった」彼も、少し間を置いてから言った。「きみが返事をしなかったことは関係ない。返事がなくても来るべきだった」

彼女の表情がやわらぐ。「いいのよ」

ふたりのあいだの緊張もやわらいだものの、ケイレブはかえって別の緊張を意識せずにはいられなくなった。

ジェーンの上掛けは厚いが、彼女を腕に抱いて夜を過ごしたケイレブには、その上掛けの下がどんな様子かわかっていた。八年間というもの、彼には想像することしかできなかった部分だ。そしてそうするまいと我慢しても、想像しては罪悪感にさいなまれてきた。

ケイレブは腕を伸ばして上掛けを引っ張った。

ジェーンが驚いて目を丸くし、上掛けを握る手の力を強める。

彼がさらに強く引っ張ると、上掛けが床に落ちた。

彼女は完璧だった。なめらかな肌、ほっそりとした曲線、急に冷たい空気に触れたせいで胸の頂がかたくなっている——理由はそれだけではないだろうが。

「ケイレブ――」

彼はジェーンの上にのしかかってキスをした。

体の下に組み敷いたジェーンの感触は、ケイレブのなかに何か原始的なものを呼び起こした――寒さをしのぐために火を熾したり、空腹時に何か食べたりするような本能よりも原始的な何かを。彼女のなかで溺れ、空気のように彼女を味わいたかった。最初のうち、ジェーンの体はこわばっていた。しかしケイレブが髪に手を滑らせ、脚のあいだに太ももを割りこませると、こわばりが溶けるのがわかった。彼女は声を漏らしながら体をそらして密着させ、骨までとろけそうなくらい情熱的なキスを彼にした。

しかし、いきなりジェーンが彼の胸を押しのけた。

ケイレブは彼女の上から転がって横向けになった。「痛かったか？」

ジェーンは首を振り、シーツを引きあげて体を隠した。

「違うの。でも、したくない」

ジェーンの顔は赤く染まり、翳《かげ》りを帯びた目は欲望に満ちている。ケイレブは腕を伸ばし、彼女の鎖骨から太ももまでゆっくりと手のひらで撫でた。肌と肌のあいだにあるのはシーツだけだ。

「本当に？」

彼女が震えているのがわかった。ケイレブ自身の体もこわばり、うずいていた。心臓は激しく脈打ち、血が騒いでいる。

ジェーンは目を閉じてから、また開けた。「そんなふうに触れられたら、どんな求めにも応じてしまうわ。わかるでしょう、ケイレブ。でも、やめてほしいの」

こんなに困難なことは初めてな気がした。しかし彼は手を引いて体重を移し、ふたりのあいだに少し距離を空けた。

「どうしたんだ、ジェーン？」

彼女がため息をついたが、ケイレブはそれが安堵のため息なのか後悔のため息なのかわからなかった。

「クリスマスを一緒に過ごしてくれる？」

彼は顔をしかめた。「言っただろう。ご両親はきみに帰ってきてほしがっているんだ。それにぼくは明日、オーストラリアに発つ」

ジェーンはあの青い目で彼を見つめていた。ケイレブにはその表情が読み取れなかった。「いつ戻ってくるの？」

ケイレブの筋肉が緊張する。

「決めていない」彼は小さく吐きだした。「少なくとも数カ月は滞在する予定だ」

「そのあとは？」

「決めていない」

彼とサムは自分たちのビジネスのそういった点をとても気に入っていた。遠い先のことまで決めない、という点を。

ジェーンはその返事を予想していたかのようにうなずいた。ふたりのあいだのエネルギーが変化する。彼女は動かなかった。少なくとも身動きはしなかったが、ケイレブには彼女の心が離れていくのがわかった。

怒りが波のように襲ってくる。

「明日までは街にいるんだから、ふたりで――」

「空港に出発するまでベッドで過ごそうって言いたいの?」ジェーンは首を横に振って言った。「それがあなたの考える完璧な関係なのね?」

さらなる怒りの波に襲われる。「いつふたりの関係の話になったんだ? 目の前のことを話しあっていると思っていたが」

ジェーンがうっすらと笑みを浮かべた。「あら、ごめんなさい。あらゆる女性がわたしと同じ間違いを犯すんでしょう? 彼女たちはあなたと寝たことで、ふたりの将来について考え始めるのよね。自分だけは違う、特別だって思いながら」

ケイレブの胸がぎゅっと締めつけられる。

〝いや、きみは違う。きみは特別だ〟

どうしてそれが伝わらないのだろう？　昨晩、あんなふうに触れあったのにどうしてわからないのだろう？

ふたりの結びつきは肉体的なものだけではなかった。これまでにもほかの女性と体の相性のよさを感じたことはあったが、こんなふうではなかった。昨晩、ジェーンとはそれ以上のものを共有した。

ケイレブは彼女の求めに応じようかと初めて考えた。航空券を変更して休暇をニューヨークで過ごそうか——あるいはロサンゼルスまで同行して彼女の両親と休暇を過ごすか。

ケイレブは仰向けになって目を閉じた。

彼にとってクリスマスはいつも喪失《そうしつ》を意味していた。すべてが崩壊することを。何年もかけて、休暇を恐れることをやめるすべを学んだ。でもそれは、十八歳のときに始めた習慣のおかげにすぎない。この十二年間、クリスマスと新年までの一週間はひとりでハイキングをして過ごすのを習慣にしてきたのだ。

アドベンチャートレッキングを仕事にして以来、ひとり自然のなかで過ごす機会はぐんと減ってしまった。だから一年のうちのこの一週間は神聖な時間なのだ。すでにオーストラリアでの単独トレッキングの予定を組んでしまったし、一月には年始めのグループトレッキングを率いる予定がある。

もちろん、今年はあきらめるという手もある。ジェーンと過ごすために、クリスマスの恒例行事を犠牲にすることはできる。

でもそうすれば、今回だけではすまなくなるだろう。

一度でも誰かのために自分を曲げ始めたら、きりがなくなる。両親を見ていたからわかる――それに自分のデート相手を見ていてもわかった。相手の要求は終わらないということが。パートナーというものは、相手が本来の姿を変えてくれるはずだと期待する。相手はそうして払った犠牲をやがて苦々しく感じるようになり、今度はそれをパートナーにぶつけるのだ。そのとき、すべてが崩壊する。

ジェーンとクリスマスを過ごせば、それは何かの始まりになるだろう――そしてケイレブはそれがどんなふうに終わるかもよくわかっている。ジェーンはここニューヨークに住み、彼は……あちこち旅をする。それでは〝ふたりはずっと幸せに暮らしました、おしまい〞とはならないのだ。

しかも、ずっと幸せに暮らす資格がある女性がこの世界にいるとしたら、それはジェーンだ。

ジェーンはまだ姉の死に向きあおうと苦しんでいる。だからこそ、ふたりは昨晩ベッドをともにすることになったのだろう。しかし彼女の心が癒えてくれれば、理想の男やおとぎ話やロマンティックな愛情表現をまた夢見るようになるはずだ。

ケイレブはそんなタイプではない。昨晩のことを何か意味のある関係に発展させようとすれば、何度もジェーンを落胆させることになるだろう。そうしてふたりのいい思い出はすべて苦々しい思い出となり、もう終わらせようという結論になるのだ。

ジェーンが彼の頰を撫でた。

「ねえ」その優しい声に、ケイレブは目を開けた。

「いいのよ。一夜限りのことだってわかっているから。あなたが発つことも、航空券を変更できないこともわかってる。だから今朝はしたくないって言ったの。わたしはマゾでもないし、愚かでもないのよ」

ケイレブは腕を伸ばして彼女の手を包み、それを自分の頰に当てた。

「自分が特別だって知らないなら、きみは愚かだ。ゆうべ起きたことが特別だったとわからないなら、きみは愚かだよ」

普段の彼はこういったことを口にしないので、その口調はぶっきらぼうで不慣れに聞こえた。

「わたしも同じように感じたわ」ジェーンは手を引っこめながら言った。「でも、それだけじゃ足りないの」

ジェーンは彼のほうを向いて横向きに丸まり、曲げた腕の上に頭を休ませていた。体の下にはさまったシーツがヒップの曲線を覆っている。

ケイレブはこの会話がいやだった。話すこと自体がいやだった。ジェーンと一緒にシーツにくるまり、空港に向かう時間までそこでじっとしていたかった。また愛を交わしたかった。昨晩の彼はまるでティーンエイジャーのように欲望にのまれ、ゆっくり楽しめなかった。予定の飛行機は明日出発だ。ジェーンにふさわしい恋人になって今日を過ごしていけない理由などないはずだ。

ただ、彼女がそれを望んでいない。

ジェーンが反対側に転がって彼に背中を向け、体を起こした。繊細な肩甲骨からヒップにいたる曲線まで、見たこともないくらい完璧で無駄がなく美しい背中だった。ケイレブは思わず腕を伸ばしたが、触れる前に彼女が立ちあがって行ってしまった。

ジェーンはクローゼットの扉を引いて長袖のシャツをつかむと、扉を開けたまま整理ダンスの前に行った。彼女がタンスからスウェットパンツを出して着替え始めると、ケイレブはクローゼットに視線を戻した。ハンガーをかけるポールの上の棚に置かれたものが目に入った。

「クリスマスはロサンゼルスで過ごしてくれるか?」彼はふいに尋ねた。

ジェーンは彼に向き直り、髪を編むために手を伸ばしながら答えた。「たぶん、行かないわ」

「三つ編みなんかやめたらいいのに」ケイレブは不平がましく言った。

彼女は一瞬手を止めてケイレブを見つめた。「どうして?」

「ただ……おろしているほうが好きなんだ」

ジェーンはしばらく彼を見つめていたが、わざと時間をかけて編み終えた。

ケイレブがぎゅっと拳を握る。「どうしてロサンゼルスに行かないんだ?」

「行きたくないからよ」

「ここに残ってわびしさに浸るほうがましだって言うのか?」

彼女がにらむように目を細めた。「浸ってなんかいないわ。だいたいサムが死んでまだ二カ月なのよ」

ケイレブはクローゼットを指さして言った。「遺灰をまだ撒《ま》いていないんだな。あれは遺灰の壺《つぼ》だろう。そうやってクリスマスを過ごすつもりなのか? 遺灰と一緒にアパートメントでひとりで過ごしたいのか? 実家で家族と過ごさないというのなら、せめて何か意味のあることをして、サムの希望どおり散骨したほうがいい」

ジェーンは殴られたかのようにたじろいだ。「あなたも姉さんの手紙を読んだでしょう。メイン州のなんとかっていう山にのぼれって書いてあったけど、今は真冬なのよ。春になってから行くわ」そこで少し考える。「遅くても夏には」

ケイレブはさらに波風を立てるようなことを口にせずにはいられなかった。

「あるいは絶対に撒かないかもしれないな。なぜなら、手放せないからだ。きみはサムが死んだことで自分を責めている。それがどれだけ愚かなことかわかっているのに。そうやって自分を罰している。それこそがクリスマスに帰省しない本当の理由だ」

ジェーンが彼に一歩近づいた。「鋭い分析をありがとう」声が震え、大きく息を吸う。「でもケイレブ、あなたのほうこそどうなの?」

彼はまだベッドのなかにいて、裸の体は腰から下をブランケットで覆われていた。それをはぎ取り、大股でリビングルームに向かう。

彼女の声があとからついてくる。「サムが原因でわたしが家にこもっているって言いたいんでしょう。じゃあ、あなたはサムが原因でここを発つんだわ」

ケイレブはボクサーショーツ、ジーンズ、Tシャツを身につけて彼女のほうを向いた。「なんの話だ?」

ジェーンは寝室の入り口まで来ていた。腕を組んで、戸枠にもたれている。

「ニューヨークにいるとサムのことを考えてしまうんでしょう。わたしの近くにいても考えてしまうのかもね。それがつらいから出ていくのよ。つまり、いつもみたいに逃げようとしているってこと」

ケイレブはブーツを履こうとソファに腰かけた。

「ぼくは何事からも逃げたりしない」

「あら、そうかしら? じゃあ、ひとつ教えてほしいことがあるの」

「なんだ？」

「どうして毎年クリスマスをひとりで過ごすの？」

彼は口元を引きしめた。「きみには関係ないことだ」

「だとしたら、わたしのこともあなたには関係ないじゃない」

「どういう意味だ？」

「うちに来て、わたしを救うつもりだったんでしょう？　掃除して、料理して、それから……」唇がわななき始め、言葉を継ぐ前に一瞬唇を引き結ぶ。「あれこれ手を出して。あなたはここに来て、わたしに生気を取り戻させた。それなのに、わたしがあなたにそうすることは許してくれないの？　誰にも許さないのね」

ケイレブは無意識に拳を握りしめていた。リラックスしようと努め、ジャケットをどこに置いたかと見まわした。

「そんなふうに言うのは、ぼくのことをわかっていない証拠だな。ぼくは生気を失ってなんかいないよ、ジェーン。きみと違って、毎日を精一杯生きている」

ジャケットはクローゼットの前扉にかけてあった。それをハンガーから取って着ると、もう彼を引きとめるものは何もなかった。

ジェーンはまだ寝室の入り口に立っていた。小さくか弱い姿に、怒りが消えていく。

ケイレブは一歩近づいて言った。「すまない」手で髪をかきむしる。「悪かった」

ジェーンはじっと彼を見つめた。「ケイレブ、クリスマスを一緒に過ごして」

彼はアパートメントのなかをぐるりと見まわした。「クリスマスの準備なんてできていないじゃないか」

彼女の片方の口角があがり、サムが死んで以来初めてジェーンの笑顔を見たことに気づいて、ケイレブの胸がちくりと痛んだ。

「クリスマス仕様の下着ならあるわよ」そう言って間を置く。「準備はこれから一緒にすればいいわ。ツリーを買って、飾りつけをして、プレゼントを買いに行くの」

ジェーンとクリスマスを祝うイメージがふいに浮かんだ。

天国みたいだ。

この十二年間、ケイレブはひとりでクリスマスを過ごしてきた。ジェーンの言うとおりなのだろうか？　それを終わらせる潮時なのだろうか？

彼は冷たいパニックに襲われ、呼吸を止めた。

ジェーンはまだ姉の死と向きあおうとしている。彼が過去の痛みと苦しみに向きあうとしたら、今は最悪のタイミングだ。

いや、実のところ決して向きあうつもりがないのかもしれない。

考えこむ時間は終わった。おかしなことに、ジェーンのほうが先にそのことに気づいた。

「いいのよ」彼女はポケットに両手を滑らせて言った。「たぶん、来年ね」

それは彼が毎年、休暇の招待を断ったときに姉妹が言うお決まりの台詞だった。

ただ今年は、ジェーンの横にサムがいない。

「クリスマスのお願いがあるんだ」ケイレブは唐突に言った。

ジェーンがいぶかるように眉をあげる。「プレゼントの催促？　そんなことは初めてね。何がほしいの？」

「休暇に帰省してほしい。家族と過ごしてほしいんだ」

ケイレブはジェーンが反論するか、きっぱり断るかと思っていた。ところが彼女は、肩をすくめた。

ジェーン・フィンチが肩をすくめた。彼はいつものように、その仕草の奥にはどんな意味が隠されているのだろうと考えた。

「わかったわ」ジェーンが言った。

ケイレブは彼女を見つめた。「本当に？」

「ええ、本当よ」

「クリスマスに帰省するのか？」

「クリスマスに帰省するわ」

「ぼくを追い払いたくてそう言っているだけか？」

彼女があきれたように目をくるりとまわした。「違うわよ」

「じゃあ、ご両親にすぐ連絡して、新しい航空券を買ってもらわないと」

「もう一度買ってもらったもの。今回は自分で買うわ」

「休暇直前だぞ？　べらぼうに高いはずだ」

「大丈夫よ。この数カ月はほとんどお金を使っていないから」

「ぼくも――」

「大丈夫。援助は不要よ、ケイレブ。自分でなんとかするから」そこで言葉を切る。

「気をつけて行ってきてね」ジェーンが一歩近づいてきて言葉をのみこんだとき、喉元が動くのが見えた。「気をつけて、ケイレブ……わたし……」首を振って言い直す。

「無事でね」

ジェーンを残して行きたくない。心が、本能が、体じゅうの細胞が、そう感じていた。

「きみも気をつけて」ぶっきらぼうに返事をする。

ケイレブはしばし立ちつくした。ここにいたい、ここから去りたい、サムが入ってきて〝あなたたち、どうかしちゃったの？〟と言ってくれればいいのに、とさまざまな思いに心を乱されながら。

やがて彼はやっとの思いでドアノブをまわし、ジェーンのアパートメントを出た。

13

一月はつらく、二月も大差なかった。三月はいくらかましだった。ジェーンは以前より出勤するようになったが、従業員の勤務時間を減らしたくなかったので、全員が忙しく働ける案を思いついた。

彼女は建物の二階も所有していたものの、倉庫以外の用途では使っていなかった。各部屋にはそれぞれ出入り口があるので、書店として利用するのが難しかったのだ。そのスペースを活用する方法がようやく浮かんだ。

静かな奥の部屋のひとつに執筆用デスクをいくつか置いた。もうひとつの部屋にはイーゼルと祖母から受け継いだ古い陶芸用のろくろを。大きくて日当たりがいい正面側の部屋は床が美しいフローリングなので、片方の壁にバレー用の手すりを、反対側の壁には鏡を設置した。階段をあがってすぐの小部屋には会議用の机と椅子を準備し、ライターの集いや読書会など、利用者が希望する用途で使えるようにした。

投資は最低限に抑えたので、使用料を低く設定できた。アーティストやダンサーはアトリエやスタジオとして借りることができるし、ライターは一時間単位や一日単位でデスクを借りることができる。

「でも、あなたにとってのメリットは?」この新しいプロジェクトに懐疑的なキキがきいた。

「使用料よ」

「あまり入ってこないじゃない」

「当初に思っていたより入ってきているわ。評判もよくなりつつあるのよ」

「お金のことなんて気にしていないくせに。それ以外のメリットは?」

ジェーンは肩をすくめた。「話し相手をしなくてもいい仲間ができることかしら」

キキは社交的なタイプなので、それのどこがいいのかよくわからなかったようだ。

しかしジェーンは交流しなくてもいい人たち、特に読書や執筆や絵を描くことが好きな人たちに囲まれているのが心地よかった。執筆部屋やアトリエやスタジオの静けさは贅沢《ぜいたく》であたたかみがあり、彼女のアパートメントの静けさのような寒々しさや空虚さを感じなかった。

もちろん、アパートメントが寒々しく感じられるのは人がいないからだけではない。ケイレブがそこで一夜を過ごし、いなくなったからだ。

彼の夢を見たり、肌の熱さや体の重み、彼女のなかに身を沈めたときに目に浮かんだ表情を思いだしたりせずに眠れるようになるまで、数週間かかった。

ケイレブとほかの男性たちの違いは比べようがなかった。たとえば最後のボーイフレンドが六点でケイレブが十点、といった具合に比較できるものではない。ほかのすべてが二次元のように平坦《へいたん》だったのに、ケイレブと過ごした夜は三次元の世界だった。まったく別の次元だったのだ。

でも、あの夜を思いだしたところでなんにもならない。ケイレブからは何度かメールを受け取り、ジェーンも返信をしたが、二月の彼女の誕生日に電話がかかってきたときは堅苦しさを覚え、それ以来話していない。

あの情熱的で熱に浮かされたような夜が現実だとは信じがたかった。

ひとつ確信しているのは、それがもう二度と起こらないということだ。

ケイレブはオーストラリアにいて、彼女はここニューヨークにいる。オーストラリアを離れることになっても、彼はもうここには帰ってこないだろう。

決して戻ることはない。

だけど彼女はここにいて、自分の居場所でベストを尽くしている。

ジェーンは〝アーティスト共同体〟と名づけたそのビジネスと書店のために自分の時間を分割した。その新しいビジネスは思わぬ――そしてうれしい――効果をもたらした。野心に燃えるライターたちが書店のほうも気に入り、たくさん本を買ってくれるのだ。そのおかげでフェリシアとキキが希望するだけの時間分、勤務してもらうことが可能になり、商売も繁盛《はんじょう》した。

ジェーンは多忙な時間と内省する時間の絶妙なバランスを見いだした。人と過ごす時間とひとりになる時間、サムやケイレブのことを考える時間と彼らのことを考えない時間のバランスが取れるようになったのだ。まだ自分がうつ状態に逆戻りする危険性があることはわかっていたが、ある日、店に出勤してキキとフェリシアの口論を耳にするまで、自分の状態にまわりが気づいているとは思っていなかった。

「燃やしてやるわ」フェリシアが言った。

「あなたのじゃないでしょう。封書の毀棄《きき》は重罪よ」これはキキの声だ。

「封書じゃないわ。切手が貼っていないもの」

「でも手紙だし、あなたには関係ないじゃない」

「関係あるかないかはどうでもいいの。あなただってクリスマスのころジェーンがどんな様子だったか覚えているでしょう。最近は調子がよさそうなことも知っているわよね？　本当にこれを渡したほうがいいと思うの？　万が一のことが——」

ジェーンはふたりのそばに近づいた。「万が一ってなんのこと？」

ふたりはジェーンを見つめ、両手で手紙を持ったフェリシアが首から耳まで赤くなった。

「なんでもないの。ただの――」

キキが手紙を取りあげてジェーンに差しだした。

「サム宛の手紙よ。引き出しを整理していたら奥にはさまっていたの」

ジェーンは手で封筒を覆った。それが何かすぐに気づき、フェリシアが口論に勝って燃やしてくれていたらよかったのに、と一瞬思ってしまった。

最近はもう姉を思いだすことを恐れてはいなかったものの、姉に恋したハンサムな男性を思いだすのは怖かった。自分の怒りや嫉妬心、クリスマスのころに繰り返したあの疑問を思いだすのも怖かった。

ダンのことを話していればサムを街に引きとめることができただろうか、という疑問を。

頭で考えると答えはノーだが、彼女の心は〝もしかしたら〟〝ひょっとすると〟と繰り返し、何百もの苦しい思いを生みだした。

深く息を吸って視線をあげると、キキとフェリシアの顔には心配そうな表情が浮かんでいて、ジェーンは寒い日にあたたかい火を前にしたような気分になった。

彼女は表情をやわらげて微笑んだ。「大丈夫よ。心配してくれてありがとう。二階に行ってきてもいいかしら?」

手紙を持ってゆっくりと階段をあがり、空いている執筆用デスクの前に座る。まだ時間帯が早かったので、部屋は半分ほどしか埋まっていない。一番近くのデスクには、夢見るような表情を浮かべた若い女性が座り、目の前にノートパソコンを広げていた。
ジェーンは手紙を開けてデスクの上に広げた。

親愛なるサマンサ
ぼくたちはまだ知りあっていないので、この手紙を気味悪く思うかもしれませんね。でも妹さんの書店であなたを初めて見たとき、ぼくのなかで何かが起こりました。まるで世界中の光があなたを通って輝いている気がして、あなたが行くところならどこまでもついていきたいと思ったのです。
ジェーンがあなたのことを少し話してくれて、小さなころは『赤毛のアン』が好きだったと聞きました。あなたにひと目惚れした男性にチャンスをあげてもいいと思ってくださるなら、ひとつ提案があります。
プリンスエドワード島はぼくの故郷です。春が来たとき、もしあなたに恋人がいなければ、〈輝く湖水〉でお会いできないでしょうか。湖の片側に橋が架かっていて、地元の人間にきけば誰でも教えてくれます。五月一日、夕暮れどきにそこであなたをお待ちしています。

あなたの恋人候補になれることを願って

ジェーンは座ったまま長らく手紙を見つめた。やがてそれを折りたたんで封筒に戻し、考え始めた。

五月一日、ダンは〈輝く湖水〉で決して現れない女性を待つことになる。しかもそれは自分のせいだ。架空のサムを作りだしてダンに恋をさせてしまったせいだ。自分のついた嘘が今も世界に放置されている。

ジェーンはサムが『赤毛のアン』を好きだとダンに話した。物語の舞台はカナダのプリンスエドワード島で、ダンは実際にそこに住んでいるらしい。そんな偶然があったのなら、ジェーンが話した女性に対してダンはますます縁を感じたはずだ。〈輝く湖水〉は物語に出てくる場所で、どうやらそれも実在するらしい。だからダンはロマンティックな出会いにサムを招待したくて、ふたりにとって意味深いであろう場所を選んだのだ。

ロマンティックな出会いになっていただろう……ダンが手紙を書いた相手がジェーンであったなら。〈輝く湖水〉は、アン・シャーリーがハンサムで勇ましいギルバート・ブライスに助けられた場所だ。その場所で男性と会うなんて、ジェーンにとってはそれ以上ロマンティックな状況など考えられないくらいだった。

でもダンが手紙を書いた相手はジェーンではない。彼はサムに手紙を書いたのだ。

ジェーンは両手で頭を抱えた。

『赤毛のアン』には〝行きすぎた想像力〟という章があり、アンは自らが鮮明に描いた幽霊や妖魔《ようま》の作り話が原因でトラブルに陥ってしまう。豊かな想像力の持ち主であるジェーンは、そんなアンに共感を覚えた。しかし彼女自身の想像力は、たまに地下鉄の駅を乗り過ごしたり、歯医者の予約を忘れたりといったうっかりミスを起こす程度で、重大な不利益の原因になるものではなかった。

ところが今回は違う。彼女は間違いを犯し、それを訂正する必要があった。ダンには真実を知る権利があるし、サムには真実の姿を覚えていてもらう権利がある。

ジェーンは大きく息を吸い、階下へおりていった。

「数日ほどカナダに行く必要があるの」彼女はキキとフェリシアに告げた。「そのあいだ、店をまかせてもいいかしら？」少し考えて続ける。「あと、パスポートってどこで取得できるか知っている？」

キキとフェリシアは顔を見あわせてからジェーンに視線を戻した。

「ジェーン、大丈夫？」キキが平静を装ってきいた。

「もちろん大丈夫よ。ちょっと小旅行に出かけないといけないの」

フェリシアがカウンターに肘をついて身を乗りだした。「ねえ、ちょっとききたいんだけど、わたしたちのどちらかが今すぐカナダに行く必要があるって急に言いだしたら、おかしいなって思わない？」

「今すぐとは言っていないわ。五月一日にカナダにいる必要があるだけ」

キキが疑わしげな表情を浮かべた。「パスポートを取得するのにギリギリね」

「あら、そうなの？　きいてよかったわ。ふたりとも旅行好きだから、わたしが知らないことを知っているでしょう」

「五月一日に何があるの？」フェリシアがきいた。「あの手紙と関係があること？」

ジェーンは手紙を握りしめた。「サムが行けない待ちあわせがあるの」

「サムが五月一日にカナダで誰かと会うはずだったってこと？」

ジェーンがうなずく。「だから、わたしが代わりに行くのよ」

キキが彼女のほうに身を乗りだした。「ちっとも要領を得ないわ。もう少しちゃんと説明を――」

「だめ、話したくないの。何も言わずに旅行の準備をさせて」

キキとフェリシアがまた顔を見あわせた。フェリシアが仕方ないというように眉をあげ、キキは肩をすくめた。

「そうね、まずパスポートの申請が必要よ。早期受領もできるけど、その場合は追加料金がいるわ」

ジェーンがうなずく。「わかった。まずはそこからね」そうして大きく息を吸う。「で、何をすればいいの？」

西オーストラリアの山脈には三億五千万年の歴史がある。大自然を愛する男なら、何年でも飽きずにその広大な奥地を探検するだろう。自然の原始的な美しさや牧場の仕事に囲まれて、ケイレブは地球上のどんな地にも劣らないくらい満足しているはずだった。

彼は目をみはるような川が流れる渓谷《けいこく》に沈む夕日を馬上から眺めていた。その自然の壮大さに気分も高揚するはずだった。しかし彼の頭にあるのは、サムならその景色をどれだけ気に入っただろうという思いだけ――そしてニューヨークからジェーンを連れだしてこの景色を見せたら、なんて言うだろうという思いだけだった。

ケイレブは夕日に背を向けて滞在先の農場へとゆっくり馬を歩ませた。そこの農場主とは数年前にトレッキングで出会った。ケイレブは彼からの申し出を受け、部屋代と食事代を無料にしてもらう代わりに牛や馬の世話を手伝っている。それはケイレブにとって願ってもない取り決めだった。数週間は牧場で働いて、続く数週間は奥地の遠征に出かける。

完璧な生活のはずだった。

　ケイレブが乗る馬はせっかち屋《レストレス》という名の雌馬で、彼は鞍《くら》をつけるたびに以前サムに言われたことを思いだした。

「わたしの知りあいで、あなたほどせっかちな男はいないわ」

　ケイレブは毎日サムを思った……毎時間と言ってもいい。彼女のユーモアと強さ、揺るぎない友情、生きる意欲が懐かしかった。

　ケイレブにとってサムはパートナーであり親友でもあった。それなのに、ケイレブが子ども時代の傷を打ち明ける機会をサムが設けてくれるたびに、彼は拒絶した。

　拒絶したのは、自分がプライバシーを重視する男だからだと思っていた。けれどもジェーンに言われたことのほうが真実に近いのかもしれない。

〝いつもみたいに逃げようとしているってこと〟

　ケイレブはフィンチ姉妹からできるだけ遠くへ逃げてきた。サムの遺灰からもジェーンからも逃げて、世界の反対側まで来た。サムがいなくなった悲しみとジェーンに惹かれる思いから逃れるのに、オーストラリアは充分に遠いはずだった。

　ところが、ふたりへの思いは強くなるばかりだった。

　ケイレブはジェーンがサムの死に向きあっていないことを責めたが、彼自身も向きあえていなかった。それはまだ新しい傷のように痛んだ。その痛みにつられて、さらに古い傷……もう何年も前にふさがったと思っていた傷を思いだした。

母、父、それにサム。ケイレブは三人を愛していたのに、彼らは亡くなり、あるいは去っていった。傷は癒えるどころか、三人の不在が胸の痛みとなっていつまでも彼を苦しめていた。

ジェーンの不在は違う意味で痛みとなった。

毎年クリスマスのハイキングは、全神経を集中させなければならないほど困難なものにすると決めていたが、今年は味気なくつまらなかった。思考がジェーンに戻り、ジェーンを恋しがり、ジェーンをほしがり続けるので、とうとうケイレブは真実を認めた。

今回の休暇は彼女と過ごすべきだったのだ。

ふたりのことを恋人同士として考えることはできなかった——彼らはあまりにも違うし、その生活も決して噛みあわないだろう。ジェーンは手つかずの自然のなかで過ごすことになじまないし、遠距離恋愛よりもちゃんとした関係を築くのにふさわしい。

そうだとわかっていても、もうひと晩ジェーンと過ごすためなら今の彼はなんでもしただろう。それが一週間なら？……きっと天国のように感じたはずだ。そんな思い出があれば、寒い夜の慰めになり、胸が——そして体のほかの部分も——弾んで満足を覚えただろう。

それなのにケイレブはそのチャンスをふいにし、ジェーンとの休暇よりもひとりで過ごすクリスマスを選んでしまった。この先ずっとその選択を後悔するに違いない。

ジェーンの誕生日には電話をしたが、彼女の声を聞くと、ケイレブは初恋に舞いあがる十三歳の少年みたいに口ごもってしまった。なんとか気を取り直し、失態を取り繕《つくろ》おうとして以前みたいに軽口の応酬を試みたものの、そんな努力もうまくいかなかった。

本当に言いたかったことの重みがのしかかっていた。

〝会いたい。きみのことばかり考えている。きみはぼくのことを考えているかい？〟

もちろん、そうした本心はひと言も伝えなかった。しかし電話を切るなり、今すぐ空港に向かってニューヨーク行きの飛行機に飛び乗りたいという衝動に駆られた。

ジェーンがどう反応するかわからないという思いだけが、その衝動を止めた。彼女に追い返されるか、さらにひどいことに、同情されるかもしれないと考えると耐えられなかった。男特有のプライドにすぎないのかもしれないが、ジェーンから拒絶されるという危険を冒したくなかったのだ。

あれから二カ月が経った。何度かメールを送りあったものの、誕生日以来、声は聞いていない。話さない日々が重なるにつれ、サムが亡くなる前のようには戻れないという思いが募っていた……ましてや、あのすばらしい一夜がふたたび起こることは決してないだろう。

ビザの期限が迫っていたので、さらに数カ月オーストラリアに滞在するには一度アメリカへ戻らなければならない。兄とおばはコロラドに来いと催促してくるし、ケイレブ自身もそうするのが当然だと思う。

そのほうがニューヨークに行くよりも筋が通っている。

沈んでいく夕日の残光があたりを金色に染めていた。ケイレブはレストレスの歩みをゆるめ、厩舎《きゅうしゃ》に着く前に馬がクールダウンする時間を取った。

馬房に入ると、普段より丁寧に馬にブラシをかけてやった。いつも思うのだが、ここは平穏な場所だ。

自分のなかにも同じ平穏を見いだせればいいのだが。

厩舎を出て彼の部屋がある離れに向かっていると、ポケットに入れていた携帯電話が振動した。画面を見ると、キキからだった。

去年の十一月、ふたりはジェーンのことが心配で連絡先を交換していた。なぜ今ごろかけてきたのだろう？

その理由は十分後に判明した。

14

ダンの手紙を読んでから数日後、ジェーンはアリシアが購入したミステリーの新刊の代金をレジに打ちこんでいた。するとアリシアがジェーンの肩越しに外を見てにっこり笑った。

「見覚えのある表情ね」カウンター越しにアリシアの袋を滑らせながらジェーンは言った。「タクシーで通りかかったコリン・ファースでも見つけたの?」

アリシアが首を振る。「コリン・ファースじゃなくて、あのカウボーイよ。あなたの知りあいの」

ジェーンは固まった。振り向くことができず、アリシアを見つめる。うなじの産毛がことごとく逆立っていた。

ケイレブのはずがない。数週間前にメールを交わしたとき——**久しぶり、元気かい? こっちは順調だ。そっちは?**——ケイレブはニューヨークに戻るなんてひと言も書いていなかった。〝ところで、もうすぐ街に寄るんだ。ディナーでもどうだい?〟みたいなことはひと言も。

ジェーンはまだ動けなかった。逃げなければいけないのに、足をセメントで固められた夢を見ているみたいに身動きができない。

「やあ、ダーリン」

その声を聞くなり金縛りが解け、ジェーンは振り返って彼を見た。

ふたりきりにしようとアリシアが袋を持って店からそっと出ていったことに、ジェーンはぼんやりと気づいていた。

ケイレブは変わっていなかった。日焼けした肌はやや色濃く、髪も明るくなったかもしれないが、はしばみ色の目と物憂げな笑み、カウボーイハットはあいかわらずだ。ジェーンは認めたくなかったが、クリスマス以来何度も反芻《はんすう》してきた感覚――彼の肌のほてりや体の重み――を思いだしていた。

その記憶がよみがえり、頬が赤くなる。両手はぎゅっと拳を握っていた。口を開くと、声が震えた。

「はるばるオーストラリアから戻ってくるのに誰にも知らせないなんてどういうつもり? どうして教えてくれなかったの?」

ケイレブが小首をかしげて言った。「ダーリン――」

「ダーリンなんて呼ばないで」ジェーンは腕を伸ばして彼のハットを取りあげると、

カウンターに叩き置いた。「何しに来たの？」

ハットを取ると、目の表情が少しは読み取りやすくなる。一番大きな感情は安堵のように見えた。

どうして安堵しているのだろう？

「きみがカナダに行くって聞いてね」ケイレブが言った。

「だから何？　あなたには関係ないことでしょう？」そこでふと気づく。「ちょっと待って、わたしがカナダに行くことを誰から聞いたの？」

「それは……」

ジェーンは早合点した。「まあ、きっとキキかフェリシアから聞いたのね。わたしのことを探ったんでしょう？」

「いや……」

彼女は最後まで言わせなかった。「信じられない。誰かに監視させるなんて」

「ちょっと話を……」

「電話も訪問もしないくせに、人の従業員を使ってわたしの――具体的に何？　精神状態でも報告させてたの？」

「ジェーン――」

「何か言い分はある？」

「終わりまで言わせてくれないなら、これ以上言うことはないね」

ジェーンはカウンターに両手を叩きつけ、ケイレブをにらみつけた。「いいわ。最後まで言ってごらんなさいよ」

一瞬の沈黙。

「誰にも監視なんて頼んでない。去年の秋、キキに携帯番号を渡しておいたんだ。ふたりともきみを心配していたから。数日前、彼女が連絡をくれて……」

「それで？　キキはなんて言ったの？　わたしが突然カナダに行くなんて言いだして、頭がおかしくなったに違いないとでも？」

ケイレブはしばしジェーンを見つめ、腕を伸ばして彼女の両手を包みこんだ。とたんに欲望の波がジェーンの全身を襲い、彼にばれやしないかとひやひやした。

ジェーンは両手をさっと引っこめた。「当たりなのね？　わたしの気が触れたんじゃないかって心配したの？」

「違う。気が触れたなんてぼくもキキも思っていない。彼女はただ、あの手紙を書いた男に会うために飛んでいこうとするきみを心配しただけだ。キキはこう思ったんだ――」

「何よ？　どう思ったっていうの？」

「サムを失った悲痛な思いをきみがまだ乗り越えられないんじゃないか……それに向

きあう方法として今回のカナダ行きは健全な解決策ではないかもしれないってね」

ジェーンが顔をしかめた。「いつから心理学者みたいな口をきくようになったの？」

ケイレブの口角が片方あがる。「ぼくが考えたわけじゃない、キキがそう言ったんだ。でも、彼女の言い分には一理ある」

ジェーンは腕を組んで言った。「一理あるって思ったのね。じゃあ、どうして電話もよこさずに飛行機に飛び乗って地球の反対側から会いに来たの？」

「どちらにせよ、すぐに帰国する必要があったんだ。ビザの期限切れでね」

その言葉に胸が痛んだ。「それも初耳だわ。数週間前、メールをしたときに教えてくれてもよかったのに」

「ニューヨークに戻るつもりはなかったんだ。コロラドへ向かう予定だったのに、キキから連絡をもらったから――」

「だからここに立ち寄って、わたしの様子を見ておこうと思ったの？　優しいのね」

アメリカに戻る必要はあったけれど、ニューヨークに戻るつもりはなかったというわけか。心配したキキが連絡しなければ、わざわざ会いに来ようとも思わなかったのだ。

そう思うと意外なくらいにジェーンの胸は痛んだ。ケイレブには決して知られたくないと思うくらい傷ついた。

ふたりで過ごした一夜が彼にとってたいした意味がなかったのは明らかだ。

ケイレブは彼女のことを恋人だとは思っていない。サムの妹、守ってやらないといけない子どもだと思っているのだ。

何時間も眠れずにあの夜を反芻していたことが、今や愚かに思われる。

「ジェーン」

ケイレブが腕を伸ばしてまた彼女の手をつかんだが、今度の感触は優しくなかった。そうされるだけで、ジェーンは自分のアパートメントに戻っていた。ケイレブにきつく手首を握られたとき、その目に欲望を見たあの夜に戻っていた。

でも、今の彼の目に欲望はなかった。あるのは心配だけだ。

「どうして戻ってきたかは問題じゃない。ぼくは今ここにいて、たしかにきみのことを心配している。気が触れたとまでは思わないが、まずい決断だと思っている」

ジェーンが手首を引き抜こうとすると、あの夜とは違ってケイレブはあっさり手放した。

「わたしの決断は間違っていないわ。おあいにくさま」

「じゃあ証明してみろよ。今晩のディナーをおごるから、旅の説明をしてほしい」

「あなたに証明する必要なんてない」

「そのとおりだ」彼はカウンターに置かれたカウボーイハットを取り戻してかぶりな

がら言った。「でもディナーにつきあってくれないなら、ご両親に連絡してぼくとキキがどれだけきみのことを心配しているか話す」

ジェーンは目を見開いた。「そんなこと、するはずないわ」

「いや、するね」

「そんなことをしたら母からの電話が止まらなくなるわ。父も心配して長々とメールを送ってくるはずよ。どちらかが飛んでくるかも。ひょっとしたら、ふたりとも」

「だろうね」

彼女が大きく息を吸う。「あなたに脅迫されるなんて思ってもいなかったわ」

「ダーリン、やっとわかったか。八時にきみの近所のバーベキューレストランで待っているよ」ケイレブはハットを傾けてウインクした。「では、またあとで、マーム」

ジェーンが反論を考えつく間もなく、彼は店から出ていってしまった。


ケイレブはなんとか角を曲がり終えてから立ち止まり、脇の建物のレンガの壁に寄りかかった。

〝あなたはいつか激しい恋に落ちるわ〟サムに一度そう言われたことがある。ばかなことを言うなと返したが、彼は運命の女性めがけてまっしぐらなタイプだと言って、サムは自説を曲げなかった。

サムの説は正しいのかもしれない。だがその運命の女性が自分の妹だと知っていたら、あんなに上機嫌ではいられなかっただろう。

なぜならサムは、ケイレブが旅中毒であることも知っていたから。サムはこうも言っていた。〝もしあなたが恋に落ちるなら、その相手も冒険好きであることを願うわ〟

しかしジェーンと一緒になれない理由は彼の仕事だけではない。サムはケイレブがソウルメイトといるところを想像できたに違いないが、それは彼の心がなかば壊れていることを知らなかったからだ――だからこそ彼は今の生活を構築し、その理由を誰にも知られないようにしてきた。自分の人生を人に話すことのできるタイプだったら、本心を打ち明けられるタイプだったら、去年のクリスマスはジェーンと過ごしていただろう。

でもケイレブはそうしなかった。

たしかに自分はジェーンに恋しているのかもしれない。しかし彼女を幸せにするすべを持っていない。

それどころか、彼を相手にすることはジェーンにとって起こりうる最悪の災難だろう。先ほどの反応を見たところ、彼女自身もそのことを承知していた。

自分が急に現れたら、ジェーンは喜んでくれるかもしれないと考えたのは浅はかだった。一瞬驚いたあと、ケイレブがジェーンに対して抱いている愛情を彼女も多少は見せてくれるかもしれないと心のどこかで期待していた。

でも、そんなものは見えなかった。

ふたりには一緒の未来もなければ、一緒の現在もない。

つまりケイレブには思い出の一夜しかないのだ。あの一夜が、愛した幽霊さながらに終生つきまとうだろう。

とはいえ、また街を去る前に、ひとつ仕事が残っている。サムはケイレブがかわいい妹の面倒を見てくれると信頼していた。そのサムの期待を裏切るわけにはいかない。


ケイレブは約束の三十分前にバーベキューレストランに着いたが、ビールは頼まなかった。体にアルコールを入れたくない。ジェーンのそばにいるときに必ず感じる切迫した欲望、彼女を肩にかついでねぐらに連れ帰りたいという衝動に抗《あらが》えなくなるものを体に入れたくなかったのだ。

肉体を制御するためには完全に素面でいる必要があった。

ジェーンも早めに来た。八時になる十分前に到着して店内を見まわし、ケイレブが隅のボックス席に座っているのに気づいた。

「お待たせ」そう言って彼の前にすっと座る。

「やあ」

ほかに何か言う間もなくウエイトレスが現れた。「お飲み物は?」

「ええと……ダイエットコーラはあるかしら?」

「もちろん。ご注文はもう少し待ちましょうか?」

ジェーンは目の前のメニューに視線を落としたが、開かずに言った。「サラダだけでいいわ」

最後に会ったときよりジェーンは痩《や》せて見えた。ケイレブの頭のなかで〝無理強いするな〟という声が響いていたが、ハイカロリーな食事をさせなければという思いがその声に打ち勝った。

「バーベキューの店だぞ。リブを食べないでどうする」

ジェーンは彼をにらみつけてから、ウエイトレスに言った。「サラダだけお願い」

ケイレブは太ももの上で拳を握りしめた。「こっちはリブをフルスラブでもらおう。つけ合わせにはビーンズ、コールスロー、コーンブレッドを」

「以上ね」ウエイトレスは彼にまばゆい笑顔を向けてテーブルから離れた。

ジェーンはまだ彼をにらんでいる。

「なんだよ?」ケイレブは身がまえて尋ねた。

「もう彼女の番号は教えてもらったの?」

「誰の? いったいなんの話だ?」

「あのウエイトレスよ。あなたの気を引いてた」

「勘弁してくれ」彼はカウボーイハットを取って片手で髪をすき、またかぶり直した。

「どんな娘《こ》だか顔も見ていないのに。それよりカナダ行きの話をしよう」

ジェーンはまだ不満げだ。しかし肩をすくめ、横に置いたキルトのバッグに手を伸ばすと、手紙を取りだした。

「どうぞ」そう言って手紙を差しだす。「これを読んだらカナダに行く理由がわかるから」

ケイレブは一度さっと目を通したあと、ふたたび読み直した。

そして彼女に手紙を返して言った。「まさか、本気じゃないよな」

「どういう意味？」ジェーンは手紙をバッグに戻しながら言った。

「こんないかさま野郎に会うためにカナダへ行くってていうのか？　どうして？」

ジェーンが怒って出ていくのではないかとケイレブは一瞬思った。彼女がそうしようかと思案しているのがわかる。しかし、そこへウエイトレスがダイエットコーラを持ってきて、緊迫の瞬間が過ぎた。

ジェーンがひと口すすって言った。「あなたの言う、この〝いかさま野郎〟は恋に落ちることができる人なの」

あなたにはできないけれど、と明らかにほのめかしている。

ジェーンは続けた。「五月一日の夕暮れどきにダンは現れるわ。決して来ない女性を待つためにね。そしてそれはわたしの責任なの」

「それなら手紙か何かで知らせればいいじゃないか。わざわざカナダくんだりまで出かける必要はない」

「住所も連絡先も知らないし、ちゃんと会って話す必要があるのよ」そう言って唇を嚙む。「どうしてわかってくれないの？　わたしはダンにサムのことをちゃんと伝えなかった。サムがどんな女性か話さなかったのよ。嘘をそのまま放置するわけにはいかないわ。物事を正す必要があるの」

ケイレブは首を振りながら答えた。「きみは無駄に自分を苦しめている。あの角縁めがねがそのなんとかって橋に来ないほうに千ドル賭けたっていい。あいつはそういうタイプだよ。今ごろ別の女性にくだらない幻想を抱いて夢中になっているはずさ。ジェーン、誓ってもいいくらいだ」

ジェーンが目を細めて身を乗りだしたので、彼は怒鳴られる覚悟をした。

しかし彼女は声を荒らげなかった。唇をぎゅっと結んで後ろにもたれ直し、バッグのなかをまさぐっている。そしてケイレブに見えないようにして紙に何かを書き始めた。

やがて、ジェーンがふたりのあいだのテーブルに何かを叩きつけた。

千ドルの小切手だ。

「賭けにのるわ」

ケイレブは小切手を見つめ、彼女に視線を戻した。「冗談だろう」

「本気よ」

ジェーンの目が怒りに燃えている。本気で賭けをすれば不穏な状況になることが彼にはわかっていた。

ところがそのとき、頭にあることが浮かんだ。

「いいだろう」

ジェーンが面くらったように目をぱちくりした。ケイレブが挑み返すとは夢にも思っていなかったのだろう。彼はそのことに気づいて満足感を覚えた。

「だが賭けるからにはぼくにも証拠を求める権利がある」

ジェーンはこの新たな展開を把握しようとしている。「証拠って？」

「約束の時間にあの角縁めがねが橋にいたかどうか、ぼくにはわからないだろう？彼はちゃんと来たってきみが嘘をつくこともありうるからね。だから――」

彼女が目を細めてまた怒りの炎を浮かべた。「わたしが嘘をつくと思っているの？あなたは本気でわたしが――」

「ぼくは何も思わない。自ら確かめるから」

てきた値打ちがある。

ジェーンがまた目をぱちくりさせた。その表情を見るだけでもニューヨークに戻ってきた値打ちがある。

「一緒に行く」

「どうやって——」

「どういうことなの、一緒に行くって?」

「ぼくがきみをカナダまで連れていくよ」しばし言葉を止める。「そもそも、どうやって行くつもりだったんだ? ネットで調べたが、ほとんどの人がニューブランズウィックから車でコンフェデレーション・ブリッジを渡って、島内も車で移動するらしい。単純な旅程に思えるかもしれないが、ひとつ明らかな問題がある」ケイレブは小首をかしげて続けた。「きみは車も運転免許も持っていない」

ジェーンが赤面する。「だってニューヨークに住んでいるのよ! ここではほとんどの人が運転しないわ」

「きみの知らない世界が広がっているんだよ、ジェーン。ニューヨークは世界の中心ではない」

「そんなことくらい知っているわよ! わたしはただ——」彼女は勢いよく頭を振って言った。「ああもう、話がずれたわ。とにかく、シャーロットタウン空港まで飛行機で行くから大丈夫よ」

「でも、そのあとはどうする？　タクシーで移動するつもりか？　不便だし、高くつくだろう。自分で移動手段を確保したほうが便利だ」

「たしかにそうだけど――」

「もう確保できたよ」ケイレブは腕を組んだ。「ぼくをね」

ジェーンも腕を組む。「一緒に十六時間のドライブをすることになるのよ、あなたとだけはお断りだわ」

彼の胸がちくりと痛む。「残念だな。でも自分の賭けを見届ける権利があるからね。それとも旅自体をやめるか。そうすれば賭けもキャンセルになる」

「脅してキャンセルさせるなんてできないわよ」

「脅してなんかいないだろう！」

ジェーンの唇がゆがむ。ほんの少しだが笑顔に見えないこともない。それがふたりのあいだの緊張感をやわらげた。

ケイレブが組んでいた腕をほどいてテーブルにのせ、両手を組んだ。「そんなに重要なことか？　ジェーン、どうしてそこまでカナダへ行くことにこだわるのか教えてくれ」

一瞬目をそらした彼女の表情は読み取れなかった。ケイレブは沈黙を守りながら、このタイミングでウエイトレスが食事を持ってこないことを願った。

ようやくジェーンがケイレブに視線を戻す。「ダンがサムのことを好きだったからよ。少なくとも、彼はそう信じていたから」

〝くだらない〟ケイレブはそう言いたかったが、今度ばかりは口を慎んだ。

ジェーンは少し考えてから続けた。「あの手紙を読んだら、あなたもわかってくれると思っていたわ。ひと目惚れなんてあなたは信じないでしょうけど、ダンがどんなふうにサムのことを描写したか、読んだでしょう？」彼女は息をついた。「〝まるで世界中の光があなたを通って輝いている気がした〟って」

ジェーンがテーブルに肘をついて両手で頭を抱える。ケイレブは狂おしいくらいに彼女を慰めたかった。

でもそのまま動かずにいると、しばらくして彼女が視線をあげた。目は乾いているが、きらめいている。

「あの手紙を読んだのに、どうしてダンをけなすことができるの？　あれ以上に的確な描写なんて聞いたことないわ」

ケイレブの胸がぎゅっと締めつけられる。「サムは天使でも聖人でもなかった」喉が詰まって声がかすれたので、水の入ったグラスをつかんでひと口飲んだ。

「サムがそうだったとは言っていないわ。でもサムは……」ジェーンの手が空中に浮かび、何かを描くように動いた。「すごく輝いていた。ケイレブ、あなたも知っているでしょう。サムは生命力と喜びでいっぱいだった。光であふれていた」

喉の詰まりが胸元まで広がり、呼吸ができない。目がひりひりと痛み、彼は涙をこらえるあまり、もう少しでジェーンの次の言葉を聞き逃すところだった。

「ダンに嘘をついてすべてをめちゃくちゃにしてしまったのに、それでも彼はサムの内面を見ていたのよ。サムの本質を。わからない？　ダンはサムの愛すべき面に気づいたの。サムの輝かしく美しい側面にね。サムの外見的な美しさだけを好きになったわけじゃない」

「あの男がサムの魂か何かまで見抜いたって言いたいのか？」

懐疑心を隠しきれない。

「それはわからないわ。でも、そうかもしれないわね」ジェーンが身を乗りだす。「ダンにあの橋で待たせて、どうしてサムは来なかったんだろうと思わせるわけにはいかないの。彼に会って、サムが読書好きで作家志望だなんて嘘をついたことを打ち明けるわ。とはいえ彼が好きになったサムは本当のサムだったとね。サムがどんな人だったかを話して、彼女を好きになったダンは正しかったって伝えるつもり」

短気なジェーン、怒り狂うジェーン、皮肉なジェーンには対応できるが、こんなふうに真剣でひたむきでまっすぐな彼女を、ケイレブは受けとめきれなかった。

「わかった。だが、それでも一緒に行くよ」

「どうして？　もうくだらない賭けを持ちだすのはやめて」

ジェーンはどこか別の場所へ行くことで、胸の痛みを終わらせるすべが見つかると思っているのだろう。ケイレブにもそれは理解できた。だがジェーンがとうとうこの街を出て本当の旅に向かうのであれば、自分の目で彼女が何か意味のあることを成しとげるのを見届けたかった。

「一緒に行く理由は、この旅にはもうひとつ重要な用事があるからで、それは〈輝く湖水〉とやらであの角縁めがねに会うことじゃない」

「重要な用事って？　なんの話？」

「きみの姉さんの遺灰を撒くことだよ」

15

ジェーンはパスポートをスーツケースの前ポケットに入れた。そこならファスナーがついているし、ハンドバッグにはついていないからだ。ファスナーがついているほうが安全だろう。でもスーツケースに何かあったらどうしよう？　肌身離さず持っているべきだろうか？

　行き先はカナダだから、中国や中東といった未知の国ではない。カナダは英語も通じるし、アメリカとも友好関係にある。けれど用心するに越したことはない。

　時間を確認した。あと二十分でケイレブが迎えに来る。

　それこそジェーンが本当に気にしていることだった。パスポートをなくすことではなく、二日間ケイレブとふたりきりでドライブすることが気がかりなのだ。

　しかもそれだけでなく、ふたりでメイン州の山の頂上まで遺灰の入った壺を持ってのぼらなければいけない。オウル山というらしい。遺書やほかの書類と一緒に見つかった手紙で、サムはその山がいいと明記していた。

〝まだ撒いていないってどうしてわかるの？〟あの夜、ディナーの席でジェーンはそう尋ねた。

〝まだ撒いていないほうに一万ドル賭けてもいい〟

〝姉の遺灰を賭けの対象にするつもり？〟

ケイレブはにやりと笑ってみせた。〝サムはおもしろい賭けが好きだったのは、きみも知ってるだろう。サムに異論はないはずだ。異論があるとすれば、きみがまだ彼女をクローゼットの奥に隠していることだろう。《閉じこめないで《ドント・フェンス・ミー・イン》》を歌うかすかな声がクローゼットから聞こえるんじゃないか〟

ジェーンは思わず笑ってしまい、笑ったことに後ろめたさを感じた。姉の遺灰に関して笑うなんてどうかしている。

〝なあ〟ケイレブがいつものあの表情――〝すべてうまくいく〟と相手に思わせる表情で続けた。〝サムなら今のジョークを笑ったはずだ。きみが笑ったことも喜ぶと思うけどな〟そこで言葉を切る。〝彼女の望みどおり、きみが山頂から遺灰を撒くとなったら、それも喜んでくれるだろう〟

そういうわけで、ジェーンは今から千マイルの旅に出ようとしていた。彼女が欲望を抱きながらも決して手に入れられない男性と一緒に、のぼるのが怖くて仕方がない山の頂上まで行ってサムの遺灰を撒く旅に。それもこれも、よく知らない男性に会って、彼が恋に落ちた女性は死んだことを伝えるためだ。

最悪な旅にならないわけがない。

ジェーンはこのハイキングとやらに行こうとケイレブに説得されたことを後悔していた。たしかに、サムのために果たさなければいけないことだが、急ぐ必要はなかったはずだ。夏まで待とうと思っていたのに。今年行けなければ、来年でもいい。いや、二年先でもいいくらいだ。

ジェーンはクローゼットの扉を開けて上を見あげた。ちゃんとある。棚の奥にしまいこんでいたものが――サムの遺灰を入れるために両親が選んだ灰色の陶器の壺が。

手を伸ばしてそれをつかむだけでも怖かった。落ちてきたらどうしよう?

寝室の床に灰をばらまくというぞっとするような場面を頭に思い浮かべながら、ジェーンは椅子を引きずってきて上にのり、両手で壺をそっと持ちあげて重さを確かめた。すると次の瞬間――。

椅子がぐらつき、あっと思う間もなく彼女は落下していた。

脚の上に壺をのせた状態で尻餅《しりもち》をつく。ジェーンは両腕で壺を抱え、転ぶ子どもを守るみたいに壺を体で覆っていた。

大丈夫だ。蓋は外れていないし、すべて問題ない。

ジェーンは床にそっと壺を置いた。軽く震えながら立ちあがり、深呼吸する。

ふいに、なんだか笑えてきた。

彼女の性欲をあおるガソリンのようなケイレブ・ブライスの横に座ってドライブすることばかりを気にしていたけれど、よく考えてみれば、この世で一番ムードを壊すものを運ぶ旅なのだ。

遺灰の詰まった陶器の壺を。

笑うと気分がすっきりした。そして今度ばかりは、ケイレブが先日言ったことは正しいと思った。サムは笑うことが好きで、人を笑わせるのも好きだった。今、ジェーンが笑っていることを姉はきっと喜ぶだろう。

二十分後、ジェーンは腕に壺を抱え、脇にスーツケースをしたがえてケイレブを迎えた。

彼は大事そうに抱えられているものを見て眉をあげた。「こっちはぼくが運ぶとするか」そう言ってスーツケースを持ちあげ、ジェーンがアパートメントの鍵を閉めるのを待ってから、彼女に続いて下へおりた。

「驚いたみたいね」歩道に立ったジェーンが言った。ケイレブはレンタルしてきた濃紺色の四ドアセダンのトランクを開け、くたくたに使い古したバックパックの横に彼女のスーツケースを入れた。

「壺は箱か袋かなんかに入れてくると思っていたから。そのままここに入れても大丈夫かな?」彼はトランクに空きを作ろうと物を動かしながら尋ねた。「何かで固定すれば――」

「いいえ」ジェーンはきっぱりと言った。「後部座席に置くわ」

ケイレブはまた眉をあげたが、トランクを閉め、運転席にまわる前に助手席側の後部座席のドアを開けてくれた。

彼女はやわらかなレザーシートの上に壺を置いた。灰色の地に数羽の白いカモメを描いた、光沢のある陶器の壺をしばし見つめる。ずんぐりと丸い同乗者みたいに、彼女が座る助手席の後ろに鎮座《ちんざ》している。彼女は衝動的にシートベルトを壺のまわりに留めた。

「すごく変に見えるぞ」ケイレブがバックミラーで彼女を見ながら言った。

「この旅自体がそもそも変なのよ」ジェーンはそう言って助手席に滑りこみ、自分のシートベルトを締めた。

「きみの姉さんの願いどおりに遺灰を撒くのは変なことじゃない。だけど、遺灰を後部座席に乗せてドライブするのは少し変だ。カナダの橋で赤の他人と待ちあわせするのは、とんでもなく変だ」

発車すると、一瞬、早朝の日差しがふたりの目を直撃した。ジェーンはまばたきしてサンバイザーをおろした。

「あなたの意見には敬意をこめて反対するけれど、言い争うつもりはないわ」

「そのほうがいい」ケイレブがラジオのつまみをいじりだすと、ジェーンはその手をぴしゃりと払いのけ、自分の携帯電話を取りだしてダッシュボードのポートにプラグを差しこんだ。

「プレイリストか?」彼が尋ねる。

「違うわ」

「じゃあ、なんだ?」

「聞いていればわかるわよ」彼女はオーディオブックのアプリを開き、背もたれに身を預けた。

はっきりした発音の女性の声がスピーカーから聞こえてきた。

「『赤毛のアン』、L・M・モンゴメリ」

ケイレブが横目で彼女を見た。「冗談だろう」

「いいえ」

「児童書を聞かせるつもりか?」

「そうよ」

「女の子向けの児童書だぞ」

「そうよ」

「〝第一章。レイチェル・リンド夫人の驚き〟」

ケイレブは赤信号で車を止め、ため息をついた。「どのくらいの長さだ?」

ジェーンは目を細めて携帯電話の画面を見た。「十時間」

「勘弁してくれ」

ジェーンは彼を見てにっこり笑った。「大丈夫、きっと気に入るわ。みんなのお気に入りだもの」

「ぼくは気に入らないね」

「賭ける?」

「受けて立とう。いくらだ?」

「負けたほうが今晩のディナーをおごるのはどう?」

「了解」


結局、ケイレブはそのいまいましい物語に夢中になった。

最初の一章は真剣に聞いていなかった。ところがマシュー・カスバートが妹のマリラと養子にするはずだった男の子を迎えようと駅に到着し、男の子ではなく痩せっぽちの赤毛の少女アン・シャーリーに出会うころには、ケイレブも耳を傾けていた。マシューとマリラがアンを引きとるか孤児院に送り返すか相談するくだりでは、聞き逃さないようにオーディオブックを停止してから料金所を通過した。

時間が飛ぶように過ぎていく気がした。

ケイレブが昼食はドライブスルーですませれば車内で食べながら物語を聞き続けられると提案すると、ジェーンは得意満面な顔をしてみせた。マサチューセッツ州を走り抜けているとき、学校でギルバート・ブライスがアンを〝ニンジン〟と呼んでからかい、アンがギルバートの頭に石版を叩きつけて割った。ニューハンプシャー州に入る境界線を渡っているときは、アンがラズベリージュースと間違えてスグリのワインを親友のダイアナに振る舞い、酔わせてしまった。メイン州に着くころには、アンがバニラ香料と間違えて鎮痛用塗布薬《アナダイン・リニメント》をケーキに入れてしまっていた。

「アナダイン・リニメントってなんだ？」ケイレブが疑問を口にすると、ジェーンがグーグルで検索した。

「昔、鎮痛剤として使われていたらしいわ。ええと、以下の症状に効くんですって。咳や風邪、疝痛《せんつう》、喘息《ぜんそく》症状、気管支炎、鼻カタル、コレラ、腹痛、下痢《げり》、打撲、咽頭《いんとう》痛《つう》、やけど、あかぎれ、擦り傷、霜焼け、凍傷、筋肉リウマチ、痛み、捻挫《ねんざ》」

「すごいな。あらゆる症状に効くじゃないか」

ジェーンが読み進める。「主成分はモルヒネとアルコール」

ケイレブがにやりと笑う。「なるほどね。それなら、どんな病気でもおまかせあれだな」

今夜泊まる予定のモーテルまで、長時間メイン州を走り続ける。その中間あたりでマシューがアンにパフスリーブのドレスをプレゼントした。

トイレ休憩のために車を止めたとき、ジェーンは一九一〇年のドレスの写真を見せてパフスリーブがどんなものか説明した。

ケイレブはあきれたようにかぶりを振った。「この件ではマリラに賛成だな。すごくばかげて見える。女性の服が実用的になったことを感謝したほうがいい」

ジェーンが笑った。「それほど実用的でもないわよ。だって、あのお店のショーウィンドーに飾ってあった青いシルクのドレスを覚えている？〝これを着ればきっと見つかる――あなたの理想の人が〟って謳《うた》い文句のドレスよ。あれにもパフスリーブがついていたわ。昔のほどふくらんではいないけれどね」

ケイレブがまた首を振る。「実用的な用途がないものを、どうして着たがるのか理解できないね」

「実用的な用途がないものって、カウボーイハットとか？」

「冗談はよせよ。ぼくのカウボーイハットは日よけになって頭と目を守ってくれているんだ。まさに実用的だろう」

「でもアートやファッションの目的って実用的かどうかだけじゃないでしょう。『ケルズの書』だってそうよ」

ジェーンの発想が例のごとく飛躍し、ケイレブを置いてきぼりにする。

「なんの書だって？」

「中世の装飾写本よ。書体もイラストも信じられないくらい凝っているの。アイルランドの修道士が何年もかけて制作したのよ。一文字の装飾に数カ月かけることもあったらしいわ」

「話がそれていないか？」

「そんな装飾はする必要がなかったという話よ。だって〝実用的〟ではないもの。内容としては聖書の四福音書がおさめられているの。ただ言葉を並べるだけでもよかったはずなのに、彼らは何年も……もしかしたら何十年もかけて華美な書体で装飾したのよ。神の栄光を称えるためにね」

「パフスリーブと神が関係しているだなんて信じたくもないな」

ジェーンが笑った。「もちろん関係ないわ。でも厳密に必要なこと以上に手をかけるのが人間らしさの表れだと思うの。人間は飾りたてる。それが表現になるのよ」

「そんなものかもな」ケイレブはオーディオブックを再生した。「続きが聞きたい」

続きは、アンが手違いで緑色に染めてしまった髪を切るはめになる場面だった。アンが〈輝く湖水〉で溺れかけ、ギルバートに助けられる場面もあった（これでようやく〈輝く湖水〉がなんなのか判明した）。

物語のなかでは最初、その湖は〝バーリーの池〟と呼ばれていた。しかしジェーンと同じく想像力豊かなアンは場所に名前をつけ直す癖があり、その池を〈輝く湖水〉と命名したのだ。

「じゃあ〈輝く湖水〉というのは本物の湖なのか？　実在する場所ってことか？」

ジェーンがうなずく。「そう、池があるの。キャベンディッシュっていう町にね。アヴォンリーのモデルになった町よ」

「あの角縁めがねが待ちあわせにそこを選んだのは、その場面が理由なのか？　ギルバートがそこでアンを助けたから？」

「わからないけど。たぶんね」

「まあ、ロマンティックと言えないこともないからな。でも、アンは助けられたあともギルバートを突き放しただろう」

「だけどアンは――」

「アンはいつもギルバートを突き放すじゃないか。それか、彼が存在していないみたいに振る舞う」

「でもそれは――」

「ギルバートが五年前に犯した過ちを理由にしてね。しかも謝ったのに。そもそも、アンもからかわれたときにギルバートの頭で石版をたたき割ったじゃないか。そのときに引き分けにするべきだったね」

横目でジェーンを見ていると、お気に入りの物語をかばって辛辣な反論をぶちかまそうとしているのがわかった。しかし、そこでケイレブが笑いをこらえて口角を片方ゆがませているのに気づいたのだろう、彼女は力を抜き、取り澄ましてにらみ返すだけにした。

「気に入らないのなら聞くのをやめてもいいのよ」

こうなったら開き直ってやる。

「わざわざやめるまでもないじゃないか。せっかくここまで聞いたんだからね」

宿泊先のモーテル〈オウル山モーターロッジ〉の駐車場に着くころには、アンは大学の奨学金を獲得していたが、ギルバートとはまだ和解していなかった。

ケイレブはエンジンだけ止め、きりのいいところまで待ってからオーディオブックを停止した。「残りはどれくらいだ？　あと少しなら最後まで聞いたほうがいいかもな」

ジェーンが彼を見てにっこり笑った。「ということは、ディナーはあなたのおごりね？」

ケイレブはいつもの癖で彼女の三つ編みを引っ張らずにはいられなかった。「ああ、きみの勝ちだ。いい物語だよ。それで、最後まで聞くべきかい？」

彼女は首を振った。「おなかがぺこぺこなの。あと四十五分あるし、残りは明日聞きましょう」

「お好きなように。ぼくの生まれたての文学愛をこれ以上焚《た》きつけないでくれよ。そんなことはできないと思うけどね」

ジェーンがあきれたように目をくるりとまわし、ケイレブは百年前に書かれた児童書を車中で十時間も聞くうちに、ふたりの関係がサムの亡くなる前のように戻りつつあることにふと気づいた。

安堵感に包まれてケイレブが携帯電話のプラグを抜こうと手を伸ばすと、ジェーンも同じく手を伸ばした。

ふたりの手が触れあう。

これまでの人生で女性の手をかすめたことが何度あるだろう？　それが偶然にしろ故意にしろ、その一瞬の触れあいで、相手との相性に関して知るべきことはすべてわかってしまう。

サムに触れたときは安心感と親しみを覚え、姉妹に触れたような感覚だった。最後にデートした女性に触れたときは、ありきたりな感覚だった。もし暗闇でその手を取っていたら、ほかの女性と区別がつかなかっただろう。

でも相手がジェーンなら、知らない人たちがひしめく部屋で目を閉じていても、彼女の手だとわかるはずだ。

電気が走って、ケイレブの腕の毛を逆立たせるからだけではない。ジェーンの肌の感触、日光とシナモンのようなかすかだけれど紛れもない香りでわかるのだ。まるで磁石が引きあうように、彼の奥底でかちりとはまる感覚がある。

ケイレブの指が無意識のうちに彼女の手を握っていた。一瞬ふたりの目が合ったが、ジェーンの顔に驚きと怯《おび》えが浮かんでいた。彼女は手を引き抜くと、ドアを開けた。

16

オーディオブックを再生し始めたとき、ジェーンは冗談半分だった。どうせ十分もしないうちに、ケイレブは音楽のほうがいいと言いだすだろうと思っていた。けれども一時間が過ぎると、もしかして無理に調子を合わせてくれているのだろうかと考えるようになった。

やがて、ケイレブが本気で物語に夢中になっていることに気づいた。

ジェーンにとって、アンは常に特別な存在だった。想像力豊かで、本が大好きな少女。雨粒のなかに妖精が見えて、紫水晶《アメジスト》をよいスミレたちの魂だと考える少女。変わり者で地味な見た目の身寄りのない孤児で、ほかの同級生とはずいぶんと違ったけれど、それでも家族となる人々と出会い、友情を築き、恋までしてしまうアンという少女が。

自分のなかのアンを愛する一面は、ケイレブとは絶対に共有できない部分だと思っていた。たとえ打ち明けたとしても、わかってもらえるはずがないと思っていた。

この冬のあいだ、地球の裏側にいる彼のことを考えて、心にナイフを突き立てられたような気分になるたび、ジェーンは自分に言い聞かせていた。ケイレブと自分には共通点が何ひとつないと、そのふたりが恋愛なんてありえないと——その理由は恋人の関係になるほど長く一緒にいないことだけではないのだと。

ジェーンは車のドアを閉めると、そこに寄りかかり、ケイレブが出てきてトランクを開けるのを待った。彼に触れられた手の一部分が、いまだにうずいていた。

外の空気はブルックリンよりも冷たく、ジェーンは暖を取ろうと両手を腰に巻きつけた。闇もいちだんと深くて、モーテルのわずかな明かりなど、メイン州の人里離れた漆黒《しっこく》の夜にはほとんど無意味だった。駐車場を囲む森からは、木々のかさかさという音や、梟の鳴き声、ほかにもよくわからない音が聞こえてきて、明日にはこの大自然のなかをハイキングしなければならないことを、ジェーンは沈んだ気持ちで思いだした。ドライブのあいだは、愛読書のオーディオブックを聞いたり、ケイレブの腕の筋肉や、安心感のある見事な運転技術——彼は何をしても見事な腕前で、安心できるのだ——に見惚れたりしないよう意識を集中させることで、どうにか明日の行程を忘れていられたのに。

背後から、運転席側のドアがばたんと閉まる音がした。振り向くと、ケイレブの幅広い肩が見えた。雪が降る夜に上から覆いかぶさられ、ソファに沈められたときの体の重みを思いだす。ジェーンは身震いした。彼女の心の平穏にとって、どんな山頂よりもケイレブのほうが危険だ。

ケイレブはトランクを開けると、自分のバックパックは置いたまま、小さなダッフルバッグとジェーンのスーツケースを取りだした。ジェーンはスーツケースに手を伸ばしたが、彼が首を振った。

「ぼくが持つ」ケイレブは言った。たとえスーツケースひとつであっても、自分のために負担を背負おうとする彼に、ジェーンの心は一気にとろけそうになった。

これだから困るのだ。こんな気持ちになったり、ケイレブがそばにいてくれる状況に慣れたりするわけにはいかないのに。たったひとりの姉を失い、また新たな孤独を抱えて生きていくなか、強くなる必要があるのに。去年のクリスマスのように、どん底まで落ちこむわけにはいかない。なんといっても、次もまたケイレブがそばにいて助けてくれるわけではないのだから。

彼はオーストラリアだか、ヴェネズエラだか、バリ島だか、ともかくジェーンが暮らす場所以外のどこかへまた行ってしまうのだから。

モーテルの受付で、ジェーンはふと、これがもしラブコメ映画だったら次に起こりそうな展開を想像した。きっと映画なら、ひと部屋しか空きがなくてふたりで同じ部屋に泊まるはめになるところだ。

でも、これは映画ではない。人里離れたメイン州で起こっている現実で、部屋はいくらでも空いていた。

部屋の鍵を受け取ったあと、ふたりはふたたび外へ出た。あてがわれた部屋は、ケイレブが車を止めた場所からそう遠くない一階の隣同士だった。ケイレブはジェーンにスーツケースを渡すと、自分の部屋のドア錠にカードキーを通した。

「ディナーと言っても、そうたいそうなものじゃないぞ」戸口で立ち止まり、彼は言った。「作り置きのサンドイッチが売っているのと、建物の端に自動販売機があるくらいだ。荷物を置いたら何か買ってくるよ。サンドイッチの具で嫌いなものは？」

「苦手なのは卵サラダくらいよ」

「わかった」

ケイレブが自分の部屋に入ろうとすると、ジェーンは彼の腕をつかんだ。「ケイレブ」

彼が立ち止まる。「どうした？」

「車の鍵を借りてもいい？」

「いいけど、なんのために？　車にはあとあれしか……」そこでケイレブは言葉を切った。

ジェーンは自分がばかみたいに思えた。「ただ……天気予報アプリによると、今夜は五度を下回るそうなの。わたし……その、姉さんを寒いなか外に置き去りにしたくなくて」

ケイレブは少しのあいだジェーンを見つめたあと、ポケットから鍵を取りだした。

「ほら。ぼくは食べ物を調達してくる」

彼女の手に鍵がしっかと握られた。「ありがとう」

ジェーンは車の後部座席のドアを開けて、遺灰の壺を持ちあげた。腕に抱いた壺は、今朝より重い気がした。なんだか大きくなっているみたいだ。それとも、自分のほうが弱くなったのか。ジェーンは壺を部屋のなかへ運び入れると、あたりを見まわしていかにも安っぽい整理ダンスの上にのせた。その上にはかつて見たこともないくらいひどい絵画がかかっている。日没時の農家か何かのようだが、まるで小学生が蛍光《けいこう》ペンで描いたかのような出来栄えだ。

ジェーンは遺灰の壺を見つめながら、指先で一羽の白いカモメに触れた。

「姉さんをここに置いて、この世で一番ひどい絵と最期のときを過ごすしかないなんてね。死んだりなんかするから、罰が当たったのよ」

ドアをノックする音がして、ジェーンはケイレブを招き入れた。

彼は片手にラップで包まれたサンドイッチ——具はハムとチーズのようだ——を、

もう片方の手にダイエットコーラを持っていた。

「きみのディナーだ」ケイレブは笑みを浮かべて言った。「賭けの勝利、おめでとう」それからジェーンの肩越しに部屋をのぞくと、遺灰の壺で視線をとめた。「付き添いが必要か？　ぼくの分のサンドイッチも持ってきて、きみとここで食べてもいいが」

ジェーンは首を振った。「いいえ、大丈夫よ。ちょっとテレビでも見たら寝るつもりだから」

「それがいい。明日は早く出発しなければならないからな」

「早いって、どのくらい？」

「八時には登山口に着いておきたい。ここから十分ほどだから、七時四十五分ごろに出かけよう」

ジェーンはため息をついた。「こんなことをさせられるなんて、信じられない」

するとケイレブがにんまりと笑った。「ぼくのせいにするなよ。散骨の具体的な場所を指示したのはきみの姉さんだ。ぼくはただの運転手にすぎない」

彼女はもう一度ため息をついた。「おやすみなさい、運転手さん。ディナーをありがとう」

ケイレブはサンドイッチとダイエットコーラを手渡した。「おやすみ、ジェーン」

そう言って、彼は後ろ手にドアを閉めて去っていった。

ジェーンはベッドに座ってサンドイッチを食べながら、『ロー&オーダー』の古いエピソードを見ていたが、ふと本を持ってくればよかったと後悔した。電子書籍なら携帯電話に入っている。だが今夜は、少しかび臭くて、長年かけてページの端に書きこみをしたり、目印に角を折りこんだりしているような、読み古してぼろぼろになった紙の本がたまらなく読みたかった。

サンドイッチを食べ終えても、目は冴《さ》えたままだった。隣の部屋へ行ってケイレブに会いたいという衝動に駆られる。とはいえ、彼のこととなると心が弱くなるのを感じた。なんらかのきっかけがあれば、本心をさらけだしてしまうのはわかっている。

明日、山頂からサムの遺灰を撒く。今はそちらの感情に向きあうだけで手一杯だ。まだ九時だが、明日は本格的なハイキングが待っているからできるだけ寝ておいたほうがいい。ジェーンはシャワーを浴びた。水圧があまり強くなかったので石鹸やシャンプーを使わずにすませると、湿った髪を三つ編みに結った。

たとえ水圧に問題があったとしても、熱いシャワーを浴びればいつもなら気分が落ち着いて眠くなる。けれども枕に頭をつけた瞬間、今夜はそうはならないと悟った。

ジェーンは一時間ほど寝返りを打っていたが、ついにあきらめた。紅茶かココアが飲みたくなり、あたたかい飲み物が買えないかと自動販売機のコーナーへ向かった。

数分後、答えがノーだと知ったジェーンは、仕方なく甘いアイスレモンティーを買うことにした。レモンティーは大嫌いだったけれど。自動販売機のなかからがたんと転がりでたボトルを取りあげ、ジェーンは自分の部屋へ引き返し始めた。

まだ自動販売機のコーナーからも出ていないところで、自分の部屋のドアの外に誰か立っているのが見えた。

彼女は身をかたくし、見られないように壁際へ寄った。しかし次の瞬間、それがケイレブであることに気づき、体じゅうにどっと安堵があふれた。

ケイレブが立っているのは、彼女の部屋ではなく自分の部屋の前に違いない。彼がなかに入るのを待ったが、ジェーンはふと、その挙動が少しおかしいことに気づいた。

ケイレブは両手と額をドアに押しつけたまま、まったく動かなかった。

大丈夫だろうか？　物陰から飛びだして、彼のもとへ駆け寄りたいと願う自分がいた。でも、そのあとは？　夜中に気まずい会話でもする？

そんなことより、彼はいったい何をしているのだろう？

ようやくケイレブがドアから身を離したものの、依然として部屋のなかには入らず、代わりに駐車場を横切って自分の車まで行き、運転席に乗りこんだ。

こんな時間にどこへ行くつもり？　あたりにはいっさい何もないところなのに。

ジェーンは待ったが、エンジンはかからなかった。少しして、ケイレブは出かけるのではなく、理由はわからないながら、ただしばらく車のなかにいたいのだと悟った。

理由などジェーンには関係ないことだ。部屋に戻って、眠れるかふたたび試すべきだろう。

しかし、ジェーンはそうする代わりに自動販売機の陰に立ったまま、車を五分ほど見守った。

なんなのよ、まったく。いったい何をしているの？　彼が大丈夫か確かめるまでは眠れそうになかった。

そこでジェーンは駐車場を横切り、運転席側の窓に近寄った。ケイレブはハンドルをにらみつけていて、彼女に気づかない。ジェーンが窓ガラスをこつこつと叩くと、彼は飛びあがった。

「ちくしょう」ケイレブが窓をさげながら言った。「びっくりするじゃないか」

「あなたが大丈夫かどうか、確かめたかっただけよ」ジェーンは言った。「いったい何を――」

そのときふいに、聞き覚えのある声が聞こえてきた。

「〝翌日、マリラは町へ出かけ……〟」

「『赤毛のアン』を聞いているのね」音声出力ポートに接続されているケイレブの携帯電話を見ながらジェーンは言った。

ケイレブは恥ずかしそうに肩をすくめた。「ダウンロードはしたものの、ヘッドフォンを持ってきていなくてね。車のスピーカーなしじゃどうにも音が悪くて、だからここへ来たのさ」

ジェーンは笑顔になった。「聞いているのは物語の最後の部分ね」

「寝つけなかったんだ」ケイレブは言い訳するように言った。「それに、結末がどうなるか知りたかったし」そこでいったん口をつぐんでから、半ば咎《とが》めるように言った。「マシューは死んじゃうんだな」

ジェーンは助手席にまわりこむと、彼の隣に乗りこんだ。「架空の登場人物が死んだからってわたしに当たらないでよ」

ケイレブはジェーンと向きあうように座る位置を変えた。「あの箇所を読んで、悲しくならなかったというのか？」

「まさか、それはもう悲しかったわ。でも、マシューは長く充実した人生を全うした。それに彼は架空の人物だもの」

ケイレブは納得していない様子だった。「誰かが死ぬような本だとは思っていなかった。つまり、これは児童書だろう。だからちょっと驚いたというか」

ジェーンは手を伸ばして、オーディオブックの一時停止を解除した。「残りを聞きましょう」

そうしてふたりは寒くて暗い車のなかに並んで座り、一緒に最終章に耳を傾けた。話が終わっても、少しのあいだ黙って座っていた。

「それで、お気に召したかしら？」

ケイレブはうなずいた。「ああ。最後にアンとギルバートが仲直りしてよかったよ。だが、本の最後の最後まで引っ張るんだな」

「そうね。だけどこのあとのシリーズでは、ふたり一緒の時間がたくさんあるのよ。恋に落ちて、結婚して、子どもを産んで」

「シリーズだって？　おいおい。さらに何冊も聞かせるつもりか？」

ジェーンは微笑んだ。「いいえ、一冊目が最高だもの」そこで間を置く。「でも、アンとギルバートが本の世界でハッピーエンドを迎えたと知ってうれしくない？」

「まあ、そうかもな」ケイレブはプラグを引き抜くと、携帯電話をポケットのなかにしまった。「ここはかなり寒い。そろそろ――」

「待って」

ジェーンは彼の肩に手を置いた。わずかにびりびりと電気の走るような感覚が腕を駆けあがる。

ケイレブが振り返ったので、ジェーンは手を引っこめた。

「なんだ？」

「わたし……」ジェーンは唾《つば》をのみこんだ。「教えてほしいことがあるの」

ケイレブは戸惑っているように見えた。「そうか」

「どうして毎年クリスマスをひとりで過ごすのか教えてほしいの」

携帯電話は外され、車の電源も切られた今、車内は真っ暗だった。きっとケイレブも、お互いの顔がよく見えないほどの暗闇のほうが個人的なことを話しやすいだろう。ケイレブがすぐに返事をしなかったので、ジェーンは少しだけ勇気がわいた。というのも、彼はただ〝いやだ〟と言って車から出ていくこともできたのだ。でも、まだここにいる。

「わたしの身に起きた最悪の出来事をあなたは知っているでしょう」少しして、ジェーンは言った。「あなたの身に起こった最悪の出来事を話してくれないかしら?」

ケイレブは座り直した。「ほらな。児童書に涙しているのを見られたりすると、こういうことになるんだ。どんな個人的な質問でもしていいと思われる」

その口調から、ケイレブに立ち去る気はないのがわかった。

「マシューのことで本当に泣いたの? 冗談じゃなくて?」

「数滴くらいは涙したかもな」ケイレブはいったん言葉を区切った。「オーケー、わかったよ。ぼくが十二歳のとき、父が自殺したんだ」

おなかを殴られたような衝撃を受けた。何か死にまつわる話を聞くことになるだろうとは予想していたけれど、それにしても癌《がん》とか交通事故ではないかと思っていた。まさか自殺だなんて。

「ああ、ケイレブ」恐ろしい考えがジェーンの頭をよぎった。「まさかクリスマスに亡くなったの？」

ケイレブはふっと笑った。「いや。父はクリスマスを注意深く避けた。元日もね。父が残した自殺時のメモには、ぼくと兄さんが〝この出来事〟を特別な日と結びつけるようなことはあってほしくないと書いてあった。だから父は十二月二十七日まで待ったんだ」そこで言葉を切る。「だが、結局のところは、くそいまいましいホリデーシーズンが丸ごと〝この出来事〟と結びついてしまっただけだった」

ジェーンはなんと言ったらいいかわからなかった。けれど、ケイレブが話し続けているので、おそらくただ聞いていればいいのだろう。

「そんなに気にするなら、あと一、二カ月待てばよかったのにって思うだろう。なんなら三カ月でも。三月なら完璧だったのにな。三月には祝日がないだろう？　まあ、聖パトリックの祝日はあるが、そんなものに誰も興味はないし」

ジェーンは体の内側がねじりあげられるような感覚を味わった。もし自分の両親のどちらかが同じことをしたら、自分はどうなっていただろうと想像する。

ケイレブはジェーンに向き直った。「もし三月までやり過ごせていたら、きっと夏まで待ってもいいかなと思ったかもしれない。そして秋が来て、また冬になる。そうするうちに、自殺なんてばかなことはするべきじゃないと父も気づいたかもしれない。いつしようが、息子たちの人生に二度と埋められない穴を開けることになるのだからとね」

長い沈黙が続いた。いちだんと寒く、闇深くなったような気がした。ジェーンはどうにかケイレブをあたためてあげたかった。彼が去年の十二月にしてくれたように。でも、そのためには車を出てモーテルに入るしかないが、今は動くわけにいかないと思った。

「それで、クリスマスはどこへ行っているの？」ジェーンは優しくきいた。

「ハイキングだよ。毎回行き先は違うが、いつも決まってひとりで行く……それと、行くのは必ず氷と雪のあるところだ」

「どうして？」ジェーンの脳裏に、新たな恐ろしい考えが浮かんだ。「まさか……死にたいとか考えていないわよね？」

ケイレブは首を振った。「その反対だよ。冬の単独ハイキングは危険だ。ひとつのミスで命を落としかねない」言葉を切る。「そうすることで生きるのは簡単なことではないと思いだすのさ。大変なことなんだと。生きるために人は努力しなきゃならない。そしてハイキングのたびに、ぼくは死にたくないと自分に言い聞かせるんだ」

ジェーンは、去年の十二月に彼がアパートメントへやってきたときのことを思いだした。ケイレブは雑事を片づけたり、掃除したり、料理したり、ジェーンが放棄した生活をするうえで必要最低限のあらゆることをやってくれた。ちゃんと食べて、あたたかいものを飲んで、清潔なシーツで眠れるように。

ジェーンは彼の仕事について考えた。そして、サムが教えてくれた話を思い返す。ケイレブが五キロにわたって運んであげたという、骨折した少年のことを。

ケイレブは荒野のなかで自ら暖を取るすべを知っているだけでなく、ほかの人をあたためることもできる。彼が誰かの世話を引き受けたら、その人の安全を守るためにどんなことでもするだろう。

「なぜお父さんは自殺なんかしたの？　メモに理由は書いてあった？」

「いや、すまないとだけ。あと、ぼくたちに許してもらいたいと」

「あなたはどうしてだと思う？」

「理由はたくさんある。母がその一年前に出ていって、父はそこからまったく立ち直れなかった。牧場のほうも厳しい状況だった。五世代にわたって所有していた牧場だったから、父は自分の代でそれを失うのが怖かったんだ」

ケイレブと出会ってからずいぶん経つが、こうした話を聞くのは初めてだった。

「お母さんが出ていったと言ったわね？　今はどこに？」

「さあね。メキシコのティフアナとかじゃないか？　たまにしか連絡してこない。母は旅好きの歌手でね。昔々、コロラドスプリングスの安酒場で父と出会い、心奪われたんだそうだ」暗闇でわかりにくいものの、ジェーンにはケイレブが微笑んでいるように思えた。「女はカウボーイに恋するものだからな。とりあえず最初は」

父親は自殺し、母親はどこかへ巡業に行ったきり。母親に捨てられた十一歳の少年や、父親に自殺された十二歳の少年のことを思うと、ジェーンの心は痛んだ。

「お父さんが亡くなられたあとも、お母さんは帰ってこなかったの？」

「ああ。葬式にすら来なかった」

なんてことだろう。ひどすぎる。「おばさんが牧場に移り住んだのはそのとき？」

「そうだ。おばはデンバーで公認会計士をしていたが、父が死んだあとに牧場へ引っ越してきて以来、決して過去は振り返らなかった。ハンターとぼくにとってはおばが母親みたいなものさ。おまけに彼女はビジネスの天才で、おかげであの牧場も丸鋸《まるのこ》さながらにうまくまわりだした。今も現役の牧場として稼働しつつ、一部を観光牧場に変えたんだ。あちこちから観光客が滞在しにやってくる」

ケイレブはときどき、おばのローズマリーや兄のハンターの話をしてくれた。ただ、たいていは彼らが今何をしているかという話で、過去にまで話題が及んだことはほとんどなかった。ケイレブ自身の子ども時代については多少聞いたこともあったけれど、それは人ではなく動物についてだった。彼が調教した馬のこととか、一緒に育った犬のこととか。その犬は狼とハスキーの雑種で、毎年九月になるたびケイレブにくっついて学校へ行こうとしたそうだ。ジェーンもサムも、彼が答えたくない質問には絶対に答えないことを知っていた。

こんな話、彼はこれまでひと言だって口にしたことはなかった。

ケイレブが手を伸ばしてきて、ジェーンの三つ編みを引っ張った。「ぼくがクリスマスをひとりで過ごす理由なんて、きかなければよかったと思ってるだろう」

ジェーンは首の後ろに感じる小さなうずきを必死で無視した。「そんなことは少しも思っていないわ。どうしてそう思うの?」

ケイレブは肩をすくめた。「どうしてって。気の滅入る話だからさ」

「でも、それがあなたの物語でしょう。話してくれてうれしいわ」ふと罪悪感の波がジェーンを襲う。「サムが死んだあと、わたしはあなたのことを考えていなかった。自分の悲しみに向きあうだけで精一杯だった。でも、あなたもわたしと同じくらいサムを愛していたのよね。しかも、あなたはわたしなんかより多くの愛する人を失ってきた」

「そこは競うようなことじゃないだろう」ケイレブは穏やかに言った。

「わかってる。でも十二月に会いに来てくれたとき、あなたはわたしの面倒を見てくれた。わたしも同じように、あなたのお世話をしようと思えばできたかもしれないのに」

ケイレブは首を振った。「わからないか？　ぼくは世話をされるより、するほうがいいんだ」

またも沈黙に包まれたが、今回はどこかさっきとは違う感じがした。ジェーンがどう違うのだろうと考えていると、ケイレブがふたたび話しだした。

「ジェーン？」

「何？」

「あの夜のことを考えたりするか？」

17

アドレナリンと激しく脈打つ心臓のせいで、寒さが吹き飛んだ。体の隅々まで血液が駆けめぐる。

「いいえ」ジェーンは答えた。

ケイレブが暗闇のなかで身じろぎした。彼の体格のよさや力強さがふいに意識される。その瞬間、何もかもが一変した。ふたりで過去のことを話し、過去のことを考えていたのに、今や過去などいっさいなくなってしまったかのようで、さらに未来すらもどうでもよくなった。

ただあるのは現在《いま》だけ。

「嘘だ」

「わたしは考えてなんか――」

「今まさに考えているじゃないか」

ジェーンは車のドアに背中を押しつけた。去年の十二月は、この気持ちについ流されてしまった。喪失感があまりにひどかったせいだ。ケイレブがたまらなくほしかったせいだ。あと、こうも思っていた。こんなにも最悪な世の中なのだから、空虚さと悲しみばかりのなかでひとつくらい楽しいことがあったって、喜びの瞬間があったっていいじゃないかと。その時間が長く続かないことはわかっていたけれど、あのときは別にそれでよかった。

でも、今は違う。

「だって、今考えるのは当然でしょう」ジェーンは言い返した。「あなたがその話を持ちだしたんだから」

「いや、きみはいつも考えているはずだ。毎晩ぼくのことを考えているに決まっている」

本当にそうなのだろうか？　眠りが訪れる直前の無防備なひとときに、ケイレブのことを考えなかった夜もあったはずだ。

「そんなことないわ」

「いいや、考えている。どうして断言できるかわかるか？」

「わたし——」

「ぼくも毎晩きみのことを考えているからさ」

ジェーンの心臓が止まる。

「ぼくは考えているよ。外で降っていた雪のこと、ハリー・ポッターのパジャマのこと、きみがどうしようもなく美しく見えたこと。ぼくの背中に立てられた爪や、腰に巻きついてきた脚のことを考える。きみに包まれて、永遠にここにいたいと思ったことも。絶頂に達した瞬間、きみの顔に浮かんだ表情も」

ジェーンは目を閉じた。「ケイレブ――」

「いいんだ」

ジェーンはふたたび目を開けた。さっきまでここが寒いと思っていたことが不思議でならない。彼女の体はまるで炉のように熱くなっていた。

ケイレブがじっと見つめてきたので、ジェーンは彼の顔がちゃんと見えればいいのにと思った。

やがてケイレブは後ろに手を伸ばしてドアを開けた。冷たい空気が流れこみ、ジェーンの頬の熱を冷ます。

「気にしないでくれ。一度きりというのはわかっている。ただぼくがあの夜のことを考えていることを、知っておいてほしかっただけだから」一度言葉を切ってから、彼は言った。「おやすみ、ジェーン」

ケイレブは車をおりると、後ろ手にドアをばたんと閉めた。ジェーンは駐車場を横切って部屋へ戻っていく彼を見守った。

「おやすみなさい、ケイレブ」ジェーンは小さくつぶやいた。

朝になると、しとしとと雨が降っていた。

ジェーンはベッドのなかで上体を起こし、外の灰色の景色を眺めた。まだ夜が明けたばかりだったが、石板色《せきばん》の空からはこれからさらに本降りになりそうな気配がした。雨のなかをハイキングするのかと思うと、ジェーンの心は爪先に届きそうなほど落ちこんだ。そもそも安全なのだろうか？　この天気ではケイレブも待機するしかないと言うかもしれない。

彼へ想いを馳《は》せたことが合図だったかのように、ドアをノックする音がした。ジェーンの顔が一気に紅潮《こうちょう》する。昨夜、部屋へ戻ったあとは眠れなかった。ケイレブのことを考えているときだけは不安な気持ちがやわらいだ。そうして考えているうちに……。

彼はこれも見抜くだろうか？

ふたたびノックの音がして、ジェーンはベッドから跳ね起きた。もちろん、ケイレブにわかるわけがない。ばかばかしい。

それに、ケイレブもジェーンのことを考えると言っていた。ということは、彼だってその思考に導かれて同じようなことをしたかもしれない。少なくとも何度かは。

わかっている。頬の熱をさげたいときに考えることではない。

ジェーンは深呼吸をしてからドアを開けた。

ケイレブはいかにもプロらしい雨具――ジャケットとパンツ――を身につけ、同じくらいプロらしいハイキングブーツを履いていた。

ジェーンは、ブーツかトレイルランニング用のシューズを買って、旅行前に履き慣らしておくようにと彼から言われていた。しかし、それをとてつもなく面倒に感じてしまい、代わりにスニーカーを持ってきていた。

ケイレブが知ったらなんと言うだろう。

「まだ着替えていないのか」ケイレブはジェーンにしかめっ面を見せながら言った。

その声は非難がましかった。とはいえ、〝やあ、ジェーン、昨夜ぼくの空想にふけっていたのは全部わかっているよ〟と言われるよりはましだ。

「アラームに気づかずに寝過ごしちゃったみたい」そこでジェーンは言いよどんだ。

「それで、ハイキングは続行するのかしら?」

「雨だからって意味か?　きみが望むなら一日待ってもいいが、そうすると五月一日に橋で角縁めがねに会えなくなるぞ」

「だめよ!　待つ必要はないわ。ただ、その、すごい雨だから」またも言いよどむ。

「ほら……ハイキングをそっくり省くこともできるんじゃないかと思って。別に今すも来年にでもすぐ行く必要はないもの。締め切りがあるわけでもないし。夏か、なんなら来年にでも行くつもりだったの。だから――」

けれども、ケイレブはすでに首を振っていた。「やるんだ、ジェーン」

まったくもう、彼はときどきボスさながらに指図する。

とはいえ、今回ばかりはケイレブのほうが正しいような気がした。

「わかったわよ。五分くれる？」

「いいだろう」ケイレブはポケットに手を入れ、ありえないほど小さな生地の包みを取りだした。それを振り広げると、彼が着ているのと同じような雨用のジャケットとパンツになった。「悪天候に備えて、あらかじめきみの分を買っておいた」

どうやらジェーンのサイズにぴったりのようだ。「すごい、ありがとう」

「あたたかい服を重ね着しろよ。ぼくは車で待っている」そう言うと、ケイレブは出ていった。

長袖の肌着にフランネルシャツ、さらにはウールセーターとダウンジャケットを重ねた。ハイキングの始まりとしては着こみすぎかもしれない。気温も十五度、雨ながら寒さは厳しくない。でも山頂に着いたら、この格好でよかったと思うはずだ。暑ければ脱いで手に持てばいい。

ジェーンは雨用ジャケットを着ると、ダウンジャケットでサムの遺灰が入った壺を覆い、壺が濡れないように全速力で駐車場を突っきった。そして昨日と同じように後部座席に壺を置いてシートベルトを締めてから、ケイレブの隣に座った。

「準備は万端か？」ケイレブはきいた。

ジェーンはうなずいた。「ばっちりよ」

オーディオブックが流れていないと、車内は静かだった。雨が屋根に叩きつけていて、駐車場を抜けて道路に出ると、ワイパーも追いつかないほどの激しさになった。

「それで、雨のなかをハイキングしても絶対に安全なのよね？」数分後、ジェーンは思いきってきいてみた。

「足元には注意してくれ。ぬかるみや滑りやすい岩の上を歩くときは特に。それから水かさの増した川も要注意だ。とはいえ大丈夫さ。なんといっても、きみは――」彼がちらりとジェーンの足元を見る。「いい靴を履いているからな」

しまった。

「これ、いいスニーカーなの」ジェーンは言い訳するように言った。

「防水じゃないだろう」

「ええ」

「それじゃ足首をサポートできない」

「まあ……そうね」

ケイレブはため息をついた。「とはいえ日帰りのハイキングだから、まず問題ないだろう。ただし、水膨《みずぶく》れはできるかもしれないが」

「水膨れですって？　いやよ」

「だったら、ちゃんとした靴を持ってくるべきだったな。まあ、きみの足を守るために最善を尽くすよ」

それから数分間、ふたりは黙って車を走らせた。「ねえ、ちょっと思いついたことがあるんだけど」

彼がジェーンをちらりと見た。「なんだ？」

「わたしの代理としてあなたに登山してもらうというのはどうかしら。わたしは車に残るから、あなたがサムの遺灰を頂上まで運ぶの」

「頑張りは認めるよ」

「ノーってこと？」

「イエスだ」

「ノーっていう意味の〝イエス〟？　それとも――」

「着いたぞ」

ケイレブは閑散《かんさん》とした駐車場に車を止めた。数メートル離れたところに、森への小道の入り口が見える。

あまり遠くまでは見えないものの、ジェーンにもこれが眼前にそびえ立つ、雨にかすんだ山まで続く道なのだろうと予想できた。霧に包まれた山頂は、まるで『ロード・オブ・ザ・リング』に出てきそうな雰囲気だった。

そう考えると、ジェーンは少しばかり元気が出てきた。これが本のなかのワンシーンだと思えば、うまく乗りきれるかもしれない。

けれども、後部座席のドアを開けて壺を持ちあげると、冒険物語としてのハイキングの幻想は、ひとつ、またひとつと薄れていった。この旅がどういうものであろうと、これは姉とできる最後の旅なのだ。

ケイレブが壺用に小さな袋を持ってきてくれていたので助かった。ジェーンは壺をどうやって運ぶか考えてもいなかったので、いざ車から出したあと、ケイレブがトランクから袋を取りだすまでは、山にのぼるあいだずっと、自分が壺を赤ん坊のように腕に抱えている姿を想像していたのだ。

袋は壺とダウンジャケットを入れるのに最適のサイズだった。肩からかけると、肩甲骨にぐっと重みがのしかかった。

雨はあいかわらず降り続いていた。フードを顎の下でしっかりと縛っているにもかかわらず、水滴が縁から染みこんでジェーンの首をくすぐった。濡れてわびしい思いに駆られながら、ジェーンは車にもたれてうつむいた。

ふいにケイレブがやってきて、片手でジェーンの顎をあげた。

「どうした？」かすかにおもしろがっている口調に聞こえ、いつもより腹が立った。

「別に平気よ」ジェーンは答えた。

目の前にそびえるように立つケイレブのおかげで、ジェーンは雨に当たらずに下から彼をにらみつけることができた。自分とは違い、彼の服装は機能もばっちりで、あたたかく乾いているように見えた。おまけにケイレブは彼女より五倍は重い荷物を持っているにもかかわらず、そんなのはなんでもないといった様子だった。

「日帰りハイキングに、まさかそんなにたくさんの荷物を持っていくわけじゃないでしょうね？」

「ぼくたちが目指すのは頂上、だが天気は最悪、そしてきみはハイキング未経験。これらを踏まえて、あらゆる事態に備えた旅にしなきゃならない。ただ、持っていく三分の一も必要にならなければいいと願ってるよ」

「そうなのね」

ケイレブはジェーンを見おろしながら微笑んだ。「用意はいいかい？」

「もちろん」

ケイレブはジェーンに、二本のアルミニウムの棒を手渡した。手首用のストラップと、握りやすいようソフトグリップがついている。

「これは何?」

「トレッキング・ポールさ」ケイレブは言った。「体のバランスや足場を支える助けになる。それと、歩くときの衝撃をいくらか吸収してくれるから、膝や足首にいいんだ」

ジェーンは両手をストラップに通した。「ありがとう」

「ぼくが先に行く」ケイレブは言った。「まずぼくが試して、そこの地面が安定しているか確認しよう。よく聞こえないだろうから、必要なときは叫んでくれ、いいな? それか、ポールで背中を突いてくれてもいいぞ」ケイレブはにんまり笑いながらそうつけ加えた。

雨にもかかわらず、ケイレブはとても生き生きとして見えた。ジェーンはそれで初めて、ここへ来て彼がようやく本領を発揮したことを知った。ニューヨークで一緒にいるときは、いつもジェーンに合わせてくれていたのだ。

「わかったわ」ジェーンは返事した。

「よし、じゃあ出発だ」

たった二十分で、ジェーンの足はびしょ濡れになった。

けれど、それは彼女自身のせいだった。浅い小川を横切ろうとしたときのことだ。浅瀬を流れる水は三センチの深さもなかった。だが、小さなカエルが石から石へと跳ねているのに気を取られた拍子に、浅瀬から足を踏み外して足首が浸かるほどの深みに落ちてしまったのだ。

　ありがたいことにケイレブには見られていなかった。濡れて不快な足をまぬけに感じながら、ジェーンは小川からよじのぼり、ケイレブが振り返ってこちらの様子を確認する前に道へ戻った。

「大丈夫か？」ケイレブが尋ねた。

「全然平気よ」ジェーンは答えた。

　ケイレブはゆっくりとした足取りで――おそらく彼にとっては苦痛なほど遅かっただろう――歩いてくれていたものの、それでもついていくのがやっとなうえ、ジェーンの濡れた足は役立たずだった。歩き続けているうちに、いいこともひとつだけあった。森の奥深くへ入っていくにつれ、頭上の木々が雨をいくらかしのいでくれるようになり、おかげで頭や肩に絶えず打ちつけていた激しい雨が、ゆっくりとした憂鬱な小雨に変わったのだ。

　とはいえ、そうした小さな利点も、進めば進むほど道が険しくなっていくという事実には勝てなかった。足元はすでに濡れて痛かったが、今やそれが太ももやふくらはぎまであがってきている気がした。ジェーンの筋肉はこうした運動に慣れておらず、大きく抗議の声をあげていた。

しだいにジェーンは、背中の荷物がやたらと気になるようになった。姉の遺灰がどんどん重さを増していき、肩でストラップが擦れた。

出発したときは、土砂降りの雨のせいで、下を向いたまま地面から目を離せずにいた。けれども頭上の木々が鬱蒼《うっそう》とするにつれ、ときどき顔をあげて前を歩くケイレブを見ることができるようになった。

ケイレブの足取りはちっとも揺るがず、背中の荷物にはいっさいの重さがないかのような身のこなしだった。彼は強く、疲れ知らずの有能な人。そんな彼を見ていると、ジェーンは自分を弱く、疲れ果てた無能な人間に感じた。

永遠のように感じられた時間が過ぎたあと、ジェーンはついにトレッキング・ポールの先でケイレブの肩を突いた。

「ねえ!」ジェーンは叫んだ。

すぐさまケイレブが振り返った。「やあ」にこやかに返す。「後ろはどんな調子だい?」

「休憩したいわ。もう何時間も歩いている気分よ」

「そうか、実際は四十五分だけどな」

ジェーンの心が沈みこんだ。ケイレブは頂上にたどり着くまで三時間はかかると言っていた。

「まだそれだけなの？」

ケイレブが声をたてて笑った。決して悪意はないにしても、この瞬間に笑われるのは傷口に塩を塗られるようなものだ。

「笑わないでよ」

ケイレブが近寄ってくる。「笑っていないさ」そう言いながらポケットから赤いバンダナを取りだし、ジェーンの顔の雨滴をぬぐった。「きみにつられて笑ったんだ」

「わたし、笑ってなんかいないわ」ジェーンは不平がましく言った。「それで、休まないの？」

「あと数分だけ頑張れるか？　この先に差し掛け小屋がある。そこなら雨に濡れずに足を休められる」

まるで天国のように聞こえた。

「わかった。でも、あと数分だけよ」

嘘ではなかった。数百歩ほど進んだところでカーブを曲がると、ケイレブは道から外れて丸太でできた避難小屋に入った。三面の壁に屋根がついていて、床は枯れ葉に埋もれている。でも何よりも、奥に長く低いベンチがあった。

生まれてからこれまで、ジェーンは座るという単純な行為をこれほどまでに堪能《たんのう》したことはなかった。

「きれいだろう?」少しして、ケイレブが言った。

全身の筋肉の怒りを買って大変なときに、ケイレブのうれしそうな姿はあたかもいやがらせのように思えた。ジェーンが振り向いて彼をにらみつけると、ケイレブはすでに荷物をおろしてジャケットを脱いでいた。後ろにもたれかかった姿勢で、親指をベルトループに引っかけ、両脚を伸ばしてブーツを履いた足をもう片方の足の上にのせている。

「きれいって何が? 雨?」

「自然だよ」

ジェーンはスニーカーのなかで濡れた爪先をもぞもぞと動かした。

「自然なんてくそ食らえだわ」ジェーンがそう言うと、ケイレブは頭をのけぞらせて笑った。

「きみが悪態をつくとは珍しいな」

「その価値があるときのためにとっておいたの」

ケイレブが目の前の景色を眺めていたので、ジェーンは彼の視線の先を追った。

ふたりのいるところから道をはさんだ向こう側に、木々の生い茂る深い渓谷が沈みこみ、そこから尾根へとまたあがっていた。薄緑から深緑までのあらゆる色彩を帯びている。この一時間のあいだに、いつのまにか雨が少し弱まっていたようで、尾根の遠くの端まではっきりと見えた。

ふたりを囲む木々の下には、羽毛のようにやわらかなシダが群生《ぐんせい》し、それを押しのけるようにあちこちに野の花が束になって生えていた。

「本当にきれい」ジェーンが言うと、ケイレブは彼女のほうを向いて微笑んだ。

「驚いているようだな」

「足元にばかり集中していたみたい」

ジェーンは身を乗りだした。木々やシダの葉の下にちらりと垣間見える白、紫、黄、ピンクなどの色に目を奪われる。

「あれは何？」ジェーンはきいた。

「花のことか？」

ジェーンはうなずいた。

ケイレブは、ほんの数メートル先にしぶきのように咲く小さな白い花を指さした。

「スズランだ」それから道の向こうを指さした。そこには巨大な楓《かえで》の木の下から、うっとりするような紫色の川が流れていた。「あっちはスミレだな」

ジェーンは昨日ふたりで聞いた本を思いだし、つぶやいた。「『赤毛のアン』に出てくる〈スミレの谷〉みたい」

ケイレブが笑みを浮かべる。「そのとおり」彼は何かを探すように左右を見まわしていたが、お目当てのものを見つけると、満足そうにうなった。「小説に出てくるものはほかにもあるぞ」そう言って、ほのかなピンク色の花の群生を指さした。

「あれは？」

「トレイリング・アルバタス」そこでケイレブは間を置いた。「別名メイフラワーだ」

ジェーンは大喜びでその花を見た。「そうよ！　ギルバートがアンにメイフラワーの花束を贈ろうとしたけれど、アンは冷ややかに断ったのよね」

ケイレブは笑った。「まったく、アンという少女は意地っ張りだったな」そう言うと、彼は考えこむように頭をかしげた。「アンの言ったことを覚えているか？　メイフラワーは去年の夏に枯れた花の魂で、ここは花たちの天国だと考えているって」

ジェーンはケイレブをまじまじと見つめた。「覚えているの？」

「ああ、きみもだろう？」

「それはまあ。でもわたしは百回くらい読んでいるから。暗記しているようなものだもの」

「それなのに、きみが自然のよさをあまり理解していないとは驚きだな。アンは自然を愛していたのに」

「そうだった？」

ケイレブは眉をひそめた。「そうだよ。そこは読んでいないとか言うなよ」

ジェーンはどうだったか考えた。「そんなことはないと思うけど。もちろん自然の描写は覚えているわ。でも、その部分にはあまり興味を持たなかったのかもしれない。もっとほかのところに気が向いていたのね」

「そこがアンの一番好きなところだったけどな」ケイレブは言葉を切った。「作者も自然を愛していたんだから」

今度はジェーンが眉をひそめる番だった。「いったいどうしてそんなことを知ってるの？」

ケイレブはにやりと笑った。「ゆうべ調べたんだ」

「本当に？」

「本当さ。テレビでおもしろい番組がやっていなかったから」ケイレブはバックパックの外側のポケットに手を突っこみ、携帯電話が入った防水の袋を取りだした。

「まさかここでは電波は拾えないでしょう」ジェーンは疑わしげに言った。

「その必要はないさ。気に入った引用のスクリーンショットを撮っておいたから」

「引用？」

「L・M・モンゴメリのだよ。手紙とか日記とかからの引用だ」ケイレブは何かをクリックしてから、携帯電話をジェーンに手渡した。「ほら」

ジェーンは目を細めて画面を見つめると、声に出して読んだ。「〝わたしはときどき彷徨《さまよ》いおりて、小川と風の二重奏に耳を傾ける。それから黒い枝のあいだに陽光が忍び寄るのを、蜘蛛の糸があちこちできらめくのを、シダが人目につかない日陰で生い茂るのを眺める〟」

ケイレブが指を伸ばして右へスワイプし、新しい画面を表示させる。

ジェーンはふたたび声に出して読んだ。「〝わたしはいつも、ありふれた日常のなかにいながらにして、理想の美の王国のすぐ近くにいるような気がしていた。王国とわたしのあいだには、薄いヴェールがかかっているだけ。そのヴェールを完全に取りのけることはできないものの、ときどき風がそれを揺らすので、わたしはその向こうのすてきな世界を垣間見ることができた。見えるのはほんのわずかだったけれど、こうしてちらりと見えるものが、いつも人生を価値あるものにしてくれたのだ〟」

ジェーンはしばらく黙って座っていた。鳥肌が立っている。

「L・M・モンゴメリのことを本当に調べたただなんて信じられない」しばらくして、ジェーンは言った。

ケイレブは携帯電話を取り返した。「どうしてだ？　言ったとおり、彼女は自然を愛していた。ぼくらは〝腹心の友〟なのさ」彼はアンのお気に入りのフレーズを使って言った。

それからケイレブは携帯電話を防水の袋に入れて、バックパックのなかにしまった。

「これに限らず、普段から自然についての引用を集めるようにしているんだ。旅先で人と話すのに役立つからね。自分だと、せいぜい『ワオ、きれいだ』くらいしか思いつかない。だから、ほかの人の言葉があると助かるんだ」

彼は別のポケットからまた何かを取りだした。救急と書かれた赤いポーチだった。

「きみの足を診《み》よう」

「わたしの足？」

「大丈夫か確認したい」

「ちっとも大丈夫なんかじゃないわ」

「なら、なんとかしよう」ケイレブが手を差しだした。「足をここに」

ジェーンはケイレブのほうに向き直り、彼の膝に両足をのせた。

ケイレブはジェーンのスニーカーのひもをほどくと、眉をひそめながら脱がした。

「びしょ濡れじゃないか」

「まあね」

「靴下も」

「わかってる」

ケイレブはさっき救急キットを取りだした同じポケットに手を入れると、今度は清潔で乾いた靴下を引っ張りだした。「これが使えるだろう」

ジェーンは靴下をありがたく受け取った。「これまであなたに言ったことをすべて取り消すわ。あなたって神さまみたいな人ね」

ケイレブは濡れた靴下を脱がせると、赤いバンダナを使ってジェーンの足をくまなくふいた。

「ここにホットスポットができているな」かかとや土踏まずを調べながら、ケイレブは言った。

「ホットスポットって？」

ジェーンは、この一連の行為に対してケイレブみたいに冷静さを保とうとしたものの、彼の大きな手で素肌に触れられていると、ちっとも冷静ではいられなかった。

「水膨れになりそうな擦れた場所のことだよ」ケイレブは説明しながら救急キットから軟膏《なんこう》と絆創膏《ばんそうこう》を取りだし、ジェーンの足——かかとに二箇所と親指に一箇所——につけた。「ほら」そう言って、ジェーンから乾いた靴下を奪い取ると、それを滑らせるように履かせた。それからサンドイッチ用のビニール袋を二枚取りだして靴下の上からかぶせ、その上からふたたびスニーカーを履かせた。「これで少しは濡れずにすむだろう」

ジェーンは足を地面に戻した。肌が乾いているだけで、快適さがここまで違うのかと驚かされる。

「そのバックパックには、まだほかにも奇跡が入っているのかしら？」

ケイレブは一番大きな収納部分に手を突っこんだ。「奇跡というほどじゃないけど――」そう言いながら魔法瓶を取りだす。蓋を開けると蒸気が巻きあがり、おいしそうなじみのある香りが漂った。

「コーヒーね！」

「クリームとたっぷりの砂糖入りだ。まさにきみの好きなとおりだろう」

ケイレブは一杯分をプラスチックの蓋に注ぎ入れ、ジェーンに手渡した。

冷えた両手に熱が伝わり、すばらしい心地がした。それはジェーンが今まで味わったことのない、最高においしいコーヒーだった。

「愛してる」無意識のうちに、ジェーンは口走っていた。それからケイレブの表情を見て、咳払いをした。「その、コーヒーをって意味よ」

「へえ」ケイレブはバックパックからプロテインバーを取りだし、ジェーンに手渡した。「これではどうかな？」

この瞬間まで、ジェーンは自分がこんなにも空腹だったことに気づいていなかった。

「わかったわよ。あなたを心の底から愛しているわ」

ただの冗談を言いあっているだけだった。とはいえ、こんなにも簡単にこの言葉が口をついて出てきたことに、それをケイレブに言うことがごくごく自然に思えたことに、ジェーンはびっくりした。

しばらくジェーンは待ったが、彼は何も言わなかった。少ししてから、彼女はプロテインバーを開けてかじりついた。

そう、ただの冗談だった――でも、同じ言葉を返してくれたって、別に死にやしないでしょうに。ふざけた軽い〝愛している〟だって、放置されていいはずがない。

もう何も言わずにいよう、とジェーンは決めた。次は彼に話させるのだ。〝ぼくも愛している〟と。そんなに難しいことだろうか？　三つ編みを引っ張ったり、肩を小突いたりしながらでも言ってくれればいいのに。

数分が経ったあと、ケイレブはバックパックを肩にかけると立ちあがった。

「準備はいいか？」彼がきいた。「まだまだ道のりは長いぞ」

18

ジェーンの足は、頂上に着くまでずっと濡れずにすんだ。

ハイキングの後半、気づけばジェーンは自分のなかの不快感に浸りきる代わりに、まわりにあるものに注意を払うようになっていた。白、黄、紫、ピンクなどの色が群れているところを見つけてはわくわくと心躍らせ、また手を伸ばしてはシダの葉のやわらかな感触を味わった。

木々もまた美しかった。太古の賢さが感じられ、風化した姿が辛抱強そうに見えた。苔《こけ》や松の樹液のつんと鋭い香りに、爽快な気分になる。

そうしたことがジェーンを目覚めさせ、頂上までたどり着く体力と忍耐力をふたたび取り戻させたようだった。あるいは、サムの魂のおかげだったのかもしれない。きっと彼女の魂がジェーンを励まし、うまく言いくるめ、この場所について長年サムが語っていた話を思いださせたのだ。

〝あれがわたしにとって初めての単独ハイキングだった。頂上に着いたときは……それはもう、あなたも行ったらわかるわ。わたしがトレッキングガイドになろうと決めたきっかけになった。世の中にはもっと有名な山や壮大な景色もあるでしょうけど、オウル山こそわたしの山なの〟

自分はサムのこうした一面を、なんとなくしか理解していなかった。心ではなく頭でしか理解していなかった。でも今は……。

ジェーンは、わからせてくれたケイレブに感謝した。

彼が見せてくれた引用が心にこだまする。『赤毛のアン』は何度となく読んでいるのに、それでもアンというキャラクターについて理解していない面があったとは驚きだった。架空の人物ですらそうなら、現実の人間ではなおさらではないだろうか？自分の姉について、ほかにいったいどんなことを理解せずにいたのだろう？

あるいはケイレブについては？

ジェーンは昨夜ケイレブが話してくれたことや、今一緒にしていることについて思いをめぐらせた。母親が出ていき父親が自殺したあと、ケイレブが生きる道として選んだのがトレッキングガイドだった。

これが闇より光を選ぶための彼なりの方法だった。自然に身を捧げ、そしてほかの人が自然のすばらしさに気づくのを助ける。

頂上に近づいたころ、雨がやんだ。けれどもケイレブはうれしそうに見えなかった。

「霧が出てきているな」彼が言った。「あまり景色が見えないかもしれない」

ケイレブの言うとおりだった。やっとのことで頂上にたどり着いたときには、霧があまりに濃くて、まるで岩だらけの台地の上に閉じこめられているみたいだった。

ジェーンはあたりを見まわした。見た限り、山頂とはまったくわからない。ふたりが立っているところは、大岩や灌木《かんぼく》の茂みや育ちきっていない木などが点々とあるただの平坦《へいたん》な地でしかなく、そのうえ霧の牢《ろう》に取り囲まれていた。風が強く身を切るように冷たくて、そのせいか岩や点在するトウヒ属の木々がよりいっそう孤独で寂しそうに見えた。

「すまない」ケイレブは言った。「頑張ったごほうびに何か壮大なものが見られればと思っていたんだが」

ケイレブが大きな岩の横にバックパックをおろした一方、ジェーンはそのままおろさずにいた。彼が台地の風下へ歩いていったので、ジェーンもついていった。

ふたりでしばらくそこに立って、白い壁のように立ちこめる雲をただ眺めていたが、ようやくケイレブがジェーンのほうに向き直った。

「ここが一番の場所だな」彼は言った。「後ろからの風が必要だろうから」

ジェーンはなんの話かわからなかった。

「一番の場所って何に？」

ケイレブはジェーンが抱えている袋に向かって顎をしゃくった。「サムの遺灰を撒くのにさ」

ジェーンの体じゅうに、まるで氷水に飛びこんだかのような衝撃が走る。

「ああ、そんな」彼女は言葉を詰まらせた。

ケイレブは眉をひそめた。「もう少し歩いてみてもいいが――」

「いいえ、違うの。この場所でかまわない。ただ……」ジェーンは両手をポケットに滑りこませて、拳を握りしめた。「心の準備ができていないの。まだ、だめ」

ケイレブはジェーンを少しのあいだ見つめてからうなずいた。

「いいだろう」そして彼は時計に目をやった。「だが、一時間しかないぞ。暗くなる前に車まで戻らなきゃならない」

「わかってる」ジェーンは霧を見つめた。「少し時間が必要なだけだから」

「何か食べるか？　飲み物は？」

ジェーンは首を振った。「ううん、大丈夫」

ケイレブはジェーンの肩に手を置いた。「一緒にいてほしいか？　それともひとりになりたい？」

ケイレブがこうやって選択肢を与えてくれるのがうれしかった。そこでジェーンはふと気づく。彼はいつもこうして誰かに選択肢を与えるのだろう。孤独の必要性をわかっているから。

「ふたりきりになりたいかな。その……」ジェーンは言いよどんだ。「サムと」

変だと思われるだろうか？　気味が悪いと？

「わかった」ケイレブが言った。「必要なときのために、遠くには行かずにいるよ」

ジェーンは彼が立ち去るのを見守った。〝オーストラリアは遠いじゃない〟と思いながら。

そう思うと寂しくなり、危うく戻ってきてと彼を呼び止めそうになった。でもすぐに地面に袋を置いて、着ていた雨用ジャケットとダウンジャケットを交換すると、姉の遺灰を膝にのせて平らな岩に腰かけた。

もしサムがここにいたら、なんて言うだろう。

〝そんなもの、さっさと撒いちゃいなさいよ〟

顔に刺すような冷たい風を感じて、ジェーンはぎゅっと目をつむった。

〝できない。姉さんを手放すなんて無理よ〟

〝じゃあ、どうするつもり？　永遠にここにいるの？〟

〝それもありかも〟

〝ばかなこと言わないで、ジェーン。遺灰を撒いて、自分の人生を生きなさい〟

ジェーンは壺を袋に戻して、ファスナーを閉めた。

〝わたしを置いてくなんて最低〟

〝わかってる〟

〝寂しい〟

〝わかってるわ〟

あたり一面に風が吹き、霧が立ちこめた。膝の上の重みがどんどん増していき、ジェーンはこのまま山を突き抜けて、地球の奥深くまで沈みこんでしまうのではないかと思った。


ケイレブは四十五分待ってから、台地の外れまで戻った。

近づくと、ジェーンはあぐらをかいた膝のあいだに袋を抱きかかえて座っていた。その姿は小さく縮み、寂しそうに見えた。

ケイレブは彼女の肩に手を置いて、そっと握った。

「時間だ」

見あげたジェーンの顔に、幾筋もの涙の跡が見えた。

「いやよ」

ケイレブは顔をしかめた。「いやってどういう意味だ?」

ジェーンは手の甲で目をぬぐった。「サムは、一緒にハイキングに行こうといつも言ってくれていたのに、わたしはいやだと断ってばかりいた。もう遅いのはわかっているわ。でもここへのぼって、姉さんについて何かわかり始めている気がするの。これまで決して理解することのなかった何かを」ジェーンは自分のまわりを身振りで示した。「まだ姉さんを行かせるわけにはいかない。だめなの」そこまで言って、いったん言葉を切った。「今夜はここに泊まる」

ケイレブは彼女をじっと見つめた。「冗談だろう？　夜には氷点下になる。今すぐ下山しないとだめだ」

ジェーンが頑《かたく》なな表情で首を振る。これほどまでサムにそっくりな彼女を、ケイレブは見たことがなかった。

「テントは持ってこなかったの？　その巨大なバックパックには、コーヒーと絆創膏以外にも何か入っているはずよ」

ケイレブはジェーンの横にしゃがみこんだ。「悪天候での長距離ハイキングになりそうだったからキャンプ装備は持ってきたが、あくまで緊急用だ」

ジェーンの顔は寒さでやつれていたものの、表情は決然としていた。「そう。なら、これを緊急事態だと思って。わたしは帰らないんですもの」

ケイレブは彼女を下山させ、あたたかいモーテルの部屋に入れなければという思いにますます駆られた。

「ジェーン——」

「帰らないってば」

ケイレブはこの表情をよく知っていた。サムの顔に浮かんだそれを、何度となく見てきた。

ケイレブはジェーンをにらみつけた。「いずれ遺灰を撒かなければならないのはわかっているだろう。それとも、永遠にここにいるつもりか？」

ジェーンがうつむいた。「永遠にいたいわけじゃないわ」静かに言う。「今晩はここにいたいだけ」

ケイレブはいらだたしげにため息をついた。寒さで息が霧になる。

これからもっと寒くなるのに。

ここに座ってジェーンと口論することもできる。力ずくで山から引きずりおろせないか試してみたっていい。それか、バックパックのところまで戻って、キャンプの用意をするか。

ケイレブはぱっと立ちあがった。「今、信じられないほどきみにむかついているよ」

ジェーンは目に感謝をたたえて、ふたたびケイレブのほうを見あげた。「ありがとう、ケイレブ」

「礼は言われたくない。今にもきみをこの山から放り投げたいくらいだからな」

彼女が微笑んでもう一度言った。「ありがとう」

ケイレブはそれ以上何も言わず、ただ来た道を重い足取りで引き返した。永遠なる死後と向きあうジェーンとサムを残して。

ケイレブは、風雨を避けられそうなまずまずの場所を見つけ、テントを張った。ジェーンが戻ってくるころには、陣幕《じんまく》の後ろに〈ウィスパーライト〉社製のコンロも設置し終えていた。水はたっぷりあったので、使い古した鍋に二杯分を注ぎ入れ、沸騰《ふっとう》するのを待った。

ジェーンはしばらく彼を見てから、話しかけてきた。「ディナーは何かしら?」まるで何もかも許されることを願っているみたいな、機嫌を取るような言い方だった。

ケイレブは彼女をにらみつけた。「きみがぼくの言うことを聞いてくれていれば、ピザとか中華とかビッグマックだったかもしれないけどな。あいにくそうはいかないから、昨日バックパックに突っこんでおいたフリーズドライ食品で我慢するしかない。何を持ってきたかも把握していないくらいだ」そう言って、食品の入ったずた袋をジェーンに投げてよこした。「好きなのを選べ」

ケイレブがまだ丸まったままの寝袋のひとつに座っていたので、ジェーンももうひとつの寝袋に腰かけながら、ずた袋のなかを調べた。

「オートミールに、アップルソース、ラーメン。いまいち食欲をそそられないわね」

「おい、メニューに不満があるなら――」

ジェーンが微笑んだ。「これは何かのパスタみたいね。これならいいかも。待って……やっぱり、こっちにするわ」そう言って袋から手を抜いた。「チリ！」

ケイレブは手を差しだした。「こっちへよこせ」

沸騰した湯でもどされたチリが、青い炎の上でぐつぐつと泡立つ。ケイレブは十分待ってから、ブリキのカップふたつにそれを取り分けた。

スプーンとともにカップをひとつ、彼女に手渡した。「どうぞ召しあがれ《ボナ・ペティ》」

それはとてもおいしかった。トレッキング中の食事はいつもそうだ。空腹と運動と冷たい山の空気がそろえば、なんだってごちそうに思えるだろう。とはいえ、これはバックパッカーには高級なフリーズドライ食品ブランドで、スパイスの刺激が充分に効いているうえ、腹を満たす豆とタンパク質もしっかり入っている。

彼らはふたりしておかわりした。

「こんなにおいしいなんて」数分前に食べ終わったが、まだあたたかさの残るブリキのカップを両手で包みこんだまま、ジェーンが言った。

「そうだろう。いつだって、外で食べるほうがうまいんだ」

ケイレブは片づけを始めた。

「手伝いましょうか？」ジェーンが尋ねる。

彼は首を振った。「そこにいてくれればいい。ぼくの知らないサムの話を何か聞かせてくれ。きみたちの子どものころのこととか」

「たとえば？」

「きみがサムに嫉妬したときの話を聞きたい」

ジェーンは一瞬押し黙った。「どうしてそんな話が聞きたいの？」

「それもまた、きみのサムに対するひとつの感じ方だからさ。彼女と育ってきた一部だから」

「たしかにそうかもしれないわね」ジェーンはしばらく考えこんだ。「いいわ。わたしの十三歳の誕生日のとき、パーティーをする予定だったの。家族だけでね。というのも、その月にニューヨークからロサンゼルスへ引っ越したばかりだったから。だけど結局パーティーは開かれなかった。サムが大きな陸上競技会を勝ち抜いて、州の決勝戦がその日に当たってしまったから。みんなでそっちへ応援に行くことになったわ。三時間かけて。わたしたちは家でパーティーをする代わりに、帰り道でレストランに寄ってディナーをとった。両親は、サムが金メダルを取ったのとわたしが十三歳になったこと、合同のお祝いだと言っていたわ」

「なんだよ、それ」コンロやカップや調理器具は片づけられ、時刻は午後から夕方に移り変わっていた。「それはひどくむかついただろう」

ジェーンは両手を腰に巻きつけた。「今話すと、ずいぶんちっぽけなことに聞こえるわね」

「いや、そんなことはない。本当に腹の立つ姉さんと育ってきたみたいだな」

「別に腹立たしいと思っていたわけじゃないけど」

「いつだってサムが勝つんだろう?」

「ええ」

「ぼくの兄は、三年連続でロデオのコロラド州ジュニアチャンピオンになった。兄には心底腹が立ったよ」

ジェーンは思わず笑顔になった。「そうね、あなたの言うとおりかもしれない」

座り続けていられないほど、寒さが厳しくなってきた。ケイレブは先に立ちあがると、手を差し伸べてジェーンが立つのを手伝った。

「散歩しよう」彼が言い、ふたりは台地を歩き始めた。「サムがしてくれた一番いいことを聞かせてくれ」

これについては考える必要もなかった。「わたしをJ・K・ローリングに会わせるために、ロンドンまで連れていってくれたわ」

ケイレブはまじまじとジェーンを見つめた。「サムが？　ちっとも知らなかった」

「あなたたちが出会う前、姉さんが大学三年生のときのことだもの。そのイベントに参加するために姉さんは慈善寄付をしなきゃならなかったうえに、飛行機のチケットも買って、ホテルの部屋代も払ってくれたのよ」ジェーンがいったん間を置く。「でもお金だけが理由じゃないわ。わたしたちが出発する日、姉さんは大きな水泳大会に出場する予定だった。百メートルのバタフライで優勝すると言われていたのに」

それから一、二分ほどふたりは黙って歩いていたが、ふいに彼女が立ち止まった。

「暗くなってきたわね。さっきまでは気づかなかったけど。そうよ、間違いなく暗くなっているわ」

「ああ」ケイレブは答えた。「そういうものだからな」

ジェーンが彼のほうを見あげた。怯えた表情になっている。「下山するにはもう手遅れね。ここで足止めだわ」

ケイレブは彼女の手を取り、また歩きだした。「しばらく前からもう手遅れだったさ。でも、心配するな。ぼくがついている」

自分の言葉が彼女の励みになったかどうかはわからなかった。ただ、山頂を一周してキャンプ場所へと戻るあいだ、その言葉がケイレブの心にこだまし続けた。

〝ぼくがついている〟

それはトレッキング中に彼がよく使う台詞だった。誰かが障害物を乗り越えたり、急な斜面をのぼったり、流れの速い川を渡ったりするのを手伝うときに。でも、今回はいつもとどこか違う気がした。

もっと重く、大切な言葉に感じたのだ。

キャンプ場所まで戻ると、ケイレブは寝袋を広げてテントのなかに並べた。三人用のテントなので、たっぷりと余裕がある。

ケイレブがまた外に出ると、ジェーンがこちらに背を向けて、暗くなっていく台地を眺めているのが見えた。もうまもなく、何も見えなくなるだろう。

ケイレブは彼女の隣へ行った。ふたりであたりを見ながら待っているうちに、灰色だった世界が黒に変わっていった。そして、まったくの闇が訪れた。例外なのは、テントのなかにある懐中電灯のかすかな明かりだけだ。

ケイレブはジェーンの手を取った。「寝たほうがいい。朝まであたたかく過ごすにはそれが一番だ」

ジェーンが首を振るのを、彼は見るのではなく感じ取った。「このままここにいる」

さっきまでの怒りが戻ってくる。「だめだ、それはできない。風も強くなっているし、気温もさがってきている。来るんだ、ジェーン。テントのなかに入ろう」

「このままここにいる」彼女がもう一度言った。

ケイレブはいらだちがこみあげてくるのを感じた。「いったい、なんのために？

夜通し祈りでも捧げる気か？　それとも贖罪《しょくざい》か？　去年の十二月みたいに」

「違うわ！」

「じゃあ、なんだよ？　ここで何をしようっていうんだ？」

テントからの明かりはとても弱々しかったものの、ケイレブの目はすでにジェーンの体や顔の輪郭を見て取れるくらいに慣れていた。

「わからないわ」

「ジェーン――」

彼女は後ろへ一歩さがった。「とにかくひとりにして、いい？　わたしは大丈夫だから。ほうっておいて」

「暗いなかを歩きまわったりしたら――」

「それはしない。いずれにせよ、あなたにもらった小さな懐中電灯も持っているし」

「それでも夜に山頂を歩くのは安全じゃない。頼むから、ここで死ぬようなまねは絶対に――」

「わたしがそんなことをすると思っているの？　あなたのお父さんのことがあったのに？　わたしたちふたりとも、サムを失ったのに？」

ケイレブはごくりと唾をのみこんだ。「きみが故意にそんなことをするとは言っていない。ただ、もし崖の縁に近づきすぎたりしたら――」

「行かないわ。わたしを信用して。お願い、ケイレブ。歩きまわりもしないし、けがもしないから」

ケイレブの心に烈火のような怒りがわきあがった。あたたかい場所を用意したのに、ジェーンは拒んでいる。それなのに自分にできることは何もない。

「無理にしたがわせたっていいんだぞ」ケイレブは言った。「きみをテントまで引きずっていって、寝袋に詰めこむこともできるんだ」

「わかっているわ。でも、あなたはそんなことしない」

ふたりはしばらくその場に立ちつくし、暗闇のなか互いに見つめあった。ふたりのあいだの緊張は、静電気さながらにばちばちと音をたてていた。

ついにケイレブがため息をついた。「これまで生きてきて、きみほど意地っ張りな女性には会ったことがないよ――きみの姉さんも含めてね」そう言うと、自分のダウンジャケットを脱いでジェーンに手渡した。「せめてこれを着ろ」

「ジャケットならもう着ているわ」

「なら二枚重ねて着ておけ、まったく」

ジェーンはおとなしくジャケットを受け取った。「わかったわ」

ケイレブはジェーンに背を向けて、テントのなかに入った。長袖の肌着だけになって寝袋にもぐりこむと、体温がすぐさま空間をあたため始めた。

懐中電灯はつけたままにしておいた。ジェーンも持っているが、彼女がテントへ戻る気になったときに、すぐに場所を見つけられるようにしておきたかった。

それから彼は明かりを避けるようにテントの壁側を向いて横になり、なんとか眠りにつこうとした。

19

なんとか眠れたらしい。ケイレブがふたたび目を開けたとき、時間が経っているのがわかった。

ケイレブは手首を持ちあげて、腕時計を確認した。ちょうど零時をまわったところだった。

振り返って見てみると、ジェーンは隣にいなかった。そこでケイレブは寝袋から抜けだし、寒さに歯を食いしばりながらテントの入り口のファスナーを開けた。

空には無数の星が出ていた。

いつのまにか霧が晴れたようだ。空気が澄んで厳しい寒さのなか、星明かりで数メートル先にジェーンが佇《たたず》んでいるのが見えた。

テントのファスナーの音に、ジェーンが振り向いた。彼女はケイレブのジャケットを着ていた。荷物の上からでも羽織れるその大きなジャケットを着こんだジェーンは、まるで奇妙な形の岩みたいになっていた。

ジェーンがあまりにも微動だにしないので、彫像なのではないかと思うほどだった。ただ、目に映る星の光だけがきらきらと輝いていた。

「すごく寒いわ」しばらくしてから彼女が言った。

ケイレブのブーツはテントのすぐ外にあった。彼はそれを履くと、長袖の肌着姿で震えながらジェーンの横に立った。

「そうだな」がたがたと歯を鳴らしながら、ケイレブは言った。「たしかに、ちょっと肌寒い」

「ジャケットを返してほしい？」

「いや、大丈夫だ。すぐにテントへ戻るから。きみも一緒に行こう」

ジェーンはすぐには答えなかったが、やがて口を開いた。「ここにいれば、ひらめきみたいなものがあると思ったの。きっと……答えが降ってくるって……」

ジェーンが頭を傾けて星空を見あげたので、ケイレブは彼女の視線の方向を追った。天の川がくっきりと見えて、彼はその道筋にある星座をたどった。オリオン座、ペルセウス座、カシオペア座。

「なんの答えだ？」少ししてから、ケイレブはきき直した。「どういう問いなんだい？」

「なぜサムは死んだのか。今はどこにいるのか」

ケイレブは、ジェーンの背中にある変な形のこぶを見た。それはもう長いこと担いでいるサムの遺灰だった。

「あの空にサムはいない」

「わかってる」ジェーンは言い、そして目を閉じた。「もうやだ、寒すぎるわ」

「あたたかいテントに入ろう」

「答えがまだ見つからないの」

ケイレブはジェーンの手を取った。「きっと答えなんかないんだ。少なくとも、きみが探しているような答えは」

ジェーンは目を開けて空を見あげた。「とことん救いようのない言い方ね」

ケイレブは、ジェーンならいとも簡単にやってのけることを自分もできたらいいのにと願った——自分の考えや気持ちを言葉にできればいいのにと。とはいえ、試しにやってみるくらいはできる。

ケイレブは彼女の手を握りしめた。「星を見てごらん」

「もうずっと見ているわ。寂しい気持ちになる」

「暗闇にあれだけの光があるのに？　どうしてそれで寂しくなるんだ？」

「だって、星は何も言ってくれないから。答えがないなら、いったいなんだったらあるの？」

ケイレブの喉がぐっと締まる。「きみを愛する人がいる」

風がナイフのように冷たかった。きっとそのせいだろう、ジェーンが身を震わせた。

「ケイレブ――」

彼はジェーンに近寄り、キスをした。

寒さにかじかみ、感覚は麻痺しているはずだった。けれども唇が触れあった瞬間、ケイレブの体にばちっと焼けるような電気が走った。彼はジェーンに両腕をまわし、重ね着したダウンジャケットに埋もれた肩を探り当てた。

ジェーンは震えていた。それが寒さのせいなのか、ケイレブ自身と同じものを感じているせいなのかはわからない。だが、そのあとジェーンがもたれかかってくると、ケイレブの全身で熱い興奮が跳ね躍った。

今すぐ死んでもいい。ジェーンにキスされれば、ふたたび息を吹き返せるだろうから。

唇を離したあと、ケイレブは何も言わずにただジェーンの手を取ってテントへと引き返した。今度はジェーンもちゃんとついてきてくれた。

なかへ入る前に彼がブーツを脱ぎ捨てると、ジェーンも同じように脱ぎ捨てた。それからケイレブは彼女のジャケットを脱がせ、肩から荷物をおろすのを手伝った。

「服を全部脱いで」ケイレブは言いながら、ふたつの寝袋をつかんでファスナーでひとつにつなぎあわせた。

ジェーンは震えながら服を脱ぎ終えると、すでにできあがっていた倍幅の寝袋にもぐりこんだ。ケイレブも長袖の肌着を脱ぎ捨て、彼女の横に滑りこむ。

ケイレブはジェーンを腕のなかに引き寄せた。彼女の体は氷柱《つらら》のように凍りついていたが、彼と触れあったところから瞬く間にあたたかくなった。さらにケイレブが強く抱きしめ続けていると、硬直していた筋肉もほぐれていった。

「気持ちいい」ケイレブの胸元でジェーンがつぶやいた。前に同じ台詞を言われたときのことを思いだす。

ケイレブの体がこわばった。去年の十二月で終わっていたら、あの夜にジェーンを求めたほど強く何かを求めることはもう二度とないと誓って言えたかもしれない。しかし、この思いはより深くなり、激しさを増した。昨夜は両親のことを打ち明け、今日は一緒にハイキングをしたことで、ずっと前にジェーンに最初のひと押しをされてできた心の亀裂《きれつ》が広がってしまった。何年もかけて、ジェーンに何度も何度も押され続けたその亀裂が、今突如としてぱっくりと割れてしまったのだ。

まるでダムが決壊したかのようだった。そこへどっと流れこんできたのはジェーンだった。ジェーンだけがそこを埋められる。彼女を必要とし、求め、体の骨という骨が震えるほど飢えていた。

ケイレブは懐中電灯を消した。テント内が真っ暗になる。それでも彼には、自分の体以上にジェーンの体の輪郭や曲線がわかった。両手を沿わせ、彼女の肩、背中、腰とたどっていくうちに、このまま永遠に触れていたいという思いに駆られる。

ジェーンの引きつるような息遣いが荒くなる。そうさせているのが自分だと考えるとたまらなかった。ケイレブは片手をジェーンの太もものあいだに滑らせ、脚を開かせた。両脚のあいだの、ひどく熱く濡れた感触を指で確かめると、ケイレブはうめき声をあげた。

ジェーンはケイレブの手のひらに体を押し当てながら、彼の名前をつぶやいた。

「ケイレブ……」

自分の下で彼女が身悶《みもだ》えするまで、ケイレブは愛撫《あいぶ》しまさぐり続けた。やがて懇願《こんがん》の声――〝お願い、ケイレブ、お願い〟――が聞こえてきて、ようやく彼はジェーンの片方の太ももの下に手を滑らせ、自分の腰の上へ脚を担ぎあげた。そしてすぐ果ててしまわないよう、恐る恐るゆっくりと、彼女のなかへとわが身を押しこんだ。

ケイレブはジェーンの額に自分の額を預けた。一緒にそのときを迎えられるまで持ちこたえるのだという強い決心のもと、全身がこわばる。ジェーンの体から伝わる熱や鼓動の激しさに、身をくねらせてうめき声をあげ、背中に爪を食いこませてくる様子に、もうまもなくだと察知する。ケイレブは動き始め、突きあげるたびに彼女を揺さぶった。

もう抑えきれない。ふたりは一緒になって動いた。燃えるように激しく、飢えて獰《どう》猛《もう》に、野蛮なまでに求めあう。そして同時に絶頂に達すると、解放されたふたりはがくがくと体を震わせた。ケイレブはジェーンの上に倒れこみ、何度も何度も彼女の名前をつぶやいた。唇が、彼女の肌に当たって振動する。

寒さなど吹き飛んでしまっていた。ふたりのぬくもりで、この世界を丸ごとあたためられそうな気がした。ケイレブはジェーンを抱いたまま横向きに寝そべると、胸に心地よさそうに顔をうずめている彼女の髪を撫でた。

ふたりは互いの鼓動を感じながら眠りについた。


ジェーンはこのうえなく幸せな気分で目を覚ました。

ケイレブが彼女の全身を包みこんでいた。彼のにおい、肌、ぬくもり、力強さ。寝袋のなかでぴたりと寄り添い、これ以上ないほど近くにいるはずなのに、ふいにそれでも物足りなくなる。

ジェーンは彼の首に両腕をまわすと、鎖骨のすぐ下の素肌に自分の唇を押し当てた。それから脚を絡ませ、まるで猫のように擦りつけた。みなぎる興奮とともに目を覚ましたケイレブがかたくなるのを感じる。彼はジェーンの髪のなかに両手を滑りこませると、彼女をたぐり寄せてキスをした。ケイレブがなかへ入ってくる。その摩擦と満ちた熱く湿った官能的な唇、舌、歯。ケイレブがふたりの体を回転させた。彼女の耳に誰かのよがる声が響いてきて、はたとそれが自分のものだと気づく。でもそのあと、山頂にはふたりきりで、数キロ先まで誰もいないことを思いだし、ジェーンは自分を解き放って叫んだ。

ジェーンが上になるように、すぐさま興奮の極致《きょくち》へ達してしまいそうになる。

やがて背中をのけぞらせ、筋肉をぎゅっと引きしめた。ケイレブが絶頂のなかでうめき声をあげる。彼の体がジェーンのなかでどくどくと脈打った。

真っ暗闇のテントのなかにいると、この世に自分たちしか存在しない気がした。まるで冷たい世界で唯一熱を発する火花のように。ジェーンがケイレブの体からおりながら、頭を預けられそうなくぼみを探していると、彼は優しく背中を撫でつつジェーンの名前をつぶやいた。

ジェーンが次に目を覚ましたのは、夜明けのころだった。

動きたくなかった。このまま一生ケイレブの腕のなかにいたかった。たとえそれがどんなに長くても、短くても。

だがそこで、霧と雲がもう晴れていることを思いだす。ジェーンは昨夜、空が晴れ渡っていく様子を実際に見ていた。ベルベットのような暗闇に、星がひとつ、またひとつと現れては、彼女に向かってまたたいていた。

そして今、太陽がのぼり始めていた。外に出て、景色を眺めずにはいられない。ジェーンは、ケイレブを起こさないように慎重に寝袋から抜けだした。ズボンとシャツとジャケットを身につけてから、テントのファスナーを開けて靴をつかむ。

一分後、彼女は外に立ちつくしていた。世界のすべてが足元にある。

こんなにもはるか遠くまで見えるとは思ってもいなかった。まるでコマドリの卵の内側のように透きとおった空の下、あらゆる色合いの茶色や緑色に染まった山々が、どこまでも永遠に続いているように見えた。東の方角からは、太陽が色とりどりの光をたたえてのぼってくる——コーラルピンクにバラ色、タンジェリンオレンジに桃色、ライラック色にスミレ色。

「これが朝というものさ」

振り向くと、ケイレブが横に立っていた。顎の無精ひげに陽光が当たり、目は苔と琥珀《こはく》のような色をしていた。

「神さまがパフスリーブをつけているみたい」

ケイレブは眉をつりあげた。「つまり?」

「あれを見て」ジェーンは日の出を指さした。「実用的でない装飾の話よ。つまり、あの色はどれも余計でしかないでしょう。美しいという以外になんの役に立つの？」

ケイレブは片手をジェーンの髪に滑りこませ、ゆっくりと梳《と》かした。

「オーケー、納得だよ。すべてのものが実用的である必要はないな」

ふたりはもうしばらくそこに立ったまま、太陽がゆっくりと壮大に地平線の上にのぼっていくのを見守った。それからケイレブが言った。

「サムにお別れを言う覚悟はできたかい？」

ジェーンは深呼吸をした。「ええ」

ふたりは昨日の場所まで遺灰の壺を運んだ。風はさほど強くなくなっていたものの、それでもちゃんと背中側から吹いていた。世界の果てに立ったとき、ジェーンにはふたりにささやきかけるサムの声が聞こえるような気がした。

〝やっとね〟

これこそサムの望んでいたことだとわかってはいても、やっぱり簡単にはできない。

ジェーンは壺の蓋に手をかけたが、それを持ちあげることができなかった。

〝大丈夫よ、ジェーン。あなたならできる〟

そのとき、ケイレブの手が彼女の手に覆いかぶさってきた。「手伝わせてくれないか？」

目に涙をあふれさせながら、ジェーンはうなずいた。ふたり一緒に壺の蓋を外すと、それを地面に置いた。それから壺を傾けて、遺灰を空中に撒いた。

目で追う間もなく、細塵《さいじん》は風にのって散った。そして消えてなくなった。

「さよなら、サム」ジェーンはつぶやいた。

〝気をつけてね、ジェーン。愛してるわ〟

ケイレブが肩を抱きしめてくれたので、ジェーンは彼に寄りかかった。彼の力強さは、まるで荒海のなかの錨《いかり》のようだった。ふたりは長いあいだその場に佇んでいた。

しばらくしてから、ジェーンは姿勢を正して深呼吸をした。

「さてと」彼女は言った。「そろそろ山をおりる時間じゃないかしら」

テントへ戻る途中、ジェーンはサムの声を聞かなかった。でもなぜだか、姉がこれまで以上にそばにいるのがわかった。

帰路につく前に、ケイレブがオートミールとホットココアの朝食を用意してくれた。そのあと、ジェーンは彼が荷物をまとめるのを手伝った。

もともと遺灰はたいして重くなかったはずなのに、ジェーンが袋を担いでみると、そのなかの壺が羽根のように軽く感じられた。

「もっとわたしに荷物を持たせて」ケイレブが大きなバックパックを肩に持ちあげるのを見ながら、ジェーンは言った。「役割分担として不公平だわ」

ケイレブはジェーンに笑顔を向けた。「ぼくのことは心配しなくていいよ、初心者さん。これから長いハイキングが待っているぞ」

ジェーンも長い道のりだろうと予想していたものの、実際は思っていたよりも楽に感じた。のぼるよりおりるほうがはるかにストレスが少なかった。なんといっても天気が最高だったし、険しい道ではトレッキング・ポールが衝撃を吸収してくれた。ふたりは前日にコーヒーを飲んだ差し掛け小屋に立ち寄った。プロテインバーにかぶりつきながら、ジェーンはまるで幼い子どものように両足をぶらんぶらんと揺らしていた。

「ジェーン」

「何？」

ケイレブは下山のあいだじゅう考えごとをしていて、気もそぞろだった。何度かジェーンが声をかけたときも、一度呼んだだけでは気づいてもらえなかった。今、ジェーンが振り向くと彼は真剣な表情をしていた。

そのまましばらく時間が過ぎた。

「どうしたのよ？」好奇心が高まったジェーンは尋ねた。

「ぼくと一緒にオーストラリアへ来てほしい」

ジェーンはまじまじと彼を見つめた。いったい何を言っているのだろうか？

「それって……遊びに来てほしいってこと？　いつあっちへ戻るの？」

ケイレブは首を振った。「ぼくがあっちにいるあいだ、ずっとという意味だ。ぼくと一緒に暮らしてほしいんだ、ジェーン」

あまりに驚きすぎて、ジェーンは言葉を失った。

「でも……」ジェーンは意味の通った文章を作るのに苦労した。「でも、クリスマスすら一緒に過ごそうとしなかったじゃない」

今、とりたてて重要なポイントでもなかったが、とっさに思い浮かんだのがそのことだった。

「ああ。あれ以来ずっと後悔している」ケイレブは手を伸ばして、ジェーンの手を取った。「きっと、きみもオーストラリアを気に入ると思う。きれいなところだよ」

この四十八時間にふたりで共有したものから、ジェーンは自分のケイレブに対する気持ちが友情や肉体的興味だけではない、もっと深いものであることを知った。そこには、ほかの何かがあった。予想もしていなかった何かが。彼を見ると心がとろけてしまう何かが。そしてそれは、彼に性的にひどく興奮させられることだけが理由ではない。

それなのに、ケイレブにオーストラリアへ誘われて、なぜもっとうれしくないのだろう？

ジェーンは唇を噛んだ。「誘ってくれてすごくうれしい。本当よ。でも……よくよく考えた？」

ケイレブがわずかに顔をしかめた。「どういう意味だ？」

彼に手を握られじっと見つめられると、抗いようがなかった。愛していると言ってくれたわけでも、結婚を申しこんでくれたわけでも、いつまでも一緒にいたいと告げてくれたわけでもないけれど、これはかなり大きな一歩だ。

だったら、なぜ違和感を覚えるのだろう？

「あなたはわたしに……」ジェーンはあたかもオーストラリアがその先にあると言わんばかりに、尾根のほうを指さした。「ただ荷物をまとめて、地球の裏側まで来てくれというの？」

ケイレブは眉をつりあげた。「オーストラリアにも店はある。そんなにいろいろ持っていく必要はない。旅は身軽が一番だ」

「あなたはそうでしょうね」ジェーンはひと呼吸置いた。「でも、わたしは身軽に旅なんてできない。たとえば、わたしには自分の書店がある。それを持ってどう旅したらいいの？」

「きみが留守のあいだ切り盛りしてくれる人を雇えばいい。きみの拠点は変わらずニューヨークでかまわない」

どう説明すればいいのだろう？　書店は単に生計を立てるためにやっているわけではなく、そういう生き方が好きなのだと？　そのことを彼が考慮してくれているようには見えないと？

「わたしにはないと困る本が少なくとも百冊はあるの。百冊分の本がどれほど重いか知っている？」

「電子書籍版を買って、携帯電話で読めばいい」

「サイン入りの本や稀少な版もあるし、わたしが初めて夢中になったような、子どものころから持っている本もある。そういう本を読むというのは、触れて感じる体験なの。電子書籍ではそうはいかないわ」

ケイレブはため息をついた。「わかったよ。だったら船便ででも送ればいい」彼の視線がジェーンの体を滑りおりた。ぶ厚い重ね着をしていても、まるで彼に素肌を触れられたみたいにぞくぞくする。「裸でも本を読むならね」

ジェーンは思わず笑みをこぼした。「あなたが登山に出ているあいだ、わたしは何をすればいいの？　裸で本を読む以外に」

ケイレブのはしばみ色の瞳がきらりと光る。「きみも一緒に行くんだ」

その答えは予想もしていなかった。

「なるほど」ジェーンはゆっくりと言った。「あなたとトレッキングして、ハイキングして、急流くだりをして、登山するわけね」

「この山も頂上までのぼったじゃないか、ジェーン。きみには素質がある」

「たしかに、今までで一番驚くような経験だったわ。でも――」

ケイレブの顔が明るく輝いた。「今回のはただの手始めにすぎない。ぼくたちは一緒に世界をめぐるんだ。想像もできないようなところへ行こう」

「でも、それはわたしの望む生き方じゃない」

沈黙。

しばらくしてケイレブが言った。「どういう意味だ?」

ジェーンはため息をついた。「あなたは『赤毛のアン』を気に入った。そうよね? でもだからといって、急に児童図書館の司書になりたいとは思わないでしょう。あなたとのハイキングはとても楽しかったわ、ケイレブ――だけどそれは、そういう生き方をしたいと思うのとは違う」

ケイレブの目に、信じられないという驚きが浮かぶのが見えた。「だが今朝のきみは、初めて目にするほど幸せそうだった」

「たしかにあんなに幸せだったことはないと思う。人生で初めて山にのぼって、見えた景色はまるで天国か何かみたいだった。サムと前より距離が縮まった気がしたし、さよならも言えた。それからあなたと……」思いだしながら、ジェーンの体がまたうずいた。「それからあなたと愛しあった。そう、だからうれしかった。でもだからといって、あなたのハイキングのパートナーになりたいとは思わない。わたしはサムの後任にはなれないわ」

ケイレブの眉根にしわが寄る。「きみにそんなことを期待するつもりはない。ぼくが望んでいるのは、そんなことじゃない」

「じゃあ何を望んでいるの？」

「きみと一緒にいることさ」ケイレブはいらだっているようだった。「きみもそうしたいと思わないか？　旅には一緒に行かなくてもいい——少なくとも全部についてくる必要はない。初めのうちはね。ちゃんと住むところを持とう」

「住むところ、ね」ジェーンはゆっくりと繰り返した。「そこでわたしは何をしていればいいの？」

「したいことをなんでも」

「書店を開いてもいい？」

ケイレブは顔をしかめた。「それは現実的じゃないだろう」

「どうして？」

「そこまで長く、オーストラリアにはいないだろうから」ケイレブは弁解するような口調で言った。

「じゃあ、いつまで？」

「そうだな……七月までは旅の予定が入っている」

「そのあとは？」

まるで全世界を覆うかのように、ケイレブは手で大きな弧を描いた。「きみの望むところへ行こう。どこだっていい。ヨーロッパでも、アジアでも、南米でも」

それについて、ジェーンは考えた。「それって、あなたの行きたいところでしょう」

「違う。きみが選んでくれていい。もちろん仕事があって行くこともあるだろうが、たいていはぼくが行きたい旅を計画すれば、みんながそれに代金を払ってついてきてくれる」ケイレブは言葉を切った。「今度は、ぼくたちの行きたいところを計画しよう」

ジェーンのなかに心引かれている自分がいた。でも――。

「絶対に旅なんてしたくないと言っているわけじゃないの。旅はしたい。でもね、ケイレブ……ニューヨークでのわたしの生活は、ただの初期設定じゃないわ。わたしが自分のために築きあげた生活なの。わたしという人間の一部なの」

ケイレブは相手の言っていることが信じられないとばかりに彼女を見つめた。「そんなふうに都会の一箇所で暮らすなんて――」彼が首を振る。「きみの人生はもっともっと大きく広げられるはずだ、ジェーン。きみ自身ももっと大きくなれる」

その言葉に、冷めた感情が一気に押し寄せる。ジェーンが心引かれていたのはケイレブ自身であって、彼が言ったような生活ではない。彼への気持ちはとても強く、それゆえにイエスと言うことは別に難しくなかったはずだ。すべてを捨てて彼についていくことも、どこまでだって追いかけることも厭《いと》わなかったはずだ。それで彼のそばにいられるのなら。

けれども、もしケイレブが彼女の生活をちっぽけだと思っているなら――そんな生活をしている彼女自身をちっぽけだと思っているなら、彼はジェーンを軽んじているということだ。ケイレブが言っていた生活は、彼だけの価値観に基づくもの。彼はそこにジェーンを加えたいのであって、自分の生活を変えるつもりはいっさいないのだ。

ジェーンはいきなり立ちあがった。「行きましょう。ここからならあと四十五分くらいで着くわよね?」

「ジェーン――」

彼女はトレッキング・ポールを手に取った。「今はこれ以上話したくないわ」

20

残りの山道をくだっているあいだ、ケイレブの不満は募るばかりだった。

去年の十二月、ジェーンは言っていた。女性がケイレブに対してつい犯してしまう過ちがある。それは、自分は特別だと、ほかの女とは違うのだと思ってしまうこと。彼とベッドをともにすると、みんな将来のことを考えだしてしまうのだと。

そう、ジェーンは特別だ。ほかの誰とも違う。だから彼女との将来を望んでいるのだ。

自分との将来を望んでいないのは、ジェーンのほうじゃないか。

ケイレブは理解できなかった。たしかにあの十二月のすばらしい夜の出来事は、一度きりのことだったかもしれない。共通する悲しみと、長いあいだ抑圧してきた相手への想いによって情熱が燃えあがったのだ。だが、昨夜は?

彼とジェーンのあいだにあるのは、決して一時的なものではない。ジェーンもそのことに気づいているはずじゃないのか?

だが、もしわかっているなら、なぜ彼女は受け入れてくれなかったのだろう？

車までたどり着くと、ケイレブはトランクにバックパックをしまってから運転席に乗りこんだ。ジェーンも助手席に腰を落ち着けた。彼女の深いため息からは、車の快適さをかつてないほど享受《きょうじゅ》しているのが伝わってくる。

ケイレブはエンジンをかけると、駐車場から車を出した。

「ぼくにとっては、これが初めてなんだぞ」突然、ケイレブは言った。

ジェーンが彼のほうを見た。「何が？」

「女性に旅についてきてくれと頼んだことだ」

ジェーンがすぐに答えなかったので、ケイレブには、今言ったことを思い返して、自分でも感じたように彼女にも横柄《おうへい》に聞こえてしまったのではないかとか、あれこれと考える時間ができてしまった。

「わたしもあなたに初めてすることがあるわ」しばらくしてジェーンが言った。

「なんだ？」

「わたしのところへ引っ越してきて。ブルックリンで一緒に住んで」そこでジェーンは間を置いた。「こんなこと、男の人に頼むのは初めてよ」

彼女は本気なのだろうか？

「無理なのはわかっているだろう」

「どうして？」

「そんなのは現実的じゃない。ぼくの仕事では無理だ」

彼もジェーンに仕事の仕方を変えてくれと頼んだ。でも、それとこれとは違う。違うよな？

「旅の合間にわたしのところに泊まればいいわ。わたしがあなたの拠点になる」

ケイレブは目の前の道路に向かって顔をしかめた。「トレッキングしているところで暮らすほうがいい。今オーストラリアでやっているみたいに。そのほうが理にかなっているだろう。それに、都合のいいときに会うだけの関係など望んでいない。きみに一緒にいてほしいんだよ。ちくしょう。こんな話、まじめにする気か？」

「ずっとそのつもりだけど」ジェーンのごもっともな言い分に、ケイレブは恥ずかしくなった。

「すまない」ぶっきらぼうに彼は言った。「そんな……」

「ひどい言い方をするつもりはなかったのに？」

「ああ」

「別にいいわ」

〝それもこれも、きみがほしいからだ。きみなしでは旅をしたくないから。きみを愛しているから〟

もしそう伝えられれば、あとはすべて丸くおさまるのかもしれない。とはいえ、ジェーンは彼の気持ちをわかっているはずだ。昨夜、そのようなことをすでに伝えてあるのだから。

〝答えがないなら、いったいなんだったらあるの？〟

〝きみを愛する人がいる〟

ケイレブ自身のことを言っていたのだと、ジェーンはわかっているはずじゃないのか？

もちろん、今ちゃんと伝えることで、疑念をぬぐい去ることもできる。

〝**愛している、ジェーン**〟と伝えることで。

だが、今日はもうすでに一度拒まれている。愛していると伝えても、また拒絶されてしまうのではないか？

ケイレブは両手でハンドルをきつく握りしめた。そしてモーテルまでの残りの道を、黙って車を走らせた。

ケイレブは駐車場に入り、エンジンを切った。それからできる限り実務的な態度に切り替える。

「ぼくがチェックアウトしているあいだに、シャワーを浴びたいか？」

ジェーンはうれしそうにうなずいた。「ぜひとも浴びたいわ。たとえ水圧ゼロのシャワーでも」

「わかった。じゃあ、十五分後にまたここに集合してくれ」

旅の最終ステージはさっきの行程が終わったときと同じく、沈黙のなか始まった。

一時間後、ケイレブはこれ以上耐えきれなくなった。

「それで、本当にプリンスエドワード島に行くんだな」

ジェーンは驚いたように彼のほうを見た。

「あたりまえじゃない。だって……ずっとそういう計画だったでしょう?」

「まあね」ケイレブは道路から目をそらさなかった。「ゆうべのことがあって、計画が変わったかもしれないと思ったんだが、明らかに間違いだったようだな。きみはまだあの男に会いに行きたいわけだ」

「それは……」ジェーンは首を振った。「そういうことじゃないわ。そうじゃないってわかっているでしょう。これはデートじゃない、ケイレブ。ダンが手紙を書いたのはサムよ」

ケイレブは、自分が本当の痛みの原因とは違うところを気にしているとわかっていながら、止められそうになかった。「きみはあいつを理想の男だと言った。覚えていないのか? 初めてあいつに会った日だ」

ジェーンはケイレブをじっと見つめた。「信じられない。あれからいろいろあったというのに、わたしがダンに恋愛感情を抱いていると思うの？」

「抱いてないのか？」

「ないわよ！　もはや彼は、この旅行の目的ですらないんだから。これはサムのため、わたし自身が犯した過ちのためなの」

「だが、ゆうべのことは――」

「そのふたつはまったく関係ないわ。決して来るはずのない女性を待って、ダンをひとり橋で待ちぼうけにさせるわけにはいかないだけよ」

ケイレブは口を引き結んだ。「おいおい。やつは来ないって、ジェーン」

「どうしてそう言いきれるの？　あなたはそこまで疑《うたぐ》り深い人なの？」

ケイレブは一瞬だけ彼女のほうを見た。「ああ、そうかもしれないな」

またも沈黙に包まれた。左右には、カナダの森が見渡す限り広がっている。

今度はジェーンが沈黙を破った。

「わたしの案についてもっと話す？」

「なんの案だ？」

「あなたがわたしのところへ移り住むって話よ。旅の拠点をブルックリンにするってこと」

心のどこかでは、彼女が妥協案を示してくれているのだとわかっているものの、ケイレブは拒絶されているように感じてしまった。

「遠距離恋愛ってやつか？」

ジェーンはうなずいた。「なんの関係もないよりはましでしょう？」

ケイレブはおなじみのいらだちにさいなまれた。ジェーンのように考えや気持ちを言葉にできないいらだちに。

「それはぼくの望みとは違う」

「何が望みなの？」

「だから、きみにぼくと一緒にいてほしいんだよ」

まずい。怒ったような言い方になってしまった。だが、それこそケイレブの望んでいることなのだ。

ジェーンが何も言わなくなったので、ふたりのあいだにはまたも長い沈黙が続いた。

「前からわかっていたはずでしょうって、きみは思っているんだろうな」しばらくしてから、ケイレブはぼそぼそとつぶやいた。

「え？」

「正反対の者同士は惹かれあうかもしれないが、うまくいかない。長くは続かないんだ。お互いに傷つけあうだけだ」

ジェーンはしばらく黙っていた。

「ご両親のことを言っているのね」質問ではなかった。

「ああ、そうかもな」

「わたしの両親は？」

「え？」

「彼らも正反対の者同士よ。でも結婚して三十五年、うまくやっているわ」

ケイレブは顎に力が入るのを感じた。「ブルックリンでは暮らせない」

「もちろん暮らせるわ。あなたは、ただそうしたくないだけ」

ケイレブの怒りが噴出する。

「だったら、きみだって同じだろう？　きみもオーストラリアに来て、ぼくと一緒にいることはできるはずなのに、ただそうしたくないだけだ」

少しして、ジェーンは肩をすくめた。「これじゃ平行線ね」

「そうみたいだな」

当然の結論だったものの、ケイレブは後悔と喪失の痛みでいっぱいになった。

そこで彼はカントリーミュージックをかけた。心が傷ついた人を癒すには、昔からこの選曲で決まりだ。

「唯一とことん苦手な音楽だわ」ジェーンが不満げにぼやいた。

「そいつはお気の毒に」ケイレブは言った。「我慢してもらうしかないジェーンは横目でちらりとケイレブを見た。「それか、妥協点を探す話しあいをしても いいけど」

ケイレブは首を振った。

「平行線だと言ったのはきみだ。ともかく、話しても埒《らち》があかない。もうやめよう」

ケイレブは言葉を切った。「話題を変えたほうがいいな。アンとギルバートには子どもが何人できたんだ?」

それから残りの旅路では、ふたりは言い争う必要のない話題に終始した。ジェーンは長く続くカナダ大陸横断高速道路《トランス・カナダ・ハイウェイ》を走るあいだに眠ってしまい、プリンスエドワード島へ渡る橋の上まで来てようやく目を覚ました。

「今どこ? 着いたの?」目をこすり、あくびを嚙み殺しながら、ジェーンはきいた。

あくびをする彼女が愛らしくて、ケイレブは胸がちくりと痛んだ。正直なところ、彼女のするすべてが愛らしかった。

「もうすぐだよ」彼は言った。「ここはコンフェデレーション・ブリッジだ。これを渡ればもう島に入る。キャベンディッシュにはあと三十分で着く」

ジェーンは腕時計を確認し、うれしそうに言った。「日没の四十分前には着くわね」

「ああ」

自分の声が辛辣に響いてしまい、ケイレブの心が揺らいだ。自分の望んでいることを望んでくれないからと、このままジェーンを懲《こ》らしめ続けることもできる。それとも、今一度冷静になって男らしく振る舞うか。

島に着き、北へと車を走らせ始める。起伏する農地や、きらめく池や、木の茂った小高い丘などを通り抜けていると、容易に楽しい気持ちになった。

ジェーンは窓を開けて、田園地方の風景を眺めた。

「信じられない。ああ、ケイレブ、とってもきれい」

まさにそのとおりだった。草原はたくさんの野の花に覆われ、花木は満開に咲き乱れ、濃い青空は何もかもをより明るく見せていた。

「道路も赤いわ」ジェーンは言った。「小説のとおりね。アンとマシューがそれについて話していたのを覚えてる?」

彼は覚えていた。L・M・モンゴメリは小説のなかで解説していなかったが、ケイレブのなかの博物学者の一面が好奇心をそそられ、グーグルで検索していたのだ。

「あの色は、土のなかの酸化鉄によるものなんだ」ケイレブは言ったが、ジェーンが聞いているかはわからなかった。彼女は窓の外をじっと見つめていて、その目は観察に大忙しだった。

ふたりの背後に太陽が沈んでいくにつれ、通り過ぎる景色が金色に染まっていった。

そのまろやかな光は、まるで草木の葉の一枚一枚を、小枝の一本一本を照らしだしているように見えた。

キャベンディッシュに入ると、ケイレブは携帯電話から聞こえる方向指示に注意を向けた。ナビはいたって単純で、町には主要な大通りが一本あるだけだった。ふたりはまもなく右へ曲がり、国立公園へ続く細い道に入った。海と赤土の断崖が左手に、草原や木々のあいだを抜ける草茂る小道が右手に現れる。そして進行方向に、青いものがちらりと見えてきた。

「〈輝く湖水〉だわ」ジェーンが息を吸いこんだ。

駐車場には数台の車が止まっていたが、観光シーズンは六月にならないと始まらないので、混んでいるというほどではなかった。ケイレブは小道近くに車を止めると、エンジンを切った。

ケイレブが視線を向けるとジェーンは微笑んでいて、その顔は期待に満ちあふれていた。ケイレブはかつてないほど彼女を遠くに感じ、いつも以上に気持ちを伝えることなど不可能に感じられた。

島は美しかった。想像以上の美しさだった。ジェーンの言ったとおり、まさしくオーディオブックで聞いた小説そのものだ。そこには魔法のような魅力があった。とりわけジェーンには。ケイレブはただ、彼女とそれを分かちあいたかった。

もし違う理由でここに来ていたらと、彼は後悔した。角縁めがねのためではなく、自分たちのために来ていたら。

もし自分たちのためにここへ来ていたら、ふたりで赤い砂浜をそぞろ歩いたり、海に入ったり、気の向くままキスをしたりできただろう。庭園に囲まれ、玄関ポーチには揺り椅子が、寝室には暖炉がある、白い下見板張りの宿に泊まることもできただろう。そしてひと晩じゅう、愛を育むことができたはずだ。

だが現実にジェーンが顔を輝かせているのは、車からおりて〈輝く湖水〉をもうすぐ見に行けるからだ。

「こんなに興奮していたらだめよね」ジェーンは言った。「だって、結局のところ悪い知らせを伝えに行くんだもの。でも長年アンを愛してきて、ようやくここに来られたことが信じられなくて、ここを歩けるのが楽しみで仕方ないの」腕時計にちらりと目をやる。「日没まであと三十分ね。ダンはもう約束の場所に来ているかもしれない。今すぐ出かけるわ」

「あいつは来ないよ」

ケイレブを見るジェーンの表情から喜びがいくらか消え去った。

罪悪感に襲われる。〝ごめん〟と言いたかった。それなのに言葉が出てこない。

ジェーンが口を開いたが、その声はこわばっていた。「あなたも一緒に来たい？

賭けの行方を見守るために」

いったいなんの話か思いだすまでに、少し時間がかかった。まったく、賭けのことなんてすっかり忘れていた。

「いや、いい」ケイレブは言った。「きみを信じるよ」そこでいったん口をつぐんだが、それからなんとかふたたび言った。「ぼくはここで待っている。幸運を祈るよ、ジェーン」

「ありがとう」ジェーンは中途半端な笑みを見せると、車をおりて草の茂った小道に入り夕日に向かって歩いていった。

ケイレブはジェーンが去っていくのを見守った。モーテルへ戻ったとき、彼女はジーンズと、自分の目の色と同じダークブルーの長袖のコットンシャツに着替えていた。歩くたびに長い茶色の三つ編みが揺れる。彼女は泥だらけのスニーカーの代わりにサンダルを履いていて、ふとケイレブは昨日のハイキングのせいで足が痛むのではないかと心配になった。

もしそうだとしても、ジェーンはそんな素振りは見せないだろう。見た目以上に彼女は強いのだ。

そうはいっても、もし角縁めがねが待ちあわせに現れなかったら、さすがのジェーンも落胆してしまうだろう。

ひょっとすると、彼女と一緒に行かなかったのは間違いかもしれない。暗くなるまで付き添えばよかった。そうすれば、自分がある種の恋愛ヒーローとして作りあげた男が、ただのろくでなしだったとジェーンがようやく知るときに、そばにいてやれただろうに。

そうしたらきっと、そこからケイレブが夢見たような旅行ができたかもしれない。何もかもから離れて、一緒に過ごす数日間。それぞれの道へ進む前に、さよならを言うために。

あるいは、そこでジェーンを説得できて、結局は一緒に来てくれることになるかもしれない。

ケイレブは車からおりると、彼女を追いかけた。

小道はトウヒ属の木立や小さな湿草地を抜け、風に揺れる草や、花咲く低木などのあいだをくねくねと通っていた。そしてあるカーブを曲がると、まるでダイヤモンドに覆われているかのごとく、沈む夕日にきらきらときらめく〈輝く湖水〉がはっきりと視界に現れた。

太陽が視線と同じ高さに来ていたので、ケイレブは片手で両目を覆った。ジェーンは道の五十メートルほど先にいて、小さな木の橋に向かっていた。そこに……。

ケイレブは立ち止まった。

橋の上に、こちらに背を向けたひとりの男が立っていた。手すりに身を乗りだし、湖面を漂うガチョウやアヒルを眺めている。ここからではわかりにくいが——。

その男が振り返ってジェーンを見た。

ジェーンは歩みを速めた。男のもとへ着くころには、ほとんど走っているような状態だった。男は彼女を迎えようと前へ進みでながら、両手を差しだした。それからふたりは、長らく音信不通だった兄妹かのように抱きあった。

あるいは恋人同士かのように。

工具で心臓を締めあげられているようだった。これこそケイレブが恐れていたことだった——ジェーンの妄想がどういうわけか現実になり、彼女を奪い去られてしまう。ジェーンが望んでいることを、自分はとうてい叶えてやれないのではないか。だからといって自分がしてやれることなど、あまり意味がないのではないか、ずっとそう思っていた。

自分は人に対してひねくれていて、おとぎ話にはまったく興味がない。望んでいるものといえば、現実の生活、自然の世界、そしてジェーンがそばにいてくれることだけ。だが彼女は物語の世界に、夢の世界に生きている。たとえ仕事が世界をまわらず彼女から離れずにすむものだったとしても、こんな自分では彼女の望むヒーローには決してなれない。

ダンもまたなれないと、ケイレブは思っていた。あの男が惚れたのは、姉のサムなのだから。だが、〈輝く湖水〉で一緒にいるふたりを見ているうちに、ケイレブはジェーンの店で彼らが本をきっかけに意気投合した日のことを思いだした。

ジェーンは、ダンを腹心の友だと思っているのだ。一方で彼女とケイレブはこの旅行で数々のことを分かちあった。それにもかかわらず、ジェーンがケイレブを腹心の友と思うことは決してないだろう。

ケイレブはそれ以上見ていられなかった。自分は痛みに強いほうだと常々思っていたが、どうやら違ったようだ。というのも、ジェーンがいつか誰かと結ばれるにしても、その相手は自分ではなく、そのときに実際に味わうであろう気持ちをすでに今感じてしまっていたからだ。

まるで地獄のような痛みだった。今まで感じたことのない痛み。

こんな痛みはもうごめんだ。

ケイレブは向き直り、来た道を引き返した。車まで戻ると、携帯電話を取りだして電話をかけ始めた。

21

ジェーンは、サマンサの身に起こったことをダンに話した。それから彼女自身がしたことも話した——サムの体に自分の人格を合わせた架空の女性を作りあげたことを。ダンは優しくて理解があり、サムが亡くなったと聞いて本当に気の毒に思ってくれているようだった。ただ、夢に見た女性が死んだだけではなく、そもそも本当は存在しなかったと知らされたばかりの人にはどうも見えなかった。

「きいてもいいかしら？」ジェーンは思いきって尋ねた。

ふたりは移動して、湖と夕日の景色が見える、橋からほど近い木のベンチに座っていた。

「もちろんだよ」ダンはジェーンのほうを向いて言った。

彼は記憶に違《たが》わず、たしかに魅力的でハンサムだった。とはいえ、どうして彼に惹かれているなどと思えたのだろう？　ケイレブに比べて、ダンは淡い影みたいだ。ダンは知的で、快活で、容姿も端麗で……でも、ジェーンを芯まで震わせたのはケイレブだった。

もちろん、ダンもジェーンに惹かれてなどいなかった。彼が恋したのはサムだ。

そうでしょう?

「ちょっと不思議に思っているの。あなたの手紙を読んだあと、わたしはあなたが本気でサムに恋しているんだと思った。でも今は……」ジェーンは語尾をのみこんだ。

ダンが答えるまで少し時間がかかった。彼は湖を見渡してから、ジェーンに視線を戻した。

「あの手紙に書いた内容は間違いなくぼくの本心だった。あのときだけではなく、あれから数カ月ずっと。ただ、ぼくの人生にはほかのことも同時に起こっていた。きみには言っていなかったことが」彼はいったん口をつぐんだ。「去年の夏に妻と離婚していたんだ。妻は、ぼくがきみと出会うちょうど三カ月前に家から出ていった。今思えば、ぼくはそれを乗り越えようと明らかにもがいていて、サマンサへ思いを寄せたのもそのことが大きく関係していたのだろう。だが渦中にいると、自分の感情は見えにくいものだね」

「すごくわかるわ」ジェーンは顔をしかめて言った。

ダンがためらいがちに続ける。「きみに白状すべきことがある。あのとき自分で気づくべきだったし、大きな声では言えないが……」

「何？」

彼は恥ずかしそうな顔をした。「実は……その……きみのお姉さんが妻にとてもよく似ていたんだ」

ジェーンはダンをまじまじと見つめた。「本当？」

「見た目は違うが、心がね。彼女の活力に満ちあふれたところが」ダンは財布を取りだして、一枚の写真を見せた。「ジュリアだ」

ジェーンはしばらく写真を観察した。その女性は小柄で、ダークカラーの髪と肌をしていた。少なくとも一見した限り、ふたりの女性はまったく違う。でも、満面の笑みを浮かべたうれしそうな表情や、目のなかの輝きは一緒だった。

ダンはポケットに財布をしまった。「きみのお姉さんへのぼくの気持ちは、彼女とはほとんど関係がなく、すべて妻に対するものだったんだ。ぼくはあらゆる空想をサマンサに投影していた――特にきみが彼女のことを……いや、きみ自身のことを話してくれたあとは」微笑みながらそう言い添える。「その話のおかげで、ますます似ているような気がしたんだ。元妻の小説の好みが、きみにそっくりなのさ」

「つまり、どっちのサムも現実じゃなかったのね」ジェーンはつぶやいた。「わたしが作りだした姉さんも、あなたが思い描いた姉さんも」

ダンはかぶりを振った。「そうだな。一カ月ほど前に自分のしていることに気づいた。それでようやく勇気を出して、離婚にいたった問題についてジュリアと話すことができたんだ。それ以来、話しあいを続けているよ」

「それはよかった」ジェーンは言った。

「ありがとう」ダンは間を置いた。「正気に戻ったら、サマンサが今日この橋に来るはずがないとわかった。まったく見ず知らずの男に会うために、なぜこんな遠いところまではるばるやってくる？　でも、もし彼女が来るようなことがあれば、決して現れない男を待たせるわけにはいかなかった。それで来たのさ」彼はジェーンに笑顔を向けた。「そうしたら、きみがいた。同じ理由で」

「わたしのせいだと思ったの。つまり、もしサムについてわたしがあんな嘘をつかなければ、あなたはあの手紙を書かなかったはずだって。少なくともそう思ったの。だから、あなたを待たせるわけにはいかなくて……」

「わかるよ」

「でも、ここへ来た理由はそれだけじゃないの」

「ほかの理由というのは？」

太陽はすでに地平線の下へ沈み、光は消えかかっていた。ただ、地平線上の綿のような雲に、まだしがみつくように色が残っていた。

「わたしは存在しないサムを作りあげてしまった。だから伝えたくて……大事なことに思えたから……」ジェーンは言葉を探した。「あなたに本当のことを伝える必要があった」

ダンはゆっくりとうなずいた。「ぼくに伝えることが、どうしてそんなに大事だと思うんだい？」

どう説明すればいいだろう？

ジェーンはひと呼吸置いた。「子どものころ、わたしはときどき頭のなかでサムを悪役に仕立てあげていた。自分とはあまりに違うから。要は嫉妬していたのね。そのまま大人になったあとも、姉さんの人生には、わたしには理解できなかったり、よく知らなかったりする部分があった。そして姉さんが死んでしまって……わたしはいわば逆のことをした。こんなふうに理想の姉を作りあげたの。ケイレブ――ここまでわたしを連れてきてくれた人よ――は、姉さんが聖人君子ではないことをいつも思いださせてくれた。彼女も人間だと。ケイレブは、わたしがもう一度本当のサムを、わたしが愛した姉さんを知るための手伝いをしてくれた」ジェーンは唇を嚙んだ。「わたしがあなたに伝えるべきだったサムはこっちよ」

ダンはしばらくジェーンを見つめていた。それから立ちあがると、手を差し伸べて彼女が立つのを手伝った。

「じゃあ、教えてくれ」彼が言った。

ジェーンは彼の横に立った。「教えるって……何を？」

「サマンサについてだよ。ぼくは知りたいな。よかったら、湖に沿って歩かないか。夜になると、ますますきれいなんだ」

そうしてふたりで〈輝く湖水〉のほとりを歩きながら、ジェーンはダンに姉のことを語って聞かせた。

ジェーンは、子どものころや十代のころのサムについて話した。サムがオウル山をハイキングして、そのときにトレッキングガイドになりたいと思ったこと、そこに遺灰を撒いてほしいと願ったことを話した。ケイレブのことも話した。彼らが一緒に始めた事業のことも。

「姉さんは自分の仕事を愛していた。本当に生き生きしていたわ。わたしが知る誰よりもね。といっても、ケイレブは別だけれど。だから姉さんが死んだとき、すごく……すごく間違っている気がした。そんなのありえないって。長いあいだ、わたしはとにかく受け入れられなかった。お別れを言うのに、長い時間がかかってしまったわ」

「それで、今は？」

「さよならを言ってきた。でもおもしろいことに、いざお別れができたと思ったら、今度は姉さんがいなくなってしまった感じがしなくて」ジェーンは胸に手を当てた。

「ここにいる気がするの」

橋へ戻る途中、ふたりは別の話をした。ダンやジェーンの日々の暮らしや、ふたりをあっさり再会させた奇妙な出来事の重なりについて。ダンに言われるまで、ジェーンは自分がどれだけケイレブのことばかり話していたかに気づいていなかった。「きみの恋人はすばらしい人みたいだね」

「わたしの——やだ、違うわ」ジェーンは急いで訂正した。「ケイレブはわたしの恋人なんかじゃない」そう言いながら、まばたきをする。「悪い意味ではなくてね。彼と一緒にいられる女性は幸運だと思うわ。このうえなく親切で、優しくて、これまで出会ったなかで一番しっかりした人だもの」

「へえ」

ジェーンはちらりとダンを見た。「ずいぶん意味深な〝へえ〟ね」

彼が微笑む。「よし、それならもっと率直に言うよ」そこでいったん言葉を切る。

「ぼくらがここへ来ることになった過ちを繰り返してはだめだ」

「過ちって？」

「すぐ目の前にいる人を見失うな。そして、ちゃんと自分の心を見つめるんだ。それがどんなに難しくても」

彼らは出発した地点までほとんど戻ってきていた。残りの道をふたりは黙って進んだ。歩きながら、ジェーンはケイレブのことを考えた。去年の十二月に起きたアパートメントでのこと、昨夜の山でのこと、真っ暗な車のなかに座って『赤毛のアン』を聞いたこと。

ふたりは橋に戻った。ジェーンは手すりに身を乗りだして、薄灰色の湖水をのぞきこんだ。でも、見えたのはケイレブの顔だった。

ケイレブはとんでもなく意地っ張りだ。妥協案を見つけようという考えそのものを拒否した。どうして世界をめぐる冒険にジェーンも連れていくことに、あれほど固執するのだろう？　遠距離恋愛でもうまくいくかどうか確かめようともしないで。

どうして頑なに妥協しようとしないのだろう？

ジェーンは、ケイレブと一緒にいられるチャンスを得られるなら、何もかもあきらめたっていい、どこへでもついていきたいと思う自分を抑えて、理性を保てたことが誇らしかった。それにひきかえ、どうして彼はそんなことでは関係を築けないと理解できないのだろう？　なぜ彼は理性的に考えられないのだろう？

そのとき、彼の両親のことが頭をよぎり、ジェーンの心は締めつけられた。それぞれまったく異なる方法で子どもたちを見捨てた母親と父親に、どれだけ傷つけられたことか。

ジェーンは、今朝車に戻ったときに彼から言われたことを思いだした――旅についてきてほしいと女性に頼むのは初めてだと。ジェーンはそれを別にすごいとは思わなかった。けれどもケイレブにとっては、とんでもない一大決心だったのだ。

彼は、ひとりでも寂しくならずにいられるように自分の人生を構築してきた。ひとりで自然のなかに出かけていったり、冒険家のグループを率いたりして。

ケイレブは、これまで一度だって女性に身を捧げたことはなかった。それでいざそうしたいと思ったとき、強く強くつかんでおかなければいけないという本能が働いてしまったのだ――自分の生活もいっさいあきらめることなく。

彼は怖かったのだ。それでも、ジェーンと一緒にいたいと思ってくれた。めげずにいてくれた。

ジェーンは、十二月のあの夜や、昨夜、彼がどうやって感じさせてくれたかを思いだした。言葉というものを使わず、ボディランゲージを頼るほかないなら、ケイレブの彼女に対する思いをどう読み解いたらいいだろう？

ジェーンの心臓が高鳴り始める。「彼と話さなきゃ」

「きみの友だち？」

ダンがいることをほとんど忘れていた。「そう」

彼は優しくうなずいた。「それがいい」

　ジェーンは小道へと勢いよく飛びだしたが、さよならを言っていないことに気づき、駆け戻った。「奥さんと頑張って」息を弾ませながら、さらに言った。「あなたたちがうまくいくよう願っているわ」

「ありがとう、ジェーン。一緒に散策してくれてありがとう」ダンは手でしっしと追い払うような仕草をした。「さあ、行くんだ」

　光はもうほとんどなくなっていた。小道の途中から、ジェーンは駆けだした。ケイレブのもとへたどり着きたいあまり、二回もつまずきながら。

　駐車場に駆けこんだジェーンはあたりを見まわし、そしてぴたりと立ち止まった。ケイレブはどこ？　どこかへ出かけたの？　いつ戻ってくる？

　駐車場にあった車のほとんどはすでに去ってしまっていた。とはいえ何台かは残っていて、ケイレブの車があった近くにはタクシーが止まっていた。ジェーンがそこで立ちつくしたまま、このあとどうしようかと考えていると、タクシーから運転手がおりてきた。

「ミズ・ジェーン・フィンチ？」

　ジェーンは運転手を見つめた。「ええ、そうです」

「スーツケースをお預かりしてトランクに乗せてあります。あなたのご希望の場所までお連れするよう、ミスター・ケイレブ・ブライスに雇われました」

ジェーンは理解できなかった。「彼は無事なの？」パニックが押し寄せる。「病院にでも向かっているの？」

「わたしが会ったときはお元気そうでしたよ。メールを送っておいたと伝えるよう頼まれました」

メール。家族に緊急事態が起こったのかもしれない――お兄さんか、おばさんか。だけどもしそうなら、なぜ電話してこなかったのだろう？　ジェーンはハンドバッグのなかを探って携帯電話を取りだした。海外通信のデータプランに入っておいてよかったと思いつつ、メールを開く。

ジェーン

きみのおかげで、ぼくたちの生活が決して嚙みあわないことがはっきりとわかった。だからぼくは時間を無駄にせず、きみの前から去ることにした。

賭けはきみの勝ちだ。つまり、千ドルはきみのものだ。タクシーを雇ったので、好きなところへ連れていってもらってくれ。ホテルでも、シャーロットタウン空港でも、ニューヨークまではるばる戻ってもらってもかまわない。ホテル代も払うし、飛行機で帰るなら航空券代も払う。

ケイレブ

それだけだった。ケイレブが彼女に伝えなければと思ったのは、たったそれだけ。

ジェーンは激しい怒りを募らせながら、その短い文章をもう一度読んだ。

なんて自分は愚かだったのだろう。

ケイレブはわたしと一緒にいたいのだと、自分に言い聞かせたのに。怖くてもめげずに頑張ろうとしているのだと。

彼の本当の気持ちがわかったと思ったのに。彼のボディランゲージにちゃんと耳を傾けようと肝に銘じたところだったのに。

それなのに、今回のボディランゲージはどう？　あの男は本当に逃げたのだ。これでわかった。男というのは、この世で一番大切でかけがえのない相手かのように愛を交わしてくれても、次の日にはとっとと逃げてしまえるものなのだ。

それに、これが初めてでもない。ケイレブは十二月にも逃げた。

とはいえ、少なくとも今回はっきりしたこともある。愛しあってしまった後悔にさいなまれるのも、ケイレブがジェーンから逃げだせるのも、これが最後ということだ。

「最低。あのクズ野郎！」

タクシー運転手が驚いたような顔をした。

「わたしを雇ったあの紳士のことでしょうか？」彼が恐る恐るきいてくる。

ジェーンは何かを蹴りたかった。でもあるのはタクシーのタイヤくらいで、おそらくケイレブとふたりだったら耐えられないほど長いつきあいになりそうな旅を始めるのに、それを蹴ってはまずいだろうと思った。

「紳士ではないけれど、そうよ」ジェーンは深呼吸をした。「あの男からは一セントだって受け取らないわ。彼にはどうやって雇われたの？　クレジットカードの番号を残していった？」

「ええ、上限なしのものを」

ジェーンは財布を取りだして銀行のカードを引き抜くと、それを運転手に渡した。

「そっちはキャンセルして、わたしのを使ってちょうだい」そう言って、また深呼吸した。「ここで一泊することになりそうね。一番近いホテルはどこかしら？」

ケイレブがふたたびトランス・カナダ・ハイウェイに戻ったころには、あたりは暗くなっていた。だが、彼の気分のほうがもっと暗かった。

メールはすでに既読になっている。彼はそれをもつれた感情のなかで書いた。自身への怒りと、ジェーンへの怒りと、どう向きあえばよいかわからない自分に恋などさせたこの最悪な世界への怒りのなかで。

ケイレブは両手でハンドルをぎゅっと握りしめた。嫉妬やら恨みやら恐れの興奮にまかせてメールを書いてしまったことを、すでに後悔していた。

たしかに後悔はしていた。ただ、取り消そうにもすでに手遅れなことに安堵もしていた。なぜなら、ふたりは一緒にいるべきではないからだ。それぞれ違う世界に生きていて、お互いに与えられるのは不幸だけ。なんとかうまくやろうとしては失敗して、徐々に離れていくだけだ。

携帯電話が鳴り、画面にジェーンの名前が表示されると、ケイレブは危うく対向車線へはみでそうになった。

安全に路肩に寄せられるまで、どうにか待った。それからハザードランプをつけて深くひと息ついたあと、ジェーンからのメッセージを読んだ。

結果的に、メッセージはひとつではすまなかった。

このろくでなし
前からあなたは臆病者《おくびょうもの》だとわかっていたけれど、まさか逃げるとは思ってもいなかったわ。

オーストラリアであらゆる虫に嚙まれればいい。カンガルーに頭を蹴られればいい。

この件をお金で解決できると思っているなら考え直すことね。

タクシーの運転手には、あなたのカードの代わりに自分のカードを渡したわ。あなたからはびた一文だって受け取る気はないから。

それと、わざわざ電話なんてかけてこようとしないでね。あなたの番号はブロックしてあるから。メールも送らないで。あなたからのメールはすべて迷惑メールフォルダに振り分けたわ。

そこがあなたにふさわしい場所。人生の迷惑フォルダよ。

二度とあなたに会わずにすむことを願っているわ。


携帯電話をきつく握りしめる。ケイレブには目の前に立つジェーンの姿が見えるようだった。腕を組み、目から炎を噴き、憤怒《ふんぬ》の言葉を叩きつける姿が。

どれだけジェーンを愛していることか。ケイレブはそれしか考えられなくなった。

くそっ。

くそっ、くそっ、くそっ。

〝もう遅い〟と、ハイウェイに戻りながら、ケイレブは自分に言い聞かせた。〝こんなくそったれなこと、もう元には戻せない。だがジェーンにとってはそれでいいんだ。彼女は世界一すばらしい女性だから、きっと自分より百倍はいい男にめぐり会える〟

そして自分の残りの人生、何か美しいものを見るたび、ジェーンに思いを馳せるのだろう。

一時間後にふたたび携帯電話が鳴った。一瞬、熱がほとばしるような期待感を覚えてから、画面に表示された名前を見た。

ハンターだった。

そうだ。兄に電話して、今年の夏にローズマリーおばさんのところへ一緒に行く日を決めようと約束していたのだ。どこか夕食をとれるところに立ち寄って、電話をかけなければ。

そう考えているうちに、途方もない疲労感がケイレブの体にどっと押し寄せた。この三日で十八時間も運転し、六時間かけて山をのぼり、そのうえ山頂でキャンプもした。ろくに寝ていないので、こんな人里離れたハイウェイで事故を起こしたくなければ、食事だけでなくひと晩泊まれるところへ立ち寄ることを考えたほうがよさそうだ。

二十分ほど道を走ったところに、チェーンホテルがあった。値段は高いがルームサービスがあるらしく、今の彼にはそれがとても魅力的に思えた。

ケイレブはチェックインをしてルームサービスの注文をすませると、食事を待っているあいだにハンターに電話をかけた。

「電話せずに悪かった」

「気にするな。ジェーンと一緒にメイン州とカナダまで行っているのは知っていたからな。旅行はどうだ?」

一週間くらいもらえれば、その質問にも答えられるかもしれないが。

「まずまずさ。肝心だったサムの遺灰を撒いてきた。ジェーンはまだプリンスエドワード島にいる。おそらく一日か二日そこに泊まるんじゃないか」

「じゃないかって、知らないのか？」

「ぼくたちは、まあ、道分かれてね。ぼくは今ニューヨークに戻っているところだ」

短い沈黙があった。

「道分かれた？　どういう意味だ？」

「ジェーンは探し求めていたものが見つかったから、ぼくがそばにいる必要はなくなったってわけさ」

またも沈黙。

「ケイレブ、ひどい言い草だな。本当のところは何が起こっているんだ？」

彼は長く深いため息をついた。「時間はどのくらいある？」

そこでケイレブはハンターにすべての経緯を打ち明けた。ジェーンのアパートメントでの夜のことから始まり、それ以降に起きたあらゆることを。半ばを過ぎたあたりでルームサービスが届いたが、ハンターは弟が口にものを頬張りながら話すのも気にならないようだった。

「そういうわけだ」話し終えると、ケイレブは言った。「考えてみれば、ひどい皮肉さ。ずっと父さんみたいになるのを恐れていたのにな。ぼくはできる限り父さんとは違う人生を選んできた。父さんが一箇所に縛られて人生を過ごしたのなら、ぼくは世界中を旅する。父さんが牧場を所有して、無理な責務を背負いこんだなら、ぼくは自由気ままでいる。父さんは女性と恋に落ちて、地獄のような苦しみをもたらされた。だから、ぼくは決して恋などしないと誓った。その結果がこれさ」

「ああ。そうだな」ハンターは間を置いた。「だが、おまえがなったのは父さんじゃない。母さんだよ」

ケイレブは氷のように固まった。「いったい何を言っているんだ?」

「わからないのか? 決して束縛などされないとむきになって、世界中をほっつき歩いている。そして、おまえの身に訪れたかつてない最高のものから逃げ去ろうとしているじゃないか」

「それって……ジェーンのことか?」

「もちろん、ジェーンのことに決まっているだろ。おいおい、ケイレブ。おまえがこの一時間あの子について語っていたような勢いで話すところなど聞いたためしがないよ。おまえはジェーンに夢中なのさ。正気を失うほどにね。それで彼女を駐車場に置き去りにした」

ケイレブは、こんなにがっついて食べなければよかったと思い始めていた。

「ぼくたちは一緒にいちゃいけないんだ」ぶっきらぼうに言う。「絶対にうまくいかない。母さんと父さんの身に起きたことを、兄さんも見ていただろ？」

「ケイレブ、おまえは父さんとは違う。今日しでかしたことは最低だが、おまえは母さんでもない。たしかに恋愛していないときのおまえの生活はうまくいっていただろうが、今は変わったんだ。だったら、多少は調整しなきゃならないだろう」

ケイレブは目を閉じた。「ずいぶん簡単に言ってくれるが、兄さんはジェーンを知らないだろう」

「一度会ったことがある。正直、すごいかわいい子だなと思ったよ」

「ああ。ただ彼女はロマンティストで、想像力がたくましいんだ。いつも理想の男ばかり夢見ている。それにぼくが応えるのは無理だ」

「それって、ジェーンではなくおまえ自身の恐れの話をしているように聞こえるけどな。それに、人は理想の人間など愛せやしない。そんなものは虚《むな》しいだけさ。空っぽで冷たくて。ぬくもりを与えるには、本物の人間の本物の愛が必要だ」

〝ぬくもりを与える〟

ケイレブはただ、ジェーンにぬくもりを与えたかったのだ。彼女をぬくもりで、安心感で、愛で包みこみたい。これから一生そうすることが彼の望みだったのだ。

けれども、そうするチャンスを自らふいにしてしまった。見事なまでに。

「もう遅すぎる」

ハンターが応えるまで、ケイレブはその言葉が声に出ていたとは気づかなかった。

「もう遅すぎるとは、どういう意味だ?」

「ジェーンとやり直すにはもう遅すぎるよ。本当にとんでもないことをしてしまったんだから」

しばらくのあいだ、ハンターは黙っていた。「ああ、たしかにおまえは失敗したよ。だが本気で向きあうなら、まだ遅くはない」

いかにも偉そうな兄貴然とした言い草だ。「遅くない? どうしてそう思うんだ?」

「なぜなら、ふたりとも生きているからさ。生きている限り、どんなことだってやり直せる」ハンターはそこでいったん言葉を切った。「行動するんだ」

「行動?」

「ああ。ジェーンに自分の気持ちを示す何か大きな行動を。女性はそういうのが好きなものさ」

「この分野に兄さんが詳しいとは思えないけどな。最後に真剣につきあったのはいつだったっけ?」

「だいぶ前だ。とはいえ、少なくとも一度は実際に経験している。鳥なき里のコウモリって言うだろ。少ない知識だが、おまえよりはましさ」

電話を切ってからしばらくのあいだ、ケイレブはハンターの言葉を反芻していた。
〝生きている限り、どんなことだってやり直せる〟
兄の言うとおりなのだろうか？
それを確かめる方法はひとつしかない。

22

ジェーンはプリンスエドワード島に三日間滞在した。

飛行機ですぐに帰らなくて本当によかった。三日目の朝を迎えるころには、気分もだいぶ落ち着き、ケイレブをとっ捕まえて殺してやろうともあまり思わなくなっていた。

滞在したホテルは、グリーンゲイブルズ博物館のすぐ隣にあった。この博物館はL・M・モンゴメリの創作の源となった実際の十九世紀の農家で、それは彼女が小説で描いたまさにそのままだった。周囲には野原や庭園や森の小道が広がっていて、これらの場所から〈恋人の小径《こみち》〉や〈お化けの森〉などのアンが歩いた場所が生まれたのだ。

ジェーンは一日かけてその小道を散策した。苔の香りがする空気を吸いこんでみたり、野の花を探してみたり、光沢ある岩の上を跳ね踊る小川の水の音に耳を傾けてみたり……そうしているうちに、ケイレブに見せてもらったあの引用を思いだした。

〝わたしはいつも、ありふれた日常のなかにいながらにして、理想の美の王国のすぐ近くにいるような気がしていた。王国とわたしのあいだには、薄いヴェールがかかっているだけ。そのヴェールを完全に取りのけることはできないものの、ときどき風がそれを揺らすので、わたしはその向こうのすてきな世界を垣間見ることができた。見えるのはほんのわずかだったけれど、こうしてちらりと見えるものが、いつも人生を価値あるものにしてくれたのだ〟

博物館となっている家には、アンの時代にあったと思われる家具が配され、そこに小説を想起させるちょっとしたものがたくさん飾られていた。割れた石板、マリラの紫水晶のブローチ、〝シルクのようにつやつやと光る、やわらかな手触りの茶色のグロリア生地〟でできたドレス――もちろん、あのパフスリーブもついている。ジェーンはアンの寝室の戸口に長いあいだ佇んだ。クローゼットのドアにかかっているそのドレスを眺めていると、ケイレブに見せた写真のことが頭に浮かんできた。

何を見ても、ケイレブのことを考えてしまう。

彼はあらゆるところに出てきた。海沿いを歩いていたときも、赤土の断崖の上を旋回するカモメを見て、きっとケイレブもこの光景を気に入っただろうにと考えた。ある晩に外へ繰りだし、新鮮なムール貝やロブスターをたらふく食べていたときも、彼も一緒に食べられればよかったのにと思った。

〝だめよ〟ジェーンはすかさず自分に言い聞かせた。〝あの男は異国の地にわたしをひとり置き去りにしたクズなんだから〟

異国の地。みんな英語を話す親切な人ばかりだけれど、それでもだ。ここに来るにはパスポートが必要なのだから、異国の地で間違いない。

帰りの機内で、ジェーンはなんとか明るい気持ちになろうとした。ケイレブの一件はあったものの、たしかにすばらしい旅だった。サムにお別れを言えたし、想像でしか知らなかったたくさんの美しい場所を実際に見ることができた。

でも、あの駐車場置き去り事件の前までならば、ケイレブこそがこの旅で一番のハイライトだった。

彼の体はジェーンに刻印のようなものを残した。夜ベッドで横になると、ジェーンは彼を感じた——彼の素肌、その下のかたい筋肉、彼女を欲する切迫した思いを。あんなにも自分を求めてくれた人はほかにいなかった。もちろん、ケイレブももう求めてはくれない。

〈輝く湖水〉での夜から三日が経った。こじれてしまった原因をみんなケイレブのせいにしたいけれど、本当のところ、最初に彼を拒否したのは自分のほうだった。旅についてきてほしいと言われたときに、ジェーンがノーと言ったのだ。

でも、それで会話を終わらせるつもりはなかった。うまくやっていける方法を見つけたいと思っていた。逃げたのは自分ではなく向こうだ。たとえ困難な状況に陥っても、彼ならそばにいてくれると期待できなければ、どうして心から信頼できる？

今となってはどうでもいいことだけれど。ケイレブはもうオーストラリアに戻ったに違いない。彼がジェーンにうんざりしたことは明らかだし、こちらは電話もメールも会うことも二度としないでくれと言ってしまった。

明るい気持ちになどなれるはずがない。

ジェーンは、キキとフェリシアに空港から直接書店へ向かうなんて言わなければよかったと後悔していた。とはいえ、数時間は働くと言ってしまったから、彼女たちは来るものと思っている。それに別に疲れてもいない。

ただ少し悲しいだけだ。

ニューヨークは雨が降っていた。今のジェーンの気分には合っている。土砂降りのなか、タクシーに乗っているのは気が滅入った。最後にこんなに激しい雨が降っていたとき――ケイレブとオウル山にのぼったときだった――と比べてしまうと、なおさらだった。

〈ブックワーム・ターンズ〉の午後はゆっくりと落ち着いていて、店番に三人も必要なかった。それにもかかわらず、キキとフェリシアは旅行の話をいろいろ聞きたいからと、ふたりして閉店まで居残った。ふたりが本当に聞きたがっているのはケイレブとのことだとうすうす感じながらも、ジェーンはハイキングとプリンスエドワード島での滞在ばかりを話題にした。

仕事終わりにキキたちから飲みに行くので一緒に来ないかと誘われたが、ジェーンはお礼を言いつつ断った。家までタクシーをつかまえようかと思ったものの、すぐそばにあるお気に入りの店のコーンビーフの惣菜《そうざい》が無性に食べたくなった。まずはそこへ寄ってから、いざタクシーに乗るか、スーツケースを転がして地下鉄に乗るか決めることにした。

ジェーンはケイレブが買ってくれた雨用のジャケットを着ると――それでもちろん彼のことを思いだした――惣菜店へ向かった。

途中で、あの大好きなブティックを通り過ぎる。


〈これを着ればきっと見つかる――あなたの理想の人が〉


まさに十月のあの日のように、その広告の前でジェーンの足が止まった。

あのときのドレスだ。このディスプレイは秋から何度か変わっていたが、また元に戻っていた。

ジェーンは雨のなかで立ちつくした。ドレスを見つめながら、ケイレブが地下鉄の駅まで送ってくれた夜に言っていたことを思いだす。

〝きみの瞳の色だ〟

ジェーンはしばらく眺めていたが、そのあとドアに書かれた営業時間を確認して開いているのがわかると、なかへ入った。

「いらっしゃいませ」

近寄ってきた店員は、ジェーンをうれしそうに出迎えてくれた。硬材の床一面に雨水をぽたぽたと垂らしているにもかかわらず、とても感じよくしてくれた。

「濡らしてしまってごめんなさい」ジェーンは申し訳なさそうに言った。「ショーウインドーにあるドレスがちょっと気になって。ブルーのシルクかしら？　去年の十月にも見た覚えがあるのだけれど、そのあとなくなってしまったと思っていたから」

背の高い赤毛の店員は、にわかにやる気を出したようだった。

「アリア・モンテロのデザインしたドレスですね？　この店で初披露された商品なんですけど、そのあとインディーズ・ファッション賞を取ったんですよ。それで、いわば再契約という形でまた入荷したんです。ただ、サイズがあまりなくて」言いながら、店員は経験豊かな目でジェーンを見た。「六号でよろしいですか？」

「ええ、でも――」

「ぜひ試着してみてください」店員は断固として言った。「お客さまの肌や目のお色味や体型にぴったりかと思います」

ジェーンは気づけば試着室にいた。下着姿になって、青いシルクのドレスを試着する。

まだ鏡に映った自分を見ているあいだに、赤毛の店員がドアをノックした。「いかがでしょうか?」返事も待たずに、顔を突っこんでくる。「まあ、なんてすてきなんでしょう。まるでお客さまのために仕立てられたみたい」彼女は微笑んだ。「きっと理想の人が見つかりますよ」

そう言われた瞬間、ジェーンはわっと泣きだしてしまった。

「大丈夫よ」心配する店員にジェーンは言った。手の甲で目をぬぐう。「どうか気にしないで。ただ、ドレスがあまりにきれいで……」ジェーンは喉にこみあげてくるものをのみこんだ。「着替えたら、すぐにレジまで持っていくわ」

店員はやや怪訝そうな顔をしつつも、試着室から出ていった。「ファッションが本当にお好きなんですね」後ろ手にドアを閉めながら小さな声で言った。

〝きっと理想の人が見つかりますよ〟

もう見つかっているの。ドレスを脱いで湿った服に着替えながら、ジェーンは思った。ケイレブ・ブライスこそ、わたしの理想の人だ。

だが、彼は一度も愛していると言ってくれなかった。もしふたりが結ばれる運命にあるのなら、言ってくれていたはずでは？

でもよく考えてみると、自分だって言わなかった。

ケイレブは、かつてジェーンが思い描いていたヒーローとはまるで違う。きっとジェーン・オースティンも読んだことがないだろうし、理想の男性と言うには腹立つところが多すぎる。

それでも、ケイレブはジェーンの理想の男性なのだ。彼がオーストラリアに行ってしまっても、それは変わらない。もし自分が地球の裏側まで飛んでいって、愛していると伝えなければならないなら、そうするまでだ。

それに、今やジェーンは戦いにふさわしい鎧《よろい》を手に入れた。ドレスを手に店を出ながら――店員が袋を三重にして入れてくれたから、濡れることはないだろう――もしこれをオーストラリアに持っていけば、ケイレブは抗えるはずがないと思った。

ジェーンはタクシーを拾ってブルックリンへ向かった。家に帰ったらすぐに旅行の計画を立てたい。移動しているあいだに雨が激しくなり、タクシーからアパートメントの建物まで歩けばいいだけなのに、歩道を横切るころにはずぶ濡れになった。

荷物を抱え、重い足取りで三階まであがる。

そこでふとジェーンは立ち止まった。彼女の部屋のドアの下から光が漏れている。出かけるときに明かりをつけっぱなしにしたのかしら？　いいえ……そんなはずはない。

隣人に植物の水やりをお願いしていたから、きっと彼女だ。

でも万が一にも強盗だった場合に備えて、ジェーンはスーツケースとドレスの入った袋をおろすと、携帯電話を取りだした。すぐに九一一番にかけられるように身がまえながら、鍵を開けてドアを押す。

手から携帯電話がするりと滑って床に落ちた。

ソファにケイレブが座っていた。色とりどりの折り紙の鶴に囲まれて。薄緑、深緑、インディゴブルー、モーヴ、ペリウィンクル・パープル、ゴールデンロッド、プリムローズ、ラヴェンダー、スカーレット、白、銀、金。

何百という折り鶴はソファだけにとどまらず、コーヒーテーブルやフローリングまでも覆いつくしていた。

ジェーンがゆっくりと室内に入っていくと、ケイレブは手に折りかけの鶴を持ったまま立ちあがって、彼女のほうを向いた。

彼は、ジーンズに赤いボタンダウンシャツという格好だった。最後に会ったときはひげが伸びていたけれど、今はきれいに剃《そ》られている。ホットでセクシーで、うっとりするほどすてきだ。ジェーンはみっともなく濡れそぼった自分の姿を強く意識した。

「ここで何を……」ジェーンの言葉が詰まる。「わたし……」またも途切れる。

ケイレブは持っていた折り鶴を置くと、ジェーンのほうに一歩近づいた。「鶴を千羽折ったら、願いがひとつ叶うんだろう」

ジェーンは氷のように冷たい手を持ちあげると、ほてった頬に押し当てた。これは現実？　本当にケイレブが自分の部屋にいるのだろうか？

彼の言葉に集中しよう。願いがひとつ、彼はそう言った。

「あなたの願いごとは何？」

「きみと一緒にいることだよ」

心がひび割れ始める。

ケイレブは咳払いをした。「きみが帰ってくるまでに折り終わればいいと思っていたんだが、千羽というのは本当に多いな。手紙を書くつもりだったんだ。ロマンティックな手紙を。ぼくにも書けることを示したくて。それを置いたら帰るつもりで、きみに会う気はなかった。手紙を読んでもらって、ぼくと話す前にいろいろ考える時間があったほうがいいと思ったんだ」

ケイレブは、折り鶴を踏まないように慎重に足を踏みだしながら近づいてきた。

「もう行くよ」彼がつぶやく。「帰国したばかりで休みたいだろう。手紙は書いたら送ることにするよ。よかったら、そのあと話しあおう」

ケイレブが出ていきそうになったので、ジェーンは本能的に手を伸ばして彼の右腕をつかんだ。

手の下にたくましい筋肉を感じ、ジェーンの全身に電気が走った。羽音のような振動音が体じゅうに響き、耳鳴りがしてくる。

「待って」呼び止めるジェーンの声が震えた。「手紙には何を書くつもりだったの?」

ケイレブの呼吸が乱れる。

「わからない」彼は言った。「だめだ、今はまともに考えられない。きみを前にするとこうなってしまうんだ」

ケイレブからの振動が伝わり、ジェーンのまわりを包んでいた空気が震える。彼がそばにいると、まるですべてが違う周波数で動くようだ。

ジェーンは深呼吸をした。今度は、雨水と松の樹液にも似た彼のにおいに包まれる。

「頑張って」ジェーンは言った。「言葉にしてみて」

「どうかな。こういうのは苦手なんだ――知ってるだろう」ケイレブは唾をのみこんだ。「プリンスエドワード島に置き去りにしたことを謝ろうと思った。どうか許してほしいと。それから、きみなしでは生きていけないとか、そういうことを書くつもりだった」そこで彼は目を閉じた。「愛しているとか、そういうようなことを」

胸骨の裏に痛みが走るほど、胸を締めつけられた。ジェーンはもう片方の手も伸ばした。今やケイレブの両腕を握りしめている。

「あなたを誘惑しようと思っていたの」ジェーンは言った。

ケイレブが目を開けて、彼女をまじまじと見おろした。

「なんだって？」

「オーストラリアまで飛んでいって、あなたを誘惑しようと思っていたの。これで」ジェーンは彼から離れ、さっき荷物を置いた廊下に出た。ブティックの買い物袋を持って戻ってくると、ドレスを引っ張りだして彼に見せた。

ケイレブはしばらくドレスを見つめていたが、そのあと彼女に視線を戻した。

「オーストラリアまで飛んでいくつもりだったのか？」

「ええ」

「ぼくを誘惑しに」

「そうよ」

「そのドレスで」

「それがわたしの計画だった」ジェーンは言葉を切った。「あなたに愛していると伝えたあとで」

ケイレブが距離を縮めてくる。片手で髪に触れられ、ジェーンはぶるっと身震いした。

彼の声はかすれていた。「ダーリン、ぼくなら布袋に入ったきみにだって誘惑されるのに」

ジェーンは目を閉じた。「きれいな服を着たかったの」

ケイレブは反対の手でジェーンの顔を包みこんだ。「その必要はないさ」

「でも、そうしたかったんだもの」ジェーンはささやくように言った。「これを見た瞬間からずっとほしかったの」

ケイレブがさらに距離を詰めてきて、今や体温も感じられるほどだった。

そのまま彼が話すと、吐息がジェーンの耳をくすぐった。「ほかに何がほしいのか、言ってくれ」

「あなたよ。あなたがほしい。ケイレブ――」

それ以上何も言う余裕がなかった。

ケイレブの唇がジェーンの唇をかすめ、ほんの一瞬だけキスをした。それから彼に何度も何度も同じことを繰り返されるうちに、ジェーンは唇をさわさわとかすめる摩擦に酔ったような感覚に陥った。全身がほぐれてきたかのごとく感じたとき、ようやく彼がジェーンの頭の後ろに手をまわして、キスを深めた。彼の舌が口のなかを探り、舌同士がもつれあう。ついにジェーンはケイレブの首に両腕を巻きつけ、背伸びしながら彼の口に入りこんだ。

するとケイレブがはっと息をのんでキスをやめた。

「待ってくれ、ジェーン。われを忘れる前に」

「われを忘れて夢中になりたいの」心臓が高鳴り、ジェーンの息遣いは荒くなっていた。

けれどもケイレブは毅然《きぜん》と彼女をソファまで連れていくと、ふたり並んで座れるように折り鶴を移動させた。

彼の表情は真剣だった。「キスすべきじゃなかった。ちゃんと話しあうまでは」

ジェーンの顔がほころんだ。「あなたがキスしてくれていなかったら、こっちからしていたわ」

まるでどうにも止められないといったようにケイレブが手を伸ばしてきて、指の関節の外側でジェーンの唇に軽く触れた。「ああ、ふたりの性的な相性は問題じゃない。だが、ぼくたちには乗り越えるべき課題がある」

ジェーンはうなずいた。ケイレブに触れられた口元がむずむずする。「そうね」

「でも、なんとかできると思うんだ」ケイレブは続けた。「きみが言っていたように、ここニューヨークで一緒に暮らしたい。ぼくはここから事業を動かして、代わりにもっと大勢、ガイドを雇うことにする。できるだけきみから離れなくてすむように」

ジェーンは胸がいっぱいになった。「あなたに旅をあきらめてほしくないわ。そんなの、まるであなたの視力を奪ったり、独房に閉じこめたりするようなものだもの。

そんなことはしたくない」

ケイレブは首を振った。「逆だよ。ぼくにとっての独房は、きみのいない人生だ」

ジェーンは息をのんだ。「ケイレブ――」

「旅を始めたときから、ぼくはずっと何かとびきりすばらしいものを探し続けてきた」ケイレブは言葉を切った。「ようやく探していたものが見つかったんだ。もしきみを失ったら、世界のあらゆる不思議をこの目で見ようがどうでもいい。もうなんの意味もなくなるだろうから。地球上の最高の景色を見るよりも、ニューヨークできみと一緒にいたい。なぜなら、ぼくに魔法を見せてくれるきみがいなければ、それはただの景色にすぎないからだ」

ジェーンの目に涙があふれた。「言葉にするのが苦手な人のわりには、なかなかいいスピーチね」

「まあね、だいぶ考える時間があったから。言ったかな？　千羽鶴を折るのにどれだけ時間がかかるか」

ジェーンは顔をほころばせた。「どうして千羽鶴を折ろうと思ったの？」

「十二月にきみが折っていた鶴を思いだしたんだ。それから子どものころに何度か挑戦したけれど、一度も完成できなかったと言っていたのを」ケイレブは間を置いた。「ぼくにはきみみたいな想像力はないし、詩や物語にも明るくない。だが、もしぼくに得意なものがひとつあるとすれば、それは物事を最後までやり遂げることだ。ぼくは、きみが夢を叶える手助けをしたい。きみの書店を手伝いたい。きみが本を書き終えるまでそばにいて、それをきみが出版社に送るのを見守っていたいんだ」

ジェーンは片方の眉を持ちあげた。「わたしの書いたものを一度も読んだことがないじゃない。ひどい駄作かもしれないわよ」

「そんなことはきっとないさ」

ジェーンは深く息を吸ってから、ゆっくりと吐きだした。「でも、あなたは？ここで事業を動かして、ほかの人にガイドをしてもらうなんて、わたしはいやだわ。あなたには旅を続けてほしい。わたしも、ときどきなら一緒に行ってもいいから」そこで彼女は言い足した。「毎回じゃなければね」

「よし、これならお互いに歩み寄れそうだな」ケイレブは言葉を切った。「なあ、ぼくたちはずっと思い違いをしていたと思うんだ。表面的にはふたりは全然違って見えるが、実のところ中身はちっとも違わない。ただ、何をしているか、どこでしているかが違うだけだ。ぼくは外で模索の旅をし、きみはここで模索の旅をしている」彼が自分のこめかみに手を当てながら言った。

「いいわね」ジェーンは返した。「ふたりはそれぞれ異なる形の探検家だなんて、すてきな考えだわ。きっとこの問題の解決も、そう難しくなさそうね」

「だといいな」ケイレブはジェーンの両手を包みこんだ。「きみのいない人生なんてごめんだからね」

ジェーンの心が大きくぱっくりと割れた。それは、かつてないほどの甘い痛みだった。

ジェーンは深呼吸をした。「わたしも同じ気持ちよ。ああ、ケイレブ……あなたをもう一度プリンスエドワード島に連れ戻せたらいいのに。本当にきれいで、何を見てもあなたのことが頭に浮かんだわ。なんだか、あそこでのふたりの時間を奪われてしまった気分」

「じゃあ、時間を取り返せばいい。ハネムーンはプリンスエドワード島に行こう」

ジェーンは目をしばたたいた。「ハネムーン?」

「ああ、そうだよ」

「ハネムーンに行くには、結婚しないといけないわ」

ケイレブはにんまりと笑った。「ぼくもそう思っていたんだ」

彼はジーンズのポケットに手を入れて、指輪の箱を取りだした。彼がそれを開けると、黒いベルベットを背にした赤い宝石がジェーンに向かってきらめいた。

「ルビーだ」ケイレブは言った。「もし興味があれば、ダイヤモンドではなくルビーにした理由がたくさんあるんだが……」

ケイレブは指輪を持ちあげた。

そしてプロポーズを始める。

「待って」ジェーンは言った。「待って、待って、待って」彼女のまわりにあるすべてがあまりに美しかった。繊細な折り鶴も、ケイレブの手のなかの指輪も、ケイレブ本人も。

それにひきかえ自分ときたら。「わたし、ひどい格好をしている。濡れてめちゃくちゃだわ。こんなわたしを思いだしてほしくない。プロポーズしたときのことを考えるたびに……」

「悪いが」ケイレブがさえぎった。「まさにこの瞬間をそっくりそのまま細部まで覚えておきたい」彼はいったん口をつぐんだ。「ただ、きみが少し寒そうなのが気になるね」

「でしょう」ジェーンは言った。「だから服を着替えさせて。それからもう一度プロポーズをやり直せばいいわ」

ケイレブは首を振った。「きみをあたためるもっといい方法がある」そう言うと、ジェーンの指に指輪をはめて、彼女を腕のなかに引き寄せた。

ジェーンの体が彼のなかに溶けていった。「愛してる」ジェーンは言った。言葉がケイレブの胸のなかでくぐもる。

「ぼくも愛してるよ」ケイレブは言った。「ああ、たまらなく愛してる」

ふたりのあいだにぬくもりが広がった。鼓動を通わせ、互いに強く抱きしめあいながら、ジェーンはもう寒さに凍えることはないだろうと思った。

謝辞

まず、モントレイク社の驚くべきチームのみなさん、特にマリア・ゴメスにお礼を。類まれなる編集者のシャーロット・ハーシャー、鋭い洞察力で導いてくれたことに感謝します。また、わたしのすばらしい夫は、これまでにわたしが書いたものを一字一句漏らさず読んでくれて、それでもまだ読むことを厭わずにいてくれます。ありがとう。何につけても最高な息子、わたしと一緒にプリンスエドワード島に行ってくれてありがとう。それから、世界一の親友で批評をしてくれる相棒、そしてセクシーなものを常に心得ているタラ・ゴーヴァインに格別に深い感謝を。みんな最高よ。

訳者あとがき

アビゲイル・ストロームによる〈A Love Me Novel〉シリーズの第一作『夢見る恋は旅路の果てに（Tell Me)』の邦訳をお届けします。実は、本作は二〇一八年度のＲＩＴＡ賞（全米ロマンス作家協会賞）コンテンポラリーロマンス賞を見事獲得した作品です。

物語の舞台はニューヨーク。

ジェーン・フィンチは祖父母から受け継いだ書店〈ブックワーム・ターンズ〉を営む二十七歳の女性。当然ながら大の本好きで、文学やＳＦのテレビドラマシリーズなどのオタクを自認する筋金入りのインドア派です。さらに自分でも小説を執筆しようとしていて、そのプロットを考えていて電車を乗り過ごしてしまうほど想像力豊かな女性です。ジェーンにはトレッキングガイドをしている三歳上の姉サマンサがいます。姉妹仲はいいけれど、美人で運動神経がよく、華やかな姉に対して昔からコンプレックスを抱いてきました。ある日、ジェーンは書店の客としてやってきたハンサムな男性ダンに好意を抱きます。ところが彼と本の話で意気投合したと思った矢先、サマンサが書店を訪ねてきて、ダンは姉にひと目惚れしてしまうのです。

一方のケイレブ・ブライスはサマンサのビジネスパートナーで、トレッキングガイドとして世界中を旅しています。大自然と冒険を愛する根っからのアウトドア派で、読書にはまったく興味がありません。サマンサとは大学の同級生で、昔から知っているジェーンのことを妹のような存在だと公言しています。

実は、ジェーンとケイレブは昔から惹かれあっているものの、性格も趣味も何もかも正反対のため、どちらも自分の思いに蓋をして、兄妹のように過ごしてきました。しかし、ある衝撃的な出来事をきっかけに、ふたりの関係に大きな変化が訪れ――。共通点がまったくないのに、それでもなぜか惹かれあうジェーンとケイレブ。そんなふたりがどのように互いを認めあい、歩み寄っていくのか。ふたりのせつない恋の行方を楽しんでいただけたら幸いです。

さて、シリーズ二作目〝Show Me〟についても少しだけご紹介しておきましょう。次作では、ケイレブの兄ハンターがヒーローを務めます。宇宙飛行士という彼の職業は、ロマンス小説では異色と言えるかもしれません。ヒロインは支配的な母親に長年苦しめられてきたアイリン。ハワイを舞台にふたりが繰り広げるロマンスもご紹介する機会に恵まれることを願っています。

最後に、本書が形になるまでにはたくさんの方々のお力をちょうだいしました。この場を借りて厚くお礼申しあげます。

二〇二一年八月

◉訳者紹介　松尾 卯月（まつお うづき）
関西外国語大学外国学部卒。新潟県出身。2013年より翻訳業に携わる。

夢見る恋は旅路の果てに

発行日　2021年10月10日　初版第1刷発行

著　者　アビゲイル・ストローム
訳　者　松尾 卯月

発行者　久保田榮一
発行所　株式会社 扶桑社
〒105-8070
東京都港区芝浦1-1-1　浜松町ビルディング
電話　03-6368-8870(編集)
03-6368-8891(郵便室)
www.fusosha.co.jp

印刷・製本　図書印刷株式会社

ISBN978-4-594-08927-6 C0197